独立思考，个性书写，充分表达，

拥有独属于自己的风格和调性。

科幻
硬阅读
DEEP READ
不求完美 追逐极致

第3季

宇宙墓碑

COSMIC TOMBSTONE

韩松 索何夫 等 著

北京理工大学出版社
BEIJING INSTITUTE OF TECHNOLOGY PRESS

科幻硬阅读

——献给那些聪明的头脑和有趣的灵魂

独立思考，个性书写，充分表达，拥有独属于自己的风格和调性——郑重向喜欢阅读和思考的读者，推出一套虽然烧脑，但能让神经更粗壮大条的作品：“科幻硬阅读”系列图书。

科幻不是目的，思考才是根本。有趣的灵魂诗意栖居大地。理性使其无惑，感性助其丰盈，个性使其独特，青春致其张扬，而奔向星辰大海、诗与远方的冲动，则为灵魂刻下一抹深沉隽永……

所以这套书里除了“烧脑”科幻，兼或还会有其他一些提神醒脑类作品，希望它们能给读者朋友带来一丝极致的阅读体验——极致的思考或震撼、极致的美丽与忧愁、极致的愉悦和放松……不求完美，但求在某方面达到极致——极致，便是“硬阅读”的注脚。

但这种“硬”绝不应该是艰深晦涩，故作深沉！

好看的作品通常都是柔软而流动的，如水、亦似爱人或者时光，默默陪伴，于悄无声息间渗透血脉、融入心魂，让我们在一条注定是一去不返的人生路上，逐渐、逐渐，获得一分坚强和硬度！

愿所有可爱而有趣的灵魂，脚踩大地，仰望星辰，追逐梦想。

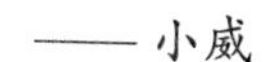

——小威

科 幻
硬阅读
DEEP READ
不求完美 追逐极致

目录

宇宙墓碑

韩松／作品

似乎是偶然间触动了某个敏感部位，
宇宙醒了。偏激的人甚至认为它
本来就是醒着的，只不过早先没有插手。

科 幻
硬阅读
DEEP READ
不求完美 追逐极致

上篇

我十岁那年，父亲认为我可以适应宇宙航行了。那次我们一家去了猎户座，乘坐的是星际旅游公司的班船。

不料在返航途中，飞船出了故障，我们只得勉强飞到火星着陆，等待另一艘飞船来接大家回地球。

我们着陆的地点，靠近火星北极冠。记得当时大家都心情焦躁，船员便让乘客换上宇航服外出散步。

着陆点四周散布着许多旧时代人类遗址，船长说，那是宇宙大开发时代留下的。我很清楚地记得，我们在一段几公里长的金属墙前停留了很久，然后墙后面出现了令人意想不到的场面。

现在我们知道那些东西叫墓碑了，但当时我仅仅被它们森然的气势镇住，一时裹足不前。

这是一片辽阔的平原，地面显然经过人工平整。大大小小的方碑犹如雨后春笋一般钻出地面，有着统一的黑色调子，散发出寒意，与火红色的大地映衬，着实奇异非常。

火星的天空掷出无数雨点般的星星，神秘得很。我少年之心突然地悠动起来。

大人们却都变了脸色，不住地面面相觑。

我们在这个太阳系中数一数二的大坟场边缘只停留了片刻，便匆匆回到船舱。

大家表情很严肃和不祥，而且有一种后悔的神态，仿佛是看到了什么不该看的东西。

我便不敢说话，却无缘无故有些兴奋。

终于有一艘新的飞船来接我们了。它从火星上启动的一刹那，我悄声问父亲：“那是什么？”

“什么是什么？”他反问。

“那面墙后面的呀！”

“他们……是死去的太空人。他们那个时代，宇宙航行比我们困难一些。”

我对死亡很早就有了感性认识，大约就始于此时。我无法理解大人们的神态为什么会在刹那间改变，为什么他们在火星坟场边一下子感情复杂起来。

死亡给我的印象，是跟灿烂的旧时代遗址紧密相连的，它是火星瑰丽景色的一部分，对少年的我拥有绝对的吸引力。

十五年后，我带着女朋友去月球旅游。“那里有一个未开发的旅游区，你将会看到宇宙中最不可思议的事物！”我又比又画，心中却另有打算。

事实上，背着阿羽，我早跑遍了太阳系中的大小坟场。我伫立着看那些墓碑，达到了入痴入迷的地步。

它们静谧而荒凉的美跟寂寞的星球世界吻合得那么融洽，而墓碑本身也确是那个时代的杰作。我得承认，儿时的那次经历对我心理的影响是微妙而深远的。

我和阿羽在月球一个僻静的降落场离船，然后悄悄向这个星球的腹地走去。没有交通工具，没有人烟。阿羽越来越紧地攥住我的手，而我则一遍遍翻看那些自绘的月面图。

“到了，就是这里。”我们来得正是时候。地球正从月平线上冉冉升起，墓群沐在幻觉般的辉光中，仿佛在微微颤动着，正纷纷醒来。

这里距最近的降落场有一百五十公里。我感到阿羽贴着我的身体在剧烈战栗。她目瞪口呆地望着那幽灵般的地球和其下生机勃勃的坟场。

“我们还是走吧！”她轻声说。

“好不容易来，干吗想走呢？你别看现在这儿死寂一片，当时可是最热闹的地方呢！”

“我害怕。”

“别害怕。人类开发宇宙，便是从月球开始的。宇宙中最大的坟场都在太阳系，我们应该骄傲才是。”

“现在只有我们两人来光顾这儿，那些死人知道吗？”

“月球，还有火星、水星……都被废弃了。不过，你听，宇宙飞船的隆隆声正震撼着几千光年外的某个无名星球呢！死去的太空人若是地下有灵，定会欣慰的。”

“你干吗要带我来这儿呢？”

这个问题使我不知怎么回答才好。为什么一定要带上女朋友万里迢迢来欣赏异星坟茔？出了事该怎么交代？这的确是我没有认真思考过的问题。

如果我要告诉阿羽，此行原是为了寻找宇宙中爱和死永恒交织与对立的主题和情调，那么她必定会以为我疯了。也许我可以用写论文来作解释，而且我的确在搜集有关宇宙墓碑的材料。

我可以告诉阿羽，旧时代宇航员都遵守一条不成文的习俗，即绝不与同行结婚。在这儿的坟茔中你绝对找不到一座夫妻合葬的墓。

我要求助于女人的现场灵感来帮助我解答此谜吗？我沉默起来。我只觉得我和阿羽的身影成了无数墓碑中默默无言的两尊。

这样下去很醉人。我希望阿羽能悟到，但她却只是紧张而痴傻地望着我。

“你看我很奇怪吧？”半晌，我问阿羽。

“你不是一个平常的人。”

回地球后阿羽大病了一场，我以为这跟月球之旅有些关系，很是内疚。在照料她的当儿，我不得不中断对宇宙墓碑的研究，一直到她稍微好转。

我对旧时代那种植墓于群星的风俗抱有极大兴趣，曾使父亲深感不安。

那是很久以前的事了，现代人几乎把它淡忘了，就像人们一股脑把太阳系的姊妹行星扔在一旁，而去憧憬宇宙深处的奇景一样。

然而我却下意识体会到，这里有一层表象。我无法回避在我查阅资料时，父亲阴郁注视我的眼光。

每到这时我就想起儿时的那一幕，大人们在坟场旁神情怪异起来，仿佛心灵中某种深沉的东西被触动了。

现代人绝对不旧事重提，尤其是有关古代死亡的太空人。但他们并没从心底忘掉他们，这我知道，因为他们每碰上这个问题时，总是小心翼翼地绕着圈子，敏感得有些过分。

这种态度渗透到整个文化体系中，便是历史虚无主义。忙碌于现时的瞬间，是现代人的特点。

或许大家认为昔日并不重要？或仅是无暇去回顾？我没有能力

去探讨其后可能暗含的文化背景。我自己也并不是个历史主义者。

墓碑使我执迷，在于它给我的一种感觉，类似于诗意。

它们既存在于我们这个活生生的世界之中，又存在于它之外，偶尔才会有人光临其境，更多的时间里它们保持缄默，旁若无人地沉湎于它们所属的时代。这就是宇宙墓碑的醉人之处。

每当我以这种心境琢磨它们时，蓟教授便警告我说，这必将使我堕入深渊。我们的责任在于复原历史，而不是为个人兴趣所驱，我们要使现代所有庸俗的人重新认识到其祖先开发宇宙的艰辛与伟大。

蓟教授的苍苍白发常使我无言以对，但在有关墓碑风俗的学术问题上，我们却可以争个不休。

在阿羽病情好转后，我和教授会面时又谈到了墓碑研究中的一个基本问题，即该风俗突然消失在宇宙中的现象之谜。

“我还是不同意您的观点。在这个问题上，我一直是反对您的。”

“年轻人，你找到什么新证据了吗？”

“目前还没有，不过……”

“不用说了。我早就告诫过你，你的研究方法不大对。”

“我相信现场直觉。故纸堆已不能告诉我们更多的信息，资料太少。您应该离开地球到各处走一走。”

“老头子可不能跟年轻人比啊，他们太固执己见。”

“也许您是对的。”

“知道新发现的天鹅座α星墓葬吗？”

我不止一次地凝神于眼前的全息照片，它就是蓟教授提到的那座坟，它在天鹅座α星中的位置是如此偏僻，以至于直到最近才被一艘偶然路过的货运飞船发现。

墓碑学者普遍有一种看法，即这座坟在向我们暗示着什么，但没有一个人能够猜出。

我常常被这座坟奇特的形象打动，从各个方面，它都比其他墓碑更契合我的心境。

一般而言，宇宙墓碑都群集着，形成浩大的坟场，似乎非此不足以与异星的荒凉抗衡。而此墓却孑然独处，这是以往的发现中绝无仅有的一例。

它位于该星系中一颗极不起眼的小行星上，这给我一种经过精心选择的感觉。从墓址所在的区域望去，实际上看不见星系中最大的几颗行星。

每年这颗小行星都以近似彗星的椭圆轨道绕天鹅座α星运转，当它走到遥遥无期的黑暗的远日点附近时，我似乎也感到了墓主寂寞厌世的心情。

这一下子便产生了一个很突出的对比，即我们看到，一般的宇宙墓群都很注意选择雄伟风光的衬托，它们充分利用从地平线上跃起的行星光环，或数倍高于珠穆朗玛峰的悬崖作背景。

因此即便从死人身上，我们也体会到了宇宙初拓时人类的豪迈气概。此墓却一反常规。

这一点还可以从它的建筑风格上找到证据。当时的筑墓工艺讲究对称的美学，墓体造得结实、沉重、宏大，充满英雄主义的傲慢。

水星上巨型的金字塔和火星上巍然的方碑，都是这种流行模式的突出代表。而在这一座孤寂的坟上，我们却找不到一点儿这方面的影子。

它造得矮小而卑琐，但极轻的悬挑式结构，却有意无意中使人觉得空间被分解后又重新组合起来。我甚至觉得连时间都在墓穴中自由流动。

这显然很出格。整座墓碑完全就地取材，由该小行星上富含的电闪石构成，而当时流行的做法是从地球本土运来特种复合材料。这样做很浪费，但人们更关心浪漫。

另一点引起猜测的便是墓主的身份。该墓除了镌有营造年代外，并无多余着墨。常规做法是，必定要刻上死者的姓名、身份、经历、死亡原因以及悼亡词等。

由此出现了各种各样的假说。是什么特殊原因，促使人们以这种不寻常的方式埋葬了天鹅座α星的死者？

由于墓主几乎可以断定为墓碑风俗结束的最后见证人，神秘性就更大了。

在这一点上，一切解释都无法自圆其说。因为似乎是这样的，即我们不得不对整个人类文化及其心态作出阐述。

对于墓碑学者来说，现时的各种条件如枷锁般限制了他们。

我倒曾经计划过亲临天鹅座α星，却没有人能够为我提供这笔经费，毕竟这不同于太阳系内旅行。

而且不要忘了，世俗并不赞成我们。

后来我一直未能达成天鹅座α星之旅，似乎是命里注定。生活在发生意想不到的变化，我个人也在发生变化。

在我一百岁时，刚好是蓟教授去世七十周年的忌日。当我突然想起这一点时，也就忆起了青年时代和教授展开的那些有关宇宙墓碑的辩论。

当初的墓碑学泰斗们也早跟先师一样，形骸坦荡了。追随者们纷纷弃而他往。

我半辈子研究，无所建树，夜半醒来常常扪心自问：何必如此耽迷于旧尸？先师曾经预言过，我一时为兴趣所驱，将来必自食其果，竟然言中。我何曾有过真正的历史责任感呢？

由此才带来今日的困惑。人至百年，方有大梦初醒之感，但我意识到，知天命恐怕是万万不能了。

我年轻时的女朋友阿羽，早已成了我的妻子，如今是一个成天唠叨不休的老太婆。

她大概是在将一生的不幸都怪罪于我。自从那次我带她参观月球坟场，她就受惊得了一种怪病。每年到我们登月的那个日子，她便精神忧伤，整日呓语，四肢瘫痪。即便现代医术，也无能为力。

每当我查阅墓碑资料，她便在一旁神情黯然，烦躁不安。这时我便悄悄放下手中活计，步出户外。天空一片晴朗，犹如七十年前。

我突然意识到自己已有许多年没离开过地球了。余下的日子，该是用来和阿羽好好厮守了吧？

我的儿子名叫筑，他长年不回地球，已在河外星系成了家，他本人则是宇宙飞船的船长，驰骋于众宇，忙得星尘满身。

我猜测他一定莅临过有古坟场的星球，不知他作何感想。此事他从未当我面提起，而我也暗中打定主意，绝不首先对他言说。

想当初父亲携我，因飞船事故偶到火星，我才得以目睹墓群，不觉唏嘘。而今他老人家也已一百五十多岁了。

由生到死这平凡的历程，竟导致古人在宇宙各处修筑了那样宏伟的墓碑，这个谜就留给时空去解吧！

这样一想，我便不知不觉放弃了年轻时代的追求，过了几年平静的日子。

地球上的生活竟这么恬然，足以冲淡任何人的激情，这我以前从未留意过。

人们都在宇宙各处忙碌着，很少有机会回来看一看这个曾经养育过他们而现在变得老气的行星，而守旧的地球人也不大关心宇宙深处惊天动地的变化。

直到那年筑从天鹅座α星回来，我都没意识到这个星球的名字有什么特别之处。筑因为河外星系引力的原因，长得格外的高大，是彻头彻尾的外星人了，并且由于当地文化的熏染而沉默寡言得很。

我们父子见面很少，从来没多余的话说。有时我不得不这么去想：我和阿羽仅仅是筑存在于世所临时借助的一种形式。其实这种观点在现时宇宙中一点也不显得荒谬。

筑给我斟酒，两眼炯炯发光，今日却奇怪得话多。我只得和他应酬。

“心宁他还好？”心宁是孙子名。

“还好呢，他挺想爷爷的。”

“怎么不带他回来？”

“我也叫他来，可他受不了地球的气候。上次来了，回去后生了一身的疹子。”

“是吗？以后不要带他来了。”

我将一杯酒饮干，发觉筑正窥视我的脸色。

“父亲，”他终于开始在椅子上不安地扭动起来，“我有件事想问您。”

“讲吧！”我疑惑地打量着他。

“我是开飞船的，这么些年来，跑遍了大大小小的星系。跟您在地球上不同，我可是见多识广。但至今为止，尚有一事不明，常萦绕心头，这次特向您请教。”

“可以。”

“我知道您年轻时专门研究过宇宙墓碑——虽然您从没告诉我，可我还是知道了。我想问您的就是，宇宙墓碑使您着迷之处，究竟何在？”

我站起身来，走到窗边，不使脸朝筑，我没想到筑要问的是这个问题。

那东西，也撞进了筑的心灵，正像它曾使父亲和我的心灵蒙受巨大不安一样。难道旧时代人类真在此中藏匿了魔力，后人将永远受其阴魂侵扰？

“父亲，我只是想随便问问，没有别的意思。”筑嗫嚅起来，像个小孩。

“对不起，筑，我不能回答这个问题。嗬，为什么墓碑使我着迷？我要是知道这个，早就在你很小的时候就告诉你一切跟墓碑有关的事情了。可是，你知道，我没有这么做。那是个无底洞，筑。”

我看见筑低下了头。他默然，似乎深悔自己的贸然。为了使他不那么窘迫，我压制住感情，回到桌边，给他斟了一杯酒。

然后我审视着他的双目，像任何一个做父亲的那样充满关怀地问道：“筑，告诉我，你到底看见了什么？”

“墓碑。大大小小的墓碑。”

“你肯定会看见它们。可是你以前并没有想到要谈这个嘛！”

“我还看见了人群。他们蜂拥到各个星球的坟场去！”

“你说什么？”

“宇宙大概发疯了，人们都迷上了死人，仅在火星上，就停靠了成百上千艘飞船，都是奔墓碑去的。”

“此话当真？”

“所以我才要问您墓碑为何有此魅力。”

“他们要干什么？”

“他们要掘墓！”

“为什么？”

“人们说，坟墓中埋藏着古代的秘密。”

“什么秘密？”

“生死之谜！”

“不！这不当真。古人筑墓，可能纯粹出于天真无知！”

“那我可不知道了，父亲，他们都这么说。您是搞墓碑的，您不会跟儿子卖什么关子吧？”

“你要干什么？要去掘墓吗？”

“我不知道。”

“疯子！他们沉睡了一千年了。死人属于过去的时代。谁能预料后世？”

“可是我们属于现时代啊，父亲。我们要满足自己的需求。”

“这是河外星系的逻辑吗？我告诉你，坟墓里除了尸骨，什么也没有！”

筑的到来，使我感到地球之外正酝酿着一场变动。在我的热情行将冷却时，人们却以另外一种方式耽迷起我所耽迷过的事物来。

筑所说的使我心神恍惚，一时做不出判断。曾几何时，我和阿羽在荒凉的月面上行走，拜谒无人光顾的陵寝，其冷清寂寥，一片穷荒，至今在我们身心上留有不可磨灭的痕迹。

记得我对阿羽说过，那儿曾是热闹之地。而今筑告诉我，它又重将喧哗不堪。这种周期性的逆转，是预先安排好的呢，还是谁在冥冥中操纵的呢？

继宇宙大开发时代和技术决定论时代后，新时代到来的预兆已经出现于眼前了吗？这使我充满激动和恐慌。

我仿佛又重回到了几十年前。无垠的坟场历历在目，笼罩在熟悉而亲切的氛围中。碑就是墓，墓即为碑，洋溢着永恒的宿命感。

接下来我开始思考筑话语中的内涵，我内心不得不承认他的话有合理之处。

墓碑之谜即生死之谜，所谓迷人之处，也即此吧，不会是旧人魂魄摄人。墓碑学者的激情与无奈也全出于此。其实是没有人能淡忘墓碑的。

我又恍惚看见了技术决定论者紧绷的面孔。

然而掘墓这种方式是很奇特的，以往的墓碑学者怎么也不会考虑用这种办法。我的疑虑现在却在于，如果古人真的将什么东西陪葬于墓中，那么，所有的墓碑学者就都失职了。而蓟教授连悔恨的机会也没有。

在筑离开家的当天，阿羽又发病了，我手忙脚乱地找医生。

就在忙得不可开交的当儿，我居然莫名其妙地走了神。我突然想起筑说他是从天鹅座α星来的，这个名字我太熟悉了。

我仍然保存着几十年前在那儿发现的人类最晚一座坟墓的全息照片。

下篇

—— 录自掘墓者在天鹅座α星的小行星墓葬中发现的手稿：

我不希望这份手稿为后人所得，因为我实无哗众取宠之意。

在我们这个时代里，自传式的东西实在多如牛毛。一个历尽艰辛的船长大概会在临终前写下自己的生平，正像远古的帝王希望把自己的丰功伟绩标榜于后世。然而我却无心为此。

我平凡的职业和平凡的经历都使我耻于吹嘘。我写下这些文字，是为了打发临死前的难捱时光。并且，我一向喜欢写作。如果命运没有使我成为一名宇宙营墓者的话，我极可能会去写科幻小说。

今天是我进入坟墓的第一天。我选择在这颗小行星上修筑我的归宿之屋，是因为这里清静，远离人世和飞船航线。

我花了一个星期独力营造此墓。采集材料很费时间，而且着实辛苦。我们原来很少就地取材 —— 除了对那些特殊条件下的牺牲者。

通常发生了这种情况，地球无力将预制件送来，或者预制件不适合于当地环境。这对于死者及其亲属来说都是一件残酷之事，但我一反传统，自有打算。

我也没有像通常那样，在墓碑上镌刻自己的履历。那样显得很荒唐，是不是？我一生一世为别人修了数不清的坟墓，我只为别人镌刻他们的名字、身份和死因。

现在我就坐在这样一座坟里写我的过去。我在墓顶安了一个太阳能转换装置，用以照明和供暖。整个墓室刚好能容一人，非常舒适。

我就这么不停地写下去，直到我不能够或不愿意再写了。

我出生在地球。我的青年时代是在火星上度过的。那时世界正被开发宇宙的热浪袭击，每一个人都被卷进去了。

我也急不可耐丢下自己的爱好——文学，报考了火星宇宙航行专门学校。结果我被分在太空抢险专业。

我们所学的课程中，有一门便是筑墓工程学。它教导学员，如何妥善而体面地埋葬死去的太空人，以及此举的重大意义。

记得当时其他课程我都学得不是太好，唯有此课，常常得优。

回想起来，这大概跟我小时候便喜欢亲手埋葬小动物有一些关系。我们用三分之一的时间学习理论，其余都用于实践。先是在校园中搞大量设计和模型建造，尔后进行野外作业。

记得我们通常在大峡谷附近修一些较小的墓，然后移到平原地带造些比较宏大的。临近毕业时我们进行了几次外星实习，一次飞向水星，一次去小行星带，两次去冥王星。

我们最后一次去冥王星时出了事。当时飞船携带了大量特种材料，准备在该行星严酷冰原条件下修一座大墓。

飞船降落时遭到了流星撞击，死了两个人。我们都以为活动要取消了，但老师却命令将演习改为实战。

你今天要去冥王星，还能在赤道附近看见一座半球形的大墓，那里面长眠着的便是我的两位同学。这是我第一次实际作业。由于心慌意乱，坟墓造得一塌糊涂，现在想来还内疚不已。

毕业后我被分配到星际救险组织，在第三处供职。去了后才知道第三处专管坟墓营造。

老实说，一开始我不愿干这个。我的理想是当一名飞船船长，要不就去某座太空城或行星站工作。我的许多同学分得比我好得多。

后来经我手埋葬的几位同学，都已征服好几个星系了，中子星奖章得了一大排。在把他们送进坟墓时，人们都肃立致敬，独独不会注意到站在一边的造墓人。

我没想到在第三处一干就是一辈子。

写到这里，我停下来喘口气。我惊诧于自己对往事的清晰记忆。

这使我略感踌躇，因为有些事是该忘记的。也罢，还是写下去再说吧！

我第一次被派去执行任务的地点是半人马座 β 星系。这是一个具有七颗行星的恒星系，我们的飞船降落在第四颗上面。当地官员神色严肃而恭敬地迎接我们，说：“终于把你们盼来了。”

一共死了三名太空人。他们是在没有任何防护的情况下遭到宇宙射线的辐射而丧生的。我当时稍稍舒了一口气，因为我本来做好了跟断肢残臂打交道的思想准备。

这次第三处一共来了五个人。我们当下二话没说便问当地官员有什么要求，但他们道："由你们决定吧！你们是专家，难道我们还会不信任吗？但最好把三人合葬一处。"

那一次是我绘的设计草图。

首次出行，头儿便把这么重要的任务交给我，无疑是培养我的意思。此时我才发现我们要干的是在半人马座β星系建起第一座墓碑。

我开始回忆老师的教导和实习的程序。一座成功的墓碑不在于它外表的美观华丽，更主要的在于它透出的精神内容。

简单来说，我们要搞出一座跟死者身份和时代气息相吻合的墓碑来。

最后的结果是设计成一个巨大的立方体，坚如磐石。它象征着宇航员在宇宙中不可动摇的位置。其形状给人以时空静滞之感，有永恒的态势。

死亡现场是一处无边的平原，我们的碑矗立其间，四周无一阻挡，只有天空湖泊般垂落。万物线条明晰。

墓碑唯一的缺憾是未能表现出太空人的使命。但作为第一件独立作品，它超越了我在校时的水平。我们实际上干了两天便竣工了。

材料都是地球上成批生产的预制构件，只需把它们组合起来就成。

那天黎明时分，我们排成一排，静静地站了好几分钟，向那刚落成的大坟行注目礼。这是规矩。

墓碑在这颗行星特有的蓝雾中新鲜透明，深沉持重。头儿微微摇头，这是赞叹的意思。我被惊呆了。我不曾想到死亡是这么富有个性的存在，而这是通过我们几人的手产生的。

坟茔将在悠悠天地间长存——我们的材料能保持数十亿年不变形。

这时死者还未入棺。我们静待更隆重的仪式的到来。在半人马座β星升上一臂高时，人们陆续地来到了。

他们都裹着臃肿的服装，戴着沉重的头盔，淹没着自己的个性。而这样的人群显示出的气氛是特殊的，肃穆中有一种骇人的味道。

实际上来者并不多，人类在这个行星上才建有数个中继站。死了三个人，这已了不得。

我已经记不太清楚当时的场面了。我不敢说究竟是当地负责人致悼词在先，还是我们表示谢意在前。

我也模糊了现场不断播放的一支乐曲的旋律，只记得它怪异而富有异星的陌生感，努力想表达出一种雄壮。后来则肯定有飞行器隆隆地飞临头顶，盘旋良久，掷出铂花。

行星的重力场微弱，铂花在天空中飘荡，经久不散，令人回肠荡气。

这时大家都拼命鼓掌。可是，是谁教给人们这一套仪式的呢？捱到最后，为什么要由我们万里迢迢来给死人筑一座大坟呢？

送死者入墓是由我们营墓者来进行的，除头儿外的四人都去抬棺。

这时一切喧闹才停下来，铂花和飞行器都无影无踪了。在墓的西方，也就是现在朝着太阳系的一方，开了一个小门洞。我们把三具棺材逐次抬入，祝愿他们能够安息。然而就在这时我觉得不对头了，但当时我一句话也没说。

返回地球的途中，我才问一位前辈："棺材怎么这么轻？好像学校实习用的道具一般。"

"嘘！"他转眼看看四周，"头儿没告诉你吧？那里面没人呢！"

"不是辐射致死吗？"

"这种事情你以后会见惯不惊的。说是辐射致死，可连一块人皮都没找到。骗骗β星上的人而已。"

骗骗β星上的人而已！这句话给我留下一生难忘的印象。我以后目睹了无数的神秘失踪事件。我们在半人马座β星的经历，比起我后来经历的事情，竟是小巫见大巫呢！

我的辉煌设计不过是一座衣冠冢！可好玩之处在于无人知晓那神话般外表后面的中空内容。

在第三处待久了，我逐渐熟悉了各项业务。

我们的服务范围遍及人类涉足的时空，你必须了解各大星系间的主要封闭式航线，这对于以最快速度抵达出事地点是很必要的。

但实际上这种做法渐渐显得落后起来，因为宇航员在太空中的活动越来越弥散。因此我们先是在各星设点，而后又开展跟船业务，即当预知某项宇航作业有较大危险时，第三处便派上筑墓船随行。

这要求我们具备航天家的技术。我们处里拥有好几位第一流的船长，正式的宇航员因为甩不掉他们而颇为恼火和自认晦气。

我们还必须掌握墓碑工业的各种最新流程，以及其中的变通形式，根据各星的情况和客户的要求采取特殊做法，同时又不违背统一风格规定。

最重要的，作为一名营墓者必须具备非凡的体力和精神素质。长途奔波，马不卸鞍地与死亡打交通，使我们都成了超人。

第三处的人都在不知不觉中戒绝了作为人应具备的普通情感。

事实上，你只要在第三处多待一段时间，就会感到普遍存在的冷漠、阴晦和玩世不恭。全宇宙都以死为讳，而只有我们可以随便拿它来开玩笑。

从到第三处的第一天起，我便开始思索这项职业的神圣意义。

官方记载的第一座宇宙墓碑建在月球上。这个想法来得非常自然。没有谁说得上是突发了什么样的灵感要为那两男一女造一座坟。后来有人说不这样做便对不起静海风光，这完全是开玩笑。这里面没有灵感。

其实在地球上早就有专为太空死难者修建的纪念碑了。这种风俗从一开始进入浩繁群星，便与我们远古的传统有天然渊源。宇宙大开发时代使人类再次抛弃了许多陈规陋习，唯有筑墓风一阵热似一阵，很是耐人寻味。

只是我们现在用先进技术代替了殷商时代的手掘肩扛，这样才诞生了使埃及金字塔相形见绌的奇迹。

第三处刚成立的时候有人怀疑这是否值得，但不久就证明它完全符合事态的发展。

宇宙大开发一旦真正开始，便出现了大批的牺牲者，其数目之多，使官僚和科学家目瞪口呆。

宇宙的复杂性远远超出了人们论证的结果，然而开发却不能因此停下来。这时如何看待死亡就变得很现实了。

我们在宇宙中的地位如何？进化的目的何在？人生的价值焉存？人类的使命是否荒唐？

这些都是当时大众媒介大声喧哗的话题。不管口头争吵的结果如何，第三处的地位却日益巩固起来。

在头两年里它赚了一大笔钱。更重要的是它得到了地球和几个重要行星政府的暗中支持。直到神圣的方碑和金字塔形墓群首先在月球、火星、水星上大批出现时，反对者才不再说话了。

这些精心制造的坟茔能承受剧烈的流星雨的袭击。它们的结构稳重，外观宏伟，经年不衰。人们发现，他们同胞飘移于星际间的尸骨重新有了归宿。死亡成了一件很值得骄傲的事情。

墓碑或许代表了一种人定胜天的古老理念。第三处将宇宙墓碑风俗从最初的自发状态引入一种自觉的功利行为，的确是一大杰作。

这样持续了很长一段时间，直到人心甫定，墓碑制度才又表露出雍容大度的自然主义风采。

现在已经没有人怀疑第三处存在的意义了。那些身经百难的著名船长见了我们，都谦恭得要命。墓葬风俗已然演化为一种宇宙哲学。

它被神秘化，那是后来的事。总之我们无法从己方打起念头，说这荒唐。那样的话，我们将面临全宇宙的自信心和价值观的崩溃。

那些在黑洞白洞边胆战心惊出生入死的人们的唯一信仰，全在于地球文化的坚强后盾。

如果有问题的话，它仅仅出在我们内部。在第三处待的日子一长，其内幕便日益昭然。

有些事情仅仅是我们这个圈子里的人才知道的，它从来没有流传到外面去。这一方面是清规教条的严格，另一方面出于我们心理上的障碍。

每年处里都有职员自杀。现在我写下这一句话时，心仍蹦跳不止，有如以刀自戕。我曾悄悄就此问过同事，他说：“噤声！他们都是好人，有一天你也会有同感。”言毕鬼影般离去。

我后来年岁大了，经手的尸骨多了，死亡便不再是一个抽象的概念而成为一个具象在我眼前浮着。我想意志脆弱者是会被它唤走的。但我要申明，我现在采取的方式在实质上却不同于那些自戕者。

有一段时间处里完全被怀疑主义气氛笼罩。记得当时有人提了这么一个问题，即我们死后由谁来埋葬。此问明显受那些自杀者的启发，而里面又包含着实际不止一个问题。

我们面面相觑，觉得不好回答，或答之不详，遂作悬案。此时发生了上级追查所谓“劝改报告”的事，据说是处里有人向总部打了报告，对现行一套做法提出异议。

其中一点我印象很深，即有关墓碑材料的问题。通常无论埋葬地点远近，材料都毫无例外从地球运来，这关系到对死者的感情和尊重。更重要的，它是一种传统，风俗就该按传统办理。

这一点在《救险手册》里规定得一清二楚。因此谁也不能忍受报告中的说法，即把我们迄今做的一切斥为浪费精力和理性犬儒主义。报告还不厌其烦地论证了关于行星就地取材的可行性和技术细节。

其结果大家都知道了。打报告的人被取消了离开地球本土的资格。我们私下认为这份报告充满了反叛色彩，而且指出了我们从不曾想到的一个方面。

我们惊诧于其语，慑其大胆，到后来竟有人暗中试行了其主张。某日有船载运墓料去仙女座一带，途中燃料漏逸。按照规定，只能返航。

但船长妄为，竟抛掉墓料，以剩余的燃料推动空船飞往目的地，用当地的岩浆岩造了一座坟，干出了骇世之举。此坟后来被毁掉重建，当事者亦受处分。这是后话。

要花上一些篇幅将我们的感受说清是很困难的。我还是继续讲我们工作中的故事吧！我仍旧挑选那些我认为是最平凡的事来讲，因为它们最能生动地体现我们事业的特点。

有次我们接到一个指令，它与以往不同的是，没有交代具体的星球和任务，只是让筑墓飞船全副武装到火星与木星之间某处待命。

我们飞到那里后，发现搜索处和救险处的船只已经忙碌开了。我们问他们："喂，你们行吗？不行的话，交给我们吧！"

但是没有回话。对方船上似乎有一种焦灼气氛。末了我们才知道有一艘船在小行星带失踪了，它便是大名鼎鼎的"哥伦布号"，人类当时最先进的型号之一。

不用说其船长也就是哥伦布那样的人物了。船上搭乘着五大行星的首脑人物。

我们在太空中待了三天，搜索队才把飞船的碎片找回一舱。

这下我们有事干了。虽然从这些碎片中要找出人体的部分是一件很烦琐的活，大伙仍然干得十分出色。最后终于能够拼出三具尸身。

“哥伦布号”上面仅船员就有八名。出事的原因基本可以判明为一颗八百磅的流星横贯了船体，引发了爆炸。在地球家门口出事，这很遗憾，但惨状却是宇宙中共同的。

“他们太大意了。”宇航局局长在揭墓典礼上这么总结。我们第三处的人听了都哭笑不得。

人们在地球上都好好的，一到太空中都小孩般粗心忘事，为此还专门成立了个第三处来照顾他们。这种话偏偏从局长口中说出来！然而我们最后都没敢笑。

那三具拼出来的尸体此刻虽已进入地穴，但又分明血淋淋地透过厚墙，景象历历在目，神色冷峻，双目睁开，似不敢相信那最后一刻的降临。

有一种东西，我们也说不出是什么，它使人永远不能开怀。营墓者懂得这一点，所以总是小心行事。天下的墓已修得太多了，愿宇宙保佑它们平安无事。

那段时间里，我们反常地就只修了这么一座墓。

在一般人的眼中，墓的存在使星球的景观改变了。后者杀死了宇航员，但最后毕竟做出了让步。

写到这里，我看了看我用笔的手，也即是造墓的那只手。我这双老手，青筋暴起，枯干如柴，真想象不到那么多鬼宅竟由它所创。它是一双神手，以至于我常常认为它已摆脱了我的思想控制，而直接禀领天意。

所有营墓者都有这样一双手。我始终认为，在任何一项营墓活动中，起根本作用的，既非各样机械，也非人的大脑。十指有直接与宇宙相通的灵性，在大多数场合，我们更相信它的魔力。

相对而言，思想则是不适的，带偏见和怀疑色彩的，因而对于构造宇宙墓碑来说，是危险的。

在营墓者身上，我们常常看见一种根深蒂固的矛盾。那些自杀者都悲观地看到了陵墓自欺欺人的一面，但同时最为精美的坟茔又分明出自其手，足以同宇宙中任何自然奇观媲美。

我坚信这种矛盾仅仅存在于营墓者心灵中，而世人大都只被墓碑的不朽外观吸引。我们时感尴尬，而他们则步向极端。

接下来我想说说另外一件并不重要但也许大家感兴趣的事：关于我的恋爱。

小时候在地球上看见同我一般大的小姑娘一无所知地玩耍，我便有一种填空的感觉。我相信此时此刻天下有一个女孩一定是为我准备的，将来要填充我的生命。

这已注定了，就是说哪怕安排这事的人也改变不了它。我是一个奇怪的人不是？

稍微长大后我便迷上了那些天使般飞来飞去的女太空人。她们脸上身上胳膊上腿儿上洋溢着一股说不清是从织女星还是仙女座带来的英气，可爱透顶，让人销魂。

那时我也注意到她们死亡率并不比男宇航员低，这愈发使我心里滚滚发烫。

我偷偷在梦中和这些女英杰幽会时，火星宇航学校还没对我打开大门。这就决定了我命运的结局。

当晚些时候我被告知宇航圈中有那么一条禁忌时，我几乎昏了过去。太空人和太空人之间只能存在同事关系，非此不能集中精力应付宇宙中的复杂状况。大开发初期有人这么科学地论证，而竟被当局小心翼翼地默认了。

这事有一段时间在一般宇航员心中疙疙瘩瘩起来，但并没经过多长时间，飞船上的男人都认为找一个宇宙小姐必将倒霉。于是我们所说的禁忌便固定了下来。

你要试着触犯它吗？那么你就会"臭"起来，伙伴们会斜眼看你，你会莫名其妙找不到活干，从一名大副变为司舵，再降为掌舱，最后贬到地球上管理飞船废品站之类。

我以为宇航学校最终会为我实现儿时愿望提供机会，但结果恰恰相反，可是那时我已身不由己了。宇宙就是这么回事，不由你选择。

我独人独马，以营墓者身份闯荡几年星空后，才慢慢对圈子中这种风俗有所理解。

有关女人惹祸的说法流行甚广，神秘感几乎遍布于每个宇航员心灵。我所见到的人，几乎都能举出几件实例来印证上述结论。

此后我便注意观察那些女飞人，看她们有何特异之象。然而她们于我眼中，仍旧如没有暗云阻挡的星空一样明朗，怎么也看不出大祸袭来的苗头。她们的飞行事实使我相信，在某些事情面前女人确比男人更能应付。

有一年，记得是太阳黑子年，我们一次埋葬了十名女太空人，她们死于星震。

当时她们刚到达目的地，准备进入一家刚竣工的太空医疗中心工作。幸存者是她们的朋友和同事，多为女性。

我们按要求在墓上镌刻死者生前喜爱的东西：植物或小动物，手工艺品，首饰。纪念仪式开始时，我听到身边一个声音说："她们本不该来这儿。"

我侧目见是一位着紧身宇航服的小巧少女。

"她们不该这么早就让我们来料理，连具完尸也没有。"我无限怜悯。

"我是说我们本不该到宇宙中来。"她声音沉着，我便心一抽。

"你也认为女子不该到宇宙中来。"

"我们太弱。那是你们男人的世界。"

"我们倒不这么看。"我冷冷地说，不觉又打量了她一眼。我以前还没真正跟一个女太空人说过话呢！这时在场的男人女人都转过头来瞧着我俩。

这就是我认识阿羽的经过。写到这里我停下笔来，闭上眼睛，无限甜美而又无限辛酸地咂味了好几分钟。

认识阿羽后我就意识到自己要犯规了。童年时代的感觉再度溢满心中。我仍然相信命中注定有个女孩在等我等了好久，她是个天生丽质的女太空人。

阿羽是护士小姐。即便在这个时代，我们仍需要那些传统的职业。所不同的是，今天的白衣天使正乘坐飞船，穿梭于星际，潇洒不俗而又危险万端。

当我坐在坟茔中写这些字时，我才猛然注意到自己竟一直忽略了一个事实，即我和阿羽职业上的矛盾性，总是我把她拯救过来的人重又埋入陵墓中。

她活着时我不曾去想这个，她死了我也就更不用想它了。可为什么直到此时才意识到呢？我觉得应该把我俩的结识赋予一个词：“坟缘”。我要感谢或怪罪的都是那十具女尸。

在那天的回程途中我心神不定，以至于同伴们大声谈论的一件新闻也没有听进去。

他们大概在讲处里几天前失踪的一名职员，现在在某太空城里找到了尸体。他在那里寻花问柳，莫名其妙被一块太阳能收集器上剥落的硅片打死了。

我觉得这事毫无意思，只是一个劲地回想那坟地边伫立的宇航装少女和她的不凡谈吐。这时舷窗外一个卫星的阴影正飘过行星明亮的球面，我不觉一震。

我和阿羽偷偷摸摸地书信来往了两个月，而实际见面只有三次。

其间发生的几件事有必要录下，它们一直困惑着我的后半生，并促使我走进坟墓。

首先是我生病了。我得的是一种怪病，发作时精神恍惚，四肢瘫痪，整日呓语，而检查起来又全身器官正常，无法治疗。

我不能出勤。往往这时就收到阿羽发来的信件，言她正被派往某某空域出诊。等她报告平安回到医疗中心站时，我的病便突然好起来。

我不能不认为这是天降之疾，但它又似乎与阿羽有某种关系。但愿这是巧合。

跟着发生了第三处设立以来的最大惨案。

我们的飞行组奉命前往第七十星区，途中刚巧要经过阿羽所在的星球。我便撺掇船长在那星球作中途泊系，添加燃料。

他一口答应。领航员在计算机中输入目的地代码。整个飞行是极普通的，但麻烦不久后便发生了。

我们分明已飞入阿羽所在的星区，却找不到那颗星球。无线电联络始终清晰无比，表明该星球导引台工作正常，就在附近。可是尽管按照它指引的方向飞，飞船仍像陷在一个时空的圆周里。

我从来没有见过船长如此可怖的脸色。他大声叫喊着，驱使大家去检查这个仪器，搬弄那个仪器。可是正像我的怪病一样，一切都无法解释和修正。

终于人们停下不动了。船长吊着一双眼睛逼视大家，说："谁带女人上船了？"

我们于是迟疑地退回自己的舱位，等待死亡。

良久，我听见外面的吵嚷声停止了，飞船仿佛也飞行平稳了。我打开舱门四顾，难以置信地发现飞船正在地球上空绕圈子，而船上除了我一人，其余七人都成了僵尸。

我至今已记不住各位同伴的死态了，唯看见他们的手，还一双双柴荆般向上举着。

此事引起了处里巨大震动。调查了半年，最后不了了之。

在此后一段时间里，我耳边老回响着船长绝望的叫声。我不认为他真相信船上匿有女子。航天者都爱这么咒骂。

然而我却不敢面对如下事实：为什么全船的人都死了，唯有我还活着？事件为什么恰好发生在临近阿羽工作的星球的那一刹那？又是什么力量遣送无人控制的飞船准确无误回到地球上空的呢？

女人禁忌的说法又在我心中萌动起来，但另一个声音在企图拼命否定它。

不久后我见到了阿羽。她好生生的，看见我后惊喜异常。

我一见面便想告诉她我差点成了死鬼，但不知为什么忍住了没说。我深深地爱着她，不在乎一切。我坚信如果真有某种存在在起作用的话，我和阿羽的生命力也是可以扭转其力矩的。

我不是活下来了吗？

前面已经说过，我和阿羽相识仅仅有两个月。两个月后她就死了。

她要我带她去看宇宙墓碑，并要看我最得意的杰作。这女孩心比天高，不怕鬼神。我开始很犯愁，但拗不过她。

她死得很简单。我让她参观的墓并不是最好的，但仍有一些东西很特别。我们爬上三百米高的墓顶，顶上有一直径数米的孔洞直通底部。

我兴致勃勃地指给她看："你沿着这儿往下瞄，便会……"她一低头，失了重心，便从孔中直摔到了底部。

后来我才知道她有晕眩症。

一丝星光正在远处狡黠地笑着。有一艘飞船正从附近掠过，飞得如此小心翼翼。此后一切静得怕人。

我让一个要好的同事帮我埋了阿羽。为什么我不自己动手？我当时是如此害怕死亡。同事悄悄问我她是什么人。

"一个地球人，上次休假时结识的。"我撒谎说。

"按照规定，地球人不应葬在星际，也不允许修造纪念性墓碑。"

"所以要请你帮忙了。墓可以造小一点儿。这女孩，她直到死都想当太空人，也够可怜的。"

同事去了又回。他告诉我，阿羽葬在鲸鱼座β星附近，并且他自作主张镌刻了她的宇航员身份。

“太感谢了。这下她可以安心睡去了。”

“幸亏她不是真正的太空人，否则，大概会是为你修墓了。”

此后很久我都不敢到那片星区去，更谈不上拜谒阿羽的坟茔。后来年岁渐长，自以为参透了机缘，才想到去看望死去多年的女朋友。

我的飞船降落在同事所说的星上，逡巡半日后，心不安得紧。我待了一阵，重跳上飞船，奔回地球。随后我拉上那位同事一齐来到鲸鱼座β星。

“你不是说，就在这里吗？”

“是呀，一起还有许多墓呢！”

“你看！”

这是一个完全荒芜的星球，没有一丝人工的痕迹。阿羽的墓，连同其他人的墓，都毫无踪迹。

“奇怪，”同事说，“肯定是在这里。”

“我相信你。我们都搞了几十年墓葬了，这事蹊跷。”

黑洞洞的宇宙从背景上凸现出来，星星神气活现地不避我们的眼光，眨巴眨巴地挑逗。我和同事突然忘了脚下的星球，对那星空出起神来。

“那才是一座真正的大墓呢！”我指指点点说，全身寒意遍起，双腿也成了立正姿势。

我那时就想到我在第三处可能待不长了。

第三处的解散事先毫无一点迹象，就像它的出现一样神秘。

在它消失之前宇宙中发生了多起奇异事件。大片大片的墓群凭空隐遁了，仿佛蒸发在时空中，这是不可思议的事情。真相一直被掩饰着，不让世人知晓，但营墓者却惶惶不可终日。

那些材料不是几十亿年也不变形的吗？仍然有一部分墓遗下，它们主要分布在太阳系或靠近太阳系的星区。

这些地方，人的气息最为浓郁。第三处后来又在远离人类文化中心的地方修了一些墓，然而它们也都很快失踪了，不留任何痕迹。星球拒绝了它们，还是接收了它们呢？

似乎是偶然间触动了某个敏感部位，宇宙醒了。偏激的人甚至认为它本来就是醒着的，只不过早先没有插手。

那些时候我仍周期性地发病，神志不清中往往见到阿羽。

“我害了你。”我喃喃道。

她沉默。

“早知道我们跟它这么合不来，就不去犯忌了。”

她仍沉默。

“这原来是真的。”

她沉默再三，转身离去。

这时我便感到有个强烈的暗示，修一座新墓的暗示。

于是就有了现在的情形。天鹅座α星是一个遥远的世界，比那些神秘消失的墓群所在的星球还要遥远。我是有意为之。

我筑了一座格调迥异的墓，可以说很恶心，看不出任何伟大意义。

在第三处你要是修这样一座墓，无疑是对死者的亵渎。我觉得我已知道了宇宙的那个意思。这个好心的老宇宙，它其实要让我们跟它妥帖地走在一起，睡在一块，天真的人自卑的人哪里肯相信？

这我懂的。但我的矛盾在于我虽然反叛了传统，归根结底却仍选择了墓葬。我还有一点点虚荣心在作怪。

写到这里我就觉得再往下写没什么意思了。

我要做的便是静静地躺着，让无边的黑暗来收留我，去和阿羽相会。

瓦尔哈拉的召唤

索何夫／作品

『无论是什么造成了你们的文明目前的状况，可以确定的是，你们目前的状态不适合重新殖民地球。』

奥丁用庄严而富有权威的语气说道……

科 幻
硬阅读
DEEP READ
不求完美 追逐极致

1. 黑船、巨人和女孩

孩子们，你们听过瓦尔哈拉的故事吗？噢，没错，你们当然都听说过。在你们还没学会走路、只能待在妈妈怀里的时候，你们的妈妈就已经一遍又一遍地对你们讲述瓦尔哈拉的故事了：那是爱瑟诸神建在凡人国度之上的仙宫，全知全能的奥丁就居住在那儿。那里有五百四十道黄金大门，有用枪矛组成的墙壁，还有永无休止的宴会、比武和美丽的瓦尔基里们……好吧，反正这些东西你们都听过了好几百遍，也就用不着我这个老头子继续饶舌了。我想告诉你们的是，这些说法其实并不是真的……

至少并不全是真的。

我为什么知道它们不是真的？哈，因为我曾经去过那儿。我亲自去过瓦尔哈拉。

你们说我在吹牛？是啊，每个人都知道，能有幸得到来自瓦尔哈拉的召唤的只有两种人：英勇牺牲的武士和得到奥丁赏识的智者们。我不是什么智者，不过在年轻的时候倒也曾经勇敢过。我曾经拿着匕首在森林里追猎棕熊，独自一人在皮筏上用标枪捕杀独角鲸，还在战斗中干掉过好几个巨人。但死亡就像个羞答答的小姑娘，每当我朝她伸出手的时候，她都会躲到一旁去。所以我现在才能坐在这儿、对你们这些小家伙说这些陈芝麻烂谷子的事儿！在离开瓦尔哈拉的时候，芙蕾雅曾经劝我留下……

小欧拉夫，你想知道芙蕾雅是不是像故事里那样漂亮？哦，她当然漂亮，就像是……好啦，孩子们，这会儿先别急着问这问那的，还是让我从头开始讲这个故事吧！等听完了故事，你们的那些问题多半也就有答案了。

我要讲的这个故事发生在五十年前，那会儿的夏天比现在暖和，不过冬天也比这会儿更冷，海里的鱼也不像这些年这么多。在那年春天发生了许多奇怪的事情：海里的海豹和鲱鱼来得比往年要晚；鳕鱼不像往年那么多；天热得比往年更慢；深林镇和耐斯托的渔夫们看到星星从天穹落下，伴随着震耳欲聋的轰鸣声掉入北方的森林；来自南方真火之国的巨人沿着从马萨诸塞到文兰的海岸到处窜扰；过冬的奶牛有一大半迟迟不产奶。人们惶惶不安，都害怕有什么大事要发生。

那年我才十七岁，孩子们，比现在的你们大不了多少……哈，别这么大张着嘴，索吉尔，不然耗子会把你的嘴当成窝钻进去的。怎么了，孩子们，你们难道以为我就没有过年轻的时候吗？你们难道以为我自打生下来起就是现在这副松松垮垮、老态龙钟的模样？和我们那时候的年轻人相比，你们这一代可要差远了。那时候的生活更艰难，南方的巨人来骚扰的次数也要比现在多得多——我老爹就是在我五岁时驾船出海南下、打算寻找这些家伙的老巢，最后生不见人死不见尸的。在那之后，我一直惦记着要宰几个巨人给他报仇，终于，我的机会来了。

在那个凄风苦雨，充满饥饿、冻雨与疾病的糟糕春季里，那天是个少见的艳阳天。当太阳快要接近西方森林的树梢时，一个来自耐斯托镇的海豹猎手来到我们村里，报告说他在爪角附近猎海豹时发现了一艘在海岸附近航行的黑船——所谓的“黑船”就是来自真火之国的巨人们驾驶的船只。和我们的长船不同，他们的船更大、更宽、吃水更深，而且不用帆和桨就可以开动。当时我们村的一支狩猎队就在爪角附近狩猎，于是村里的头人拉尔夫·毕欧格森决定派出一支十人小队去警告他们，顺便——如果可能的话——搞清那群巨人的数量和意图。

我就是那十个人中的一个。

在那个猎手的带领下，我们这帮吸着鼻涕的英雄沿着伐木小径穿过爪角半岛的松林，一直走到了水手之哀岬角下的海滩。在那里，我们遭到了六个巨人的袭击——顺带提一句，这些家伙并不像故事里说的那样可以用一只手连根拔起一棵大树、一拳砸倒一堵石墙，但即便如此他们中块头最小的家伙也比我们最高的人要高出两个脑袋来，最虚弱的也要比村里最壮的人强壮两倍，而且当他们打算躲起来时，就算是鼻子最灵敏的猎犬都很难找出他们到底藏在哪儿。我们在海滩上正是吃了这个亏：当那些家伙从不到十米的灌木丛里冲出来时，我们根本没有时间张弓搭箭，只能用短刀、猎矛和斧头与这些庞然大物展开肉搏。我们的人打得非常英勇，埃尔文家的多林在丧命之前放倒了一个巨人，哈罗德家的奥弗尔解决了另一个，但那群巨人干掉了我们十一个人中的十个。在混战中，有个巨人一锤子打在我的盾牌上，一下就把两寸厚的橡木盾给打了个粉碎，我当场就吓得尿了裤子，立马丢掉斧头往林子里没命地逃。

孩子们，你们是不是觉得我的表现像个懦夫？是不是觉得我当时应该像故事里的英雄们那样挺身而出、战斗到底？哈，没错，我当时确实害怕极了，但只有真正无可救药的傻瓜才不知道害怕。孤身一人朝着四个巨人冲上去确实是勇敢的行为，但没人会因为你被打成一摊糊在地上的烂肉就对你表示感谢，更不会有人因为你的这种勇敢而得到任何好处——也许你的仇人除外。如果我死在海滩上，就不会有人回去将巨人的动向和发生在这儿的事告诉村里人，其他人的死亡也将会变得毫无意义。

好啦，让我们回到这个故事吧！为了甩掉紧追不舍的四个巨人，我没敢沿着原路往回跑，只能拼命往林子最密的地方钻。巨人们虽然看上去笨拙，但跑起来就像最快的马一样快，而且比马还不知疲倦，要是在开阔地上和他们赛跑，你就只有死路一条。我像没头苍蝇一样在林子里拼命地跑、一刻不停地跑，一直跑到太阳下山才停下脚步——直到这时，我才发现自己已经在森林中迷路了。

哦，孩子们，先别急着笑。也许你们中的大多数人——如果不是全部的话——都曾经偷偷在晚上从家里溜出去，到爪角或者双冠山下的森林里去过夜，胆子大点的说不定还到海狸河边去抓过鱼，对吧？但围坐在火堆旁、一边唱歌一边烧烤鱼和蜜饯与在黑暗的森林里躲避一群杀气腾腾的巨人可不是一码事。虽然林子里在晚上黑得伸手不见五指，但我却不敢生火，生怕火光会把巨人们引来。我不敢弄出声音、不敢睡着，甚至不敢停下来 —— 要知道，如果巨人们愿意的话，他们的脚步可以比猫儿还轻。我必须时时刻刻警惕周围的每一点响动，小心翼翼地朝着村子的方向摸索。

然后我看到了火光。

那不是村子里的灯火，也不是村外瞭望台上点的火炬 —— 虽然看不见路，但我心里很清楚，我离村子还远着呢！那只是一小堆篝火，就像黑暗中的一支蜡烛，远远地悬在墨汁般浓稠的黑暗中。虽然心里有些忐忑，但我还是朝着火光的方向小心翼翼地摸索着走了过去 —— 除非是为了焚烧我们的房子和庄稼，否则巨人绝不会去费劲点燃哪怕一个火星，会在宿营时点起篝火的只有人类。

我就这么走着，直到能看清坐在那堆篝火旁的人才停下来 —— 我原以为那是某个趁夜到林子里布设陷阱的猎人，但坐在那儿的却是个女孩，而且看上去一点都不像是来打猎的。她穿着一身由奇怪的灰绿色布料做成的紧身衣服，上面还有棕色和黑色的斑纹，外面罩着一件看上去很新的海豹皮衣。她没有带猎刀、捕兽夹、绳索或者设置陷阱的工具，仅有的行李就是一只小小的麻袋，外加缠在腰际的一条形状怪异的皮带，上面挂着许多我完全不认识的东西。

这个女孩让我感到有些困惑。有那么一阵子，我甚至觉得她也许不是人类，而是森林里的精灵或者仙女。她的金红色长发就像燃烧的玉米穗，一直垂落到纤细的腰际，她的皮肤就像刚刚在木桶里凝固的奶油，蓝色的双眼比最晴朗的天空还要明亮，却有着像钢刃一样锋锐的眼神。她安静地坐在那儿，除了偶尔往篝火里添点柴火，就只是用警惕的神色搜索着四周，似乎在等待着什么。

我在树林里注视了她很长一段时间，完全不知道接下来应该做些什么。我的理智告诉我，她的篝火很可能把仍然在附近逡巡的巨人们引来，而那些巨人会眼都不眨地杀死她。但如果她真的是这片森林中的精灵或者神灵，那些巨人又怎么可能伤得着她呢？而我的贸然现身也许反而会让她感到不快。所以，我就这么如痴如醉地看着她，心里像塞了一百只猫一样痒得难熬，却发不出任何声音、挪不动一步。

接着，我听到了灌木丛被分开的声音。

巨人们终归还是被火光吸引了过来。三个巨人，每个都有十尺高，皮肤像浸在冰水里的死人一样白，握着锤柄比普通人的大腿还粗的巨大石锤。他们像一群协同猎食的狼一样分散开来，一步步朝着篝火旁的女孩逼近。随后，我惊讶地发现自己已经冲出了藏身的树丛，高声呼喊着我们家族的战号，用我仅有的武器——那把只有半尺多长的猎刀朝着离我最近的巨人捅了过去。

在故事里，英雄们的这一下子肯定可以干掉至少一个敌人，搞不好还能解决掉两个，但我不是故事里的英雄，所以我那把可怜的短刀只能无助地被卡在巨人像石头一样坚硬的肌肉里，却没能对那个大家伙的行动造成任何不便，更别提杀死他了。那个巨人只是轻轻一抬腿，就把我踢得仰面飞了出去，像一袋被公牛顶飞的稻草一样撞上了一棵足有一人来粗的杉树。幸好我及时侧过脑袋，才躲过了折断脖子的厄运，但这下子仍然撞得我头晕眼花，动弹不得，只能像一只被炖熟的大虾一样蜷缩在泥地上。当另一个巨人举着大锤朝我接近时，我以为我马上就要死了。

孩子们，你们想知道面对死亡是什么样的感觉吗？老实说，我当时什么感觉都没有，除了害怕。哦，当然，我也和你们一样，知道英勇牺牲的勇士们将会被奥丁选中、在瓦尔哈拉获得永生，但对死亡的本能恐惧要比一切恐惧都难以战胜。它就像是一千条细小的毒蛇，在我的身体和大脑中四处游窜，迅速地侵蚀着我残留的勇气与镇定。我不得不用力咬破了嘴唇，才克制住了开口求饶的冲动——尽管我心里清楚得很，向巨人求饶就像恳求一条毒蛇吃素一样毫无意义。

就在大锤即将落下的一刹，我听到了一声刺耳的巨响——你们见过闪电击中大树时的情形吗？当闪电劈开树干、烤焦木髓和树皮时，发出的正是这样的声音。紧接着，那个准备取我性命的巨人突然双膝一软，直接冲着我就倒了下来。呵，被这么个大家伙压在身下的感觉可不怎么妙，我又惊又怕，当即就晕了过去。

等我醒来的时候，我发现自己已经回到了家里，正躺在长屋的火坑边上，身上严严实实地捂着好几床皮毛褥子。我的母亲、村长拉尔夫·毕欧格森，还有一大群亲戚和邻居都挤在我身边。但真正让我惊讶的是，那个我在森林里遇到的女孩儿也在人群之中！“这么说，她肯定不是仙女，也不是森林里的精灵。”我欣喜地想，“毕竟谁都知道，仙女和精灵是不会走进人类的屋子的。”

孩子们，你们想知道那个女孩叫自己什么吗？她称自己为佩妮，一个相当普通的名字，完全配不上像她这样的人儿。她说自己是个住在文兰海岸的渔民，在出海捕鱼时被一场风暴带到了爪角附近，但我对她的故事半信半疑：很少有文兰的渔船会被风暴一直刮到马萨诸塞的海岸来，而且她的双手虽然长着老茧，却完全看不到渔民们常年操弄索具和渔网所留下的痕迹。不过，大多数人并不在乎这些，因为他们相信，佩妮得到了雷神托尔的祝福：当村里派出来搜寻我的队伍在森林里找到我和佩妮时，那三个巨人已经死了。在他们的尸体上，人们发现了雷电烧灼的痕迹。很显然，是托尔在危急时刻出手保护了这个女孩，而得到神明眷顾的人身上有些异于常人之处，实在是再正常不过了。

对于该拿这个受神眷顾的女孩怎么办，村里人展开了一场小小的争论。一些人想把佩妮护送回她在文兰的家里，但不幸的是，这个女孩似乎在那场风暴中受到了过度惊吓，记忆因此遭到了损害。她说不出自己的姓氏和家族名，也想不起自己到底住在哪座村庄或者镇子里了。她只是反复告诉我们，她的家位于一处深蓝色的海湾附近，岸边长满了松树——当然，这等于什么都没说。在文兰，能看到松树和深蓝色海湾的地方比母牛身上的跳蚤还要多，送她回家的事只好告吹了。

于是，佩妮就这么在村里住了下来。

2. 莱蒂的火棒

佩妮就住在我的家里。

呵，别笑，孩子们。这可不是我的要求，而是佩妮主动提出的——当然，她的理由也挺充分：在我老爹愚蠢地出海踏上不归路之前，我们家一直都是村里的头人，所以我家的房子要比别家的大得多；而且自从我父亲失踪之后，我家除了我也没有别的男人。对于一位外来的单身女士而言，这显然是个再合适不过的暂住地点了。

我对佩妮的要求没有提出任何异议——因为我根本没机会提。在康复后的第二天（其实我在那个夜晚并没有受什么伤，只是惊吓过度而已），我就和村里的一半男人一起离开村子，前往北边的大海湾捕猎海豹去了。这种大规模狩猎每隔几年都得进行一次，为将来的四五年储备照明用的海豹油和制作靴子与冬衣的海豹皮。所以，当我再次见到佩妮时，已经是整整半个月之后了。

在这半个月里发生了很多事。

在我跟随北上猎海豹的队伍，带着成卷的海豹皮和几十桶海豹油回到村里后，我照例去了表姐夫多兰·佩瑞诺德森家里一趟，为他们送去分给他们家的那份油脂和皮毛。当我走进他家大门时，我的表姐莱蒂正蹲在熄灭的火坑旁，准备点燃一把用来引火的干苔藓和灯芯草——当然咯，烧火做饭本来就是女人的活儿，所以我本不应该对这一幕大惊小怪。但让我大吃一惊的是，莱蒂手里拿着的不是我们平常用的燧石和火镰，而是一块小木片和一根只有小指头那么长的小棒。

“莱蒂，你在干什么？”我问道。

“生火啊，”她斜瞟了我一眼，仿佛我是个傻瓜似的，“你以为我在做什么？给你生锈的笨脑瓜上油吗？”她用一贯的居高临下的口气对我说道。

“但是……呃……嗯……”我愣了一会儿，“你的火镰呢？打火石呢？”

“谁还用那些玩意儿？”莱蒂露出了一个讥讽的笑容——哦，当然，她从小到大最大的爱好就是抓住一切机会嘲笑我，“除了老克里斯蒂娜，村里的女人都用上这个了。”她一边说着，一边用那根小棒在木片上摩擦了一下，小棒的顶端立即蹦出了几粒火花。我这才注意到，在小棒和木片上都沾着一些深红色的物质，很像是凝固的血迹。

“这是什么？”

“佩妮管这叫火棒，”莱蒂又试了一次，终于让小棒的一端燃了起来，“她带了整整一包这种东西。”

“佩妮？”我不可置信地摇了摇头，“她？”

“当然啦，除了她还能有谁？”莱蒂似乎没有察觉到我的惊讶，只是自顾自地用点燃的干苔藓去生火，“噢，我忘了，你在过去十几天里一直不在村里，肯定还没听说过最近发生的事。知道吗？你在森林里遇到的那个佩妮现在已经成了村里最著名的人物啦！全村有一半的女人都对她俯首帖耳——包括你老妈在内。每天都有好几十个女人，甚至还有几个男人到你家去找佩妮——只要她在家的话。”

我越听越糊涂了：“‘只要她在家’这是什么意思？”

“我的意思是她有时候会不在家，”莱蒂说道，“佩妮有时候会去其他人家里串门，有时候还会跑到海狸河边的码头那里去。”

“码头？”我更糊涂了，“她去那里干什么？”

“佩妮对很多东西都感到好奇，”莱蒂耸耸肩，“她懂很多东西，比村里的其他女人加在一起都要聪明，但有时候却像刚学会走路的小女孩一样喜欢问这问那。她知道的东西差不多和她不知道的一样多——她会说住在西方的那些黄种人的话，也能和那些从南边来的深色皮肤的小贩交谈。她还告诉我们，被我们称为‘真火之国’的南方其实没有永远燃烧的烈火，只是比这儿热一些而已；她说，我们住在一个大圆球上，如果驾船一直往东航行，就能看到另一片陆地，那儿还住着和我们一模一样的人，其中有些人还会说和我们一样的话。她还说，天上的星星其实和太阳没什么差别，只是离我们更远一些……嘿，你觉得这些会不会是真的？”

“呃……我不知道。”我放下海豹皮和油罐，掉头走了出去。

真火之国没有火？世界是个圆球？这听上去根本就是一堆疯话——至少当时的我是这么认为的。我不相信佩妮会说出这些奇怪的话来。不，莱蒂一定是在开玩笑，就像她过去最喜欢做的那样。

但我错了。

当我走到家门口时，屋里的情形险些又吓了我一跳——这倒不是因为挤在前厅里的几十个人（其中还包括几个男人），而是因为佩妮正在做的事：半个月不见，她已经换掉了我们初次相遇时穿着的那身奇怪的暗绿色衣服，换上了带兜帽的海豹皮大衣和小牛皮靴子，但即便如此，我仍然不会把她和村里的其他女人混淆在一起——我从没有在任何女人身上见过这种坚毅而知性的气质，正如没有哪只山雀能拥有天鹅的优雅。

我认识坐在她身边的那人——林奈家的瑞格尔，一个年纪还没我大、长着一头介于黄色与栗色之间的杂乱头发的大男孩。他的神情呆滞，呼吸中全是酒气，显然已经被灌醉了，一道触目惊心的可怕伤痕从他的右肩一直延伸到手肘的位置，在翻卷的皮肉下甚至能够见到骨头。我猜这有可能是棕熊干的好事，或者至少是大块头的山猫的杰作。每年春天，村里总会有两三个精力过剩、愣头愣脑的年轻人罔顾长辈的劝告单独跑进森林深处，结果被从冬眠中苏醒的猎食兽们当成开胃菜。大多数人都能从猛兽们的爪下逃脱，却在随后的几天里因为高热和伤口溃烂离开人世——人们都说，这是猛兽爪子上沾染的有毒体液导致的，只有通过放血才能释放这些毒液。但即使接受了放血疗法和医师的祝福，许多伤员还是没能从死神的手中逃脱。

正在为瑞格尔治疗的佩妮并没有使用这种方法——她没有往伤口里塞沾着海豹油的破布，也没有切开瑞格尔的手腕放血。相反，她先是用蘸着麦酒的棉布擦洗干净伤口，然后将一根一直放在火焰上烧烤、涂抹着大蒜汁的铁针穿上细线，像缝衣服一样扎进了瑞格尔的胳膊。

“天哪！你——”我被这一幕吓了一跳，但几个女人立即摁住了我的肩膀。“没关系的，杰伊，”索林家的乔治娅说道，她原本是村里医师的学徒，“佩妮知道该怎么做。”

“但……但是……”我想说点什么，但舌头却像是打了结，“她……”

“她上周也是这么给欧文·哈罗德森治伤的，”另一个人说道，“欧文的大腿被多林家的那条狗咬了，整个小腿肚都像被剖开的鱼肚子一样给撕了开来。我们都以为他至少得丢掉一条腿，结果佩妮只花了半个钟头就给缝了回去。欧文只在床上躺了三天就又能走路了，好得就像从来没受过伤似的。”

“这不可能。”我下意识地重复着这句话，但佩妮已经完成了治疗——她像缝合两片破布一样麻利地缝好了可怜的瑞格尔的胳膊，又拿出一支一头带着活塞、另一头是一根针的透明管子，将它扎进了瑞格尔的手臂。“他会没事的，”她抽出管子，将目光转向了我，“欢迎回来，杰伊。”

“噢……嗨，佩妮。”我支吾了一会儿，才勉强挤出了这么一句话。

“你们都出去吧！”佩妮点点头，对屋里的人们说道。在我的印象里，没有哪个女人敢用这种口气命令这么多人（尤其是屋里还有好几个大男人），但其他人却都遵循了她的命令，一声不吭地走了出去。仅仅眨眼之后，屋内就只剩下了我和她，以及仍然沉醉不醒的瑞格尔，“我猜，你肯定有很多话想对我说。”

“嗯……是的，”我点了点头，“你不是文兰人，更不可能是渔民。”

“是的，”佩妮的爽快答复让我吃了一惊，“我从没去过那个被你们称为文兰、在过去则被称为纽芬兰的岛屿，我也从没出海打过一次渔。你的猜测是正确的。”

我深吸了一口气：“那你到底是什么人？”

“如果我说我不记得了，你会信吗？”她对我露出了一个狡黠的微笑，“哦，不，你当然不会相信。被欺骗过一次的人不会接受另一个似是而非的答案。但我可以向你保证，我的谎言完全没有恶意——因为某些原因，我暂时还不打算向你们透露关于我的大部分信息。不过，我来自哪里并不重要，你只需要知道，是你在爪角的森林里救了我，这就够了。”

“不，不是我救了你，”我连忙摇头。我救了她？如果不是那些突然降临在巨人身上的雷电，我恐怕早已变成森林里某棵松树的肥料了，“是托尔……”

“托尔？”佩妮重复了一遍这个名字，就像是在品尝一杯发酸的啤酒，“不，我能活下来和他无关。我否认我受到了他或者其他自称为神灵的家伙的‘眷顾’——假如这些家伙还会‘眷顾’人类的话！”

我惊呆了。佩妮居然当着我的面否认诸神的眷顾！我下意识地想要反驳，但当我的眼睛接触到她愤怒的目光时，那些反驳的语句顿时卡在了我的喉咙里——我还是第一次见到她如此愤怒，以至于她的双眼仿佛都变成了两团冰蓝色的火焰。“那个……”我只得转移话题，“你对瑞格尔做了什么？”

“一个我力所能及的外科小手术，仅此而已，”佩妮答道，“不必谢我。事实上，你们本该得到比这更好的医疗服务——你们完全应该、也可以去过另一种生活，一种不必为了获得最起码的生存资料而被迫劳碌终日、随时担心会因为猛兽和敌人而死于非命的生活，一种不必将伤寒和产褥热这样的疾病视为绝症、不必被关节炎和寄生虫折磨的生活，一种能作为有尊严的人生活下去、能够独立地思考与行事、而不必匍匐在那些……”她突然停止了慷慨激昂的演说，“算了，我想我已经说得够多了。我只希望你能明白一点，杰伊，虽然你也许不能理解，但我……我现在的一切所作所为都只是为了你们的利益，你能相信我吗？”

我没有回答这个问题。

3. 佩妮的秘密

尽管没有从我这里得到任何保证，但佩妮还是继续住在我家。虽然在进入夏季之后，人们手上的活计开始变得越来越多，但每天仍然会有十多个人前来登门拜访 —— 有些人是来寻求帮助、征询意见的，另一些则只是想来听佩妮讲那些“新奇事”。佩妮没有让任何人失望：她治好了乔克家的羊瘟，为好几个脚踝脱臼的顽皮孩子接好了腿。当第一批蝉从森林的地表下钻出来时，佩妮帮拉尔夫·毕欧格森在与南方来的矿石商人的谈判中争取到了相当优惠的价格，还替至少半打产妇接了生 —— 所有产妇和婴儿都健康地活了下来。村里的一半妇女都把她当成了偶像，她的名声甚至传到了附近的耐斯托和新渥太华镇，许多人赶几十里的路来到我们的村子，向佩妮寻求帮助。

佩妮就这样在村里住了一个夏天。她和村里的大多数人关系都相当融洽，仿佛她从小到大都生活在这里似的。但也有一些人对她保持着原有的警惕和不信任，随着她越来越得到其他人的信任，这些人的警惕渐渐发展成了恐惧，然后又演变成了憎恨。

而我却对这一切都浑然不觉。

短暂的夏季很快就让位于阴冷、干燥的秋天。在初秋的一个早晨，我照例到海狸河边的森林里去检查前一天设下的陷阱和套子，希望能有足够的运气搞到几张可以拿来做手套的松鼠皮。但我没想到的是，就在我开始检查第一个陷阱时，一个人影突然从我身后的树丛里跳了出来——我立即抽出了斧头，但马上就把这件武器放下了。

“该死的，弗吕格森！”我喊道，“你在这儿鬼鬼祟祟地干什么？我刚才差点就砍掉你的脑袋！”

“我不是故意要吓你，杰伊，”加夫里尔·弗吕格森向后退了两步，小小的黑眼珠在狭窄的眼眶里来回转动着，活像是一只受惊的黄鼠狼，“我们只是有话想对你说。”

我们？我这才注意到，在森林里等着我的并不只有加夫里尔·弗吕格森一个人。多恩家的奎斯特是村里的医师——至少在佩妮来之前，人们只能找他看病，而蒙塔古·佩里是一名已经在村里住了两年的护身符小贩兼流浪算命师。“有什么话非要到这儿来说？”我问道，“在村里就不行吗？”

“隔墙有耳，”弗吕格森动作夸张地摇了摇头，“村里的所有女人都有可能去通风报信，许多男人也一样。大家都被那个外来女人给迷住了，我们担心……”

“你这话是什么意思？”我有些恼火地问道。毫无疑问，“那个外来女人”指的只能是佩妮，而弗吕格森的语气让我感到很不舒服。

“我们的意思是，佩妮小姐——我们姑且称她为小姐吧——也许并不像看上去那样……值得信任。”蒙塔古·佩里用他那种一贯故作神秘的语气说道，“当然，我并不否认她为村里帮了不少忙，但一个来路不明的年轻女人……”

“至少比一个来路不明、整天兜售派不上半点用场的护身符的糟老头子要值得信任。”我不留情面地打断了蒙塔古的话。这个老流浪汉会说出这种话一点都不出人意料，毕竟，自从佩妮来到村里之后，他就很少能卖出那些据说可以驱赶恶魔、招来好运的玩意儿了。

“邪恶总是善于隐藏自己的本性，以蒙蔽善良之人的双眼。”蒙塔古叹了口气，“但伪装永远不可能取代事实。只要时刻保持警惕、不被表象迷惑，我们就不难发现某些蛛丝马迹……”

“比如上个月钻进索林家鸡圈里的那只特大号黄鼠狼？”我用嘲讽的语气反问道。蒙塔古的那张瘦长的马脸顿时变成了红色。“有人说，那只黄鼠狼的身材和某个自称能看到未来的家伙很相似哦！”

“小偷小摸确实是应当谴责的陋习，”奎斯特·多恩连忙接过了话头，“杰伊，我知道你有理由不喜欢蒙塔古先生，但村子的安全才是最重要的。”

“村子的安全？”我冷哼了一声，“我倒是想知道，佩妮到底做了什么危及了村子安全的事？难道她替瑞格尔和欧文疗伤威胁到了我们的安全？或者她不应该帮乔克治疗那些得病的山羊？也许她替产妇接生让我们陷入了危险当中？又或者是她送给女人们的火棒和驱虫药？”

“我想你误会了，杰伊，”弗吕格森说道，“我没说佩妮不该做这些事。但你好好想想，她的火棒、驱虫药，还有她给伤员和产妇们用的那些药到底是哪来的？别忘了，她刚来村里时是孤身一人，除了一身衣服没有任何行李。”

“而且她也从来没离开过村子，”蒙塔古·佩里接着说道，“至少，从来没有人看到她离开过。”

“你们究竟想说什么？”我不耐烦地问道，“难道你们要告诉我，佩妮会像故事里的女巫那样在半夜里从烟囱里飞出去，骑着山羊参加森林妖精的宴会？还是……”

“这个问题只有你才有权回答，”弗吕格森耸了耸肩，“毕竟，她住在你家。”

“我现在每天晚上都睡得很安稳，从来没发现过什么异样。”我朝他吼道，“你们还想怎么样？别忘了，我的床就在长屋的火塘边上，离房门只有不到五尺远！如果佩妮真的会在晚上……呃……做些什么事，这几个月里我早就应该发现了！”

“睡得很安稳？”弗吕格森将这句话重复了一遍，“杰伊，如果我没记错的话，过去的你可不会这么说，”他停顿了一会儿，似乎在考虑接下来的措辞，“我记得你以前经常告诉我，自从你父亲不幸……离开之后，你就经常在夜里被噩梦惊醒。你最近还在做那些噩梦吗？”

我摇了摇头。在过去的几个月里，我确实没有受到任何噩梦的困扰——事实上，我近来甚至失去了做梦的能力，只要一合眼就会陷入无梦的、安详的沉睡，直到第二天黎明才会醒来。在弗吕格森向我提起这件事之前，我从来都不认为佩妮和我睡眠状况的改善有什么关系，但现在我不那么肯定了。我每天的晚餐都是佩妮准备的，如果她愿意的话，随时可以在我的食物里下药，或者……

我完全不想怀疑佩妮，更不相信她会对我怀有恶意——我甚至不愿去设想这种可能性。但怀疑就像落入干草堆的火星，一旦被点燃，就绝不会自动熄灭。我开始不由自主地回忆佩妮在过去几个月里所做的每一件事，回忆那些可能被忽略、被佩妮刻意掩盖的微小细节，回忆她一举一动中一切值得怀疑的地方。

我的心慢慢地沉了下去。

"杰伊，你必须明白，我们并不打算对任何人提出指控，"弗吕格森显然注意到了我神态的微妙改变，一丝兴奋的神色在他暗蓝色的眼睛里一闪而过，"我只想提醒你一句：凡事多留点神，这样对所有人都好。"

我满腹心事地在森林里徘徊了一整天，直到太阳下山才回到家里。佩妮一如既往地为我端来了奶酪、干鱼和煎得恰到火候的鸡蛋，但我偷偷地把这些东西都藏到了床下，一口都没有吃。在佩妮送走最后一个前来求诊的病人后（那是个得了严重湿疹的耐斯托羊毛贩子），我强忍着饥饿爬上了床，开始闭上眼睛装睡。没过多久，我就听到了母亲卧室的房门被轻轻推开的声音。

是佩妮。

我压抑着心中的惊讶和被欺骗的愤怒，竭力不让自己惊呼出声：佩妮手中执着的不是用海豹油或者鲸油作为燃料的油灯，也不是用松脂和涂油的树枝扎成的火把，而是一只暗绿色的圆筒，体积正好可以让佩妮用一只手握住。一道毫无热量的光柱从圆筒的一端射出，就像凝固的月光。佩妮并没有来检查我是否睡着了，这让我大大地松了口气：我的心脏现在跳得就像是春祭节日篝火边的鼓点一样，胳膊和双脚因为激动而不受控制地微微颤抖着，如果她仔细观察的话，肯定会发现我在装睡。

或许是对下在食物里的安眠药充满信心的缘故，佩妮只是朝着我这边匆匆瞥了一眼，就开始忙起了自己的事。她从一个小包里（我之前一直没注意到她到底把这个包藏在哪儿）取出了一件折叠在一起的带兜帽斗篷，花了点时间小心翼翼地把它铺开、穿上。乍一看去，这件深褐色的斗篷普普通通、平淡无奇，和任何一件被穿过十年以上的羊毛斗篷都没什么两样。但当佩妮披着斗篷在光线下转过一个角度时，我的下巴差点惊得掉到地上。

佩妮消失了。

不，她其实并没有真正“消失”。披在她身上的斗篷随着她的每一个动作不断变换着颜色和图案，让她看上去与周围的一切浑然一体，就像落在树皮上的桦树尺蛾或是躲进草丛的绿色蚱蜢一样。佩妮谨慎地在客厅里走了好几个来回，似乎是在测试这件斗篷的隐蔽效果。接着，我看到她满意地点了点头，将那只发光的圆筒收进斗篷上的口袋里，推开房门走了出去。

我深吸了一口气，默默从一数到二十，然后蹑手蹑脚地跟了上去。在那件斗篷的掩护下，佩妮几乎完全融入了周围的夜幕中，想要凭视力发现她的踪迹根本就是不可能的——除非你长着一双像猫头鹰一样敏锐的眼睛。幸好我之前早有准备，在回家前从林奈家借了一只名叫库克的猎獾犬。这只短腿的小东西虽然样子傻乎乎的，但鼻子却比那些大狗灵敏得多。我把这只小东西从狗窝里牵出来，给它系上皮绳和鼻笼，然后掏出一块佩妮用过的绣花手帕让它嗅了嗅，小东西立马撒开四条小腿，带着我追了上去。

在库克的带领下，我跟着佩妮穿过村外的壕沟，向北翻过新月丘陵，绕过了怪石嶙峋的爪角半岛的西侧边缘，爬上了一座覆盖着茂密松林的无名矮山。在走进这座小山顶部的一片林间空地后，佩妮停下了脚步，从斗篷的袋子里拿出了一个银灰色的小盒子，将它放在了一截干枯的树桩上。她轻轻碰了碰盒子表面，一道诡异的、毫无热度的暗红色火焰立即出现在了盒子上方，还没等我搞清楚这是怎么回事，这道火焰已经开始像融化的蜡块一样扭曲、流动，最后竟然变成了一张人脸！

极度的恐惧就像一只冰冷的爪子，紧紧地攫住了我的心脏。孩子们，我想你们从小就已经听说过，火是洛基的职权范围，也只有谎言与欺骗之王才能自如地操纵火焰，而我现在正与他面对面！我想要逃跑，但发软的双腿完全不听使唤；我想要尖叫，但喉咙里却发不出一点声音。现在回想起来，我居然没被当场吓死，这可真算得上是个小小的奇迹。

大约过了一次呼吸的时间，火焰中的人脸说话了。他的声音低沉而坦率，完全听不出丝毫淫邪之意：“这里是歌利亚 1 号，回音 3 号，是你吗？”

“回音 3 号收到，”佩妮答道，“全息通信模式信号正常。”

“那就好，”自称为“歌利亚 1 号”的人脸（那是一张男人的面孔，他的声音也是男性的声音）点了点头，“有什么问题吗，回音 3 号？”

“我需要至少两百单位的广谱抗菌素，三十人份的白喉与破伤风疫苗——要口服的片剂，五支可以重复使用的注射器，如果能给我一瓶医用乙醇就更好了，”佩妮说道，“我实在是恨透用沸水清洗针头了，你知道在这鬼地方烧壶开水有多麻烦吗？”

“不知道，而且我也没兴趣知道，”火焰中的人脸撇了撇嘴，“那是你自己的事。对于你的要求，我将按程序提交给行动指挥委员会讨论表决——不过我会投否决票。虽然我不否认，你用医疗服务换取当地人支持和信任的做法确实有一定的效果，但这么做实在是太大张旗鼓了，也许会让那些家伙产生不必要的警觉。有迹象表明……”

“得了吧，”就在我还在寻思那个什么“委员会”和“那些家伙”是何方神圣时，佩妮已经打断了对方的话，“难道你要我眼睁睁地看着无辜的人们因为一点儿小病和伤口感染而送掉性命吗，克里斯丁？就为了你们那该死的保密的需要？”

“为了整个种族的未来，个体的牺牲是可以接受的，中校。”那张脸说道，“更何况，就算你任由那些家伙死于疾病，他们也只能算是自然死亡……”

“就因为他们不幸出生在这颗行星上？”佩妮的怒气把我吓了一跳，但也让我松了口气——无论火焰中的那张脸到底是谁，他绝不是洛基。没有谁敢用这种口气和欺骗之王说话，“就因为他们的祖先没有像我们的祖先那样踏上旅程，我们就可以否定他们的天赋权利吗？或者你忘记了文明宪章里的某些规定，克里斯丁？”

“哦，不，我没这个意思，”那个叫克里斯丁的家伙惶恐地答道，“我只是想提醒你……等等，中校，你的运动探测器好像有些不对劲。”

“什么？”佩妮连忙拍了银色盒子一把，火焰和男人的脸都消失了。她朝着四周环视一圈，同时抽出了一件……奇怪的东西。我的直觉告诉我，那应该是一件武器。“谁在那里？”她朝着我的方向喝道，“出来！”

我踌躇了起来。佩妮真的知道我在跟踪她吗？或者只是在虚声恫吓？我应该当着她的面解释这一切吗？她会不会为了保密而杀了我？还是……

“出来！别逼我使用暴力手段！”佩妮用一只手握着那件武器，另一只手握着那只会发光的圆筒。圆筒射出的光芒直射在我的脸上，让我不由自主地打了个喷嚏，“怎么是你？我……”她的话刚说出一半，就变成了一阵痛苦的呜咽。

一支箭扎进了她的后背。

4. 瓦尔哈拉的召唤

我看着佩妮倒在了铺满枯黄松针的泥地上。

一个男人从远处的黑暗中走了出来，然后是第二个、第三个……我在这些人里认出了弗吕格森、奎斯特和其他几个不喜欢佩妮的人，还有几个是生面孔——这意味着他们也许来自耐斯托、新渥太华或者更远的地方。超过二十个男人包围了中箭倒地的佩妮，每个人都全副武装、如临大敌，仿佛他们面对着的是一群巨人而非一个受伤的女孩。

“这女巫还活着。”其中一个人将矛柄倒转过来，狠狠地抽打在佩妮背上——我敢发誓，我当时听到了骨头碎裂的声音，“现在就宰了她？”

“别犯傻，霍伯，”一个留着络腮胡的家伙说道，“你想让我们成为谋杀犯吗？”

“杀人才是谋杀，宰掉一个女巫不能算谋杀。”那人不情不愿地住了手，活像是一只被夺走了骨头的狗崽子，“洛基的奴仆没有资格被称为人。”

“但前提是你能证明这个女人确实在为邪恶服务。”络腮胡说道，“我们是正派人，正派人有正派人的行事方法：我们要把这个女巫带到人们面前，向所有人揭露她与邪恶勾结的真面目……”

“不！”我听到有人高喊了一声——接着，我意识到发出声音的人其实是我，“你们不能这样！”我从黑暗中走了出来。

“杰伊？”几个村里人认出了我。“感谢奥丁，你来得正好。”弗吕克森说道，“你看，我们之前的猜测是对的：这个婊子是洛基的娼妇，她戴着友善的面具来到我们中间，却在暗中行着洛基要她行的恶。我们很快就会让她受到正义的审判。”

“不，这……不是你们想的那样。”我迅速站在了佩妮身边，“她不是……”

“她通过火焰与洛基对话！”一个我不认识的男人指了指佩妮放在树桩上的银色匣子，脸上的表情混合着恐惧与憎恶，“这难道不是邪恶的吗？”

“那不是洛基。”我摇了摇头，“他们在谈论该怎么帮助我们，洛基可不会这么做。”

“那只不过是谎言而已——欺骗之王知道我们会来这里，所以故意用谎言迷惑我们。”弗吕克森挥了挥手，“让开，杰伊，把这个女巫交给我们处理。”

“不行！”我没有让开——尽管弗吕克森的说法听起来似乎有些道理，但我却固执地不愿考虑这种可能性。在我心中的某个角落里，一个声音正反复告诉我，我的做法是正确的，“我不能让你们带走她。”

“如果你不站在我们这边，那我们就只能将你视为这个女巫的同党，”络腮胡说道，几个带着弓箭的人开始朝着我张弓搭箭，“我只警告你一遍！一！”

我的膝盖开始颤抖，呼吸变得急促起来——没错，我知道这些人肯定会说到做到，但我就是无法说服自己后退哪怕一步。

“二！”

我下意识地闭上眼睛，同时在心中暗骂着自己的愚蠢——如果我就这么送掉性命，对佩妮也不会有丝毫帮助。事实上，他们很可能会认为是佩妮用邪恶的手段迷惑了我，然后把我的这条命也记到她的账上去。我用力咬了咬嘴唇，想要强迫自己挪动双腿，但那人已经喊出了第三声。

他喊的不是“三”。

在一阵混合着惊讶、狂喜与敬畏的欢呼声中，一道如同朝阳般绚烂的金色光芒从这片林间空地的上空洒落下来。那光芒是如此之强，以至于我尽管低下了头，但仍然被地面的反光晃得睁不开眼。“瓦尔哈拉！”弗吕克森第一个颤抖着跪倒在地，敬畏地低下了头颅，其他人也纷纷效仿，“是瓦尔哈拉的召唤！”

我下意识地想抬头看个究竟，但一阵愉悦的眩晕感突然从我的脚底涌起。我突然觉得自己浑身乏力、无比疲惫，每一块肌肉里的力量都仿佛被抽干了。接着，温暖的睡意像潮水般涌来，从四面八方淹没了我。

我昏睡了很长一段时间。

在朦胧中，我觉得自己被人抬起来，放在了某种柔软的织物上，在无尽的黑暗虚空中被不断地抬升、抬升、抬升。我恍恍惚惚地听到有人在我身边交谈，冰凉的手和温暖的手交替触碰着我的身体。我听到了脚步声、音乐声和风声，只有在最狂野的梦境中才会出现的斑驳色彩在我的眼前闪现，然后又在眨眼间复归黑暗。毫无来由的喜悦和欢乐在我的胸腔中来回撞击，就像是装在来回摇晃的陶罐中的蜜酒。

接着，我醒了过来。

好吧，其实我并不能算是真正地“醒了”——我能看、能听，但脑子里却像是被塞进了一大桶蜂蜡，什么都无法思考，只能被动地接受其他人发给我的指令，仿佛我的身体已经不再属于自己了。在一个身穿白袍的人（我分辨不出他的性别）的帮助下，我从一张柔软得令人吃惊的床上坐了起来，在他的示意下朝着一面镜子做了一系列的肢体动作：屈膝、伸展胳膊、点头和摇头、抬腿。

在折腾够了之后，白袍人示意我跟着他穿过了一扇大门（至少我认为那应该是某种门），走过一条有着雪白的墙壁与地板、被柔和的鹅黄色光线照亮的长廊，来到了一座我这辈子见过的最宽阔的大厅里。怎么个宽阔法呢？就算把两百艘我们最大的商船并排放进这座大厅，也没法摆满它的地板。它的天花板到地板的距离比西方群山中最高大的红杉还要高两倍……也许更高。这座大厅内部没有任何装饰，墙壁与地板闪烁着晶莹剔透的银色光泽，仿佛由整块寒冰雕琢而成，仅有的家具是几张样式简单的扶手椅。在白袍人的指示下，我浑浑噩噩地在一张椅子上坐下，接着，一阵轻微的刺痛感从我的肩膀上传来。我的头脑顿时变得清晰了不少，仿佛有人刚刚洗掉了堆积在里面的淤泥似的。

“欢迎来到瓦尔哈拉，杰伊·埃里克森先生。”就在我重获自己身体的控制权的同时，一个男人的声音从我面前传来，“为了防止您因为过度惊讶或者恐惧而做出可能伤害到您自己的行为，我们在过去的两个小时里不得不对您的大脑皮层的某些部分进行了选择性麻痹，对此我们相当抱歉。请问您现在感觉好些了吗？”

“是的。”我循声望向朝我说话的人——这个身穿金色盔甲、血红色披风从肩部一直拖到脚下的男人是我这辈子见过的最强壮、最高大的人。他的一只眼睛上戴着眼罩，但这并未使得他身上流露出的威严与睿智减少分毫。两只乌鸦安静地站立在他宽阔坚实的肩头。坐在他旁边椅子上的是一个同样强壮、却少了一只胳膊的男子，一柄闪烁着灼灼银光的战锤斜倚在他树干般粗壮的腿上。一名美艳不可方物、穿着雪白色裘皮大衣的金发妇人就站在他身后，嘴角似有若无地带着一丝神秘莫测的微笑。

我用力掐了自己的大腿一把，以确认这不是一个离奇的梦境——我竟然与奥丁、芙蕾雅和托尔面对面坐在一起！我下意识地站了起来，却又迟迟不知接下来该怎么办。我应该跪下来、像那些虔诚的信徒一样诚惶诚恐地跪拜他们吗？或者我应该用其他方式来表达我的敬畏？我该怎么对他们说话？该怎么称呼他们？

“坐下，杰伊，坐下。”我身后响起了另一个声音。披着一件宽松白袍的佩妮不知什么时候已经来到了我身后。尽管她的动作还有些僵硬，额头和肩膀上都缠着绷带，但显然已经没有什么大碍了。“你不必像那些傻瓜一样对这些……东西顶礼膜拜，因为你本来就应当是他们的主人。”

5. 被遗忘的和被铭记的

“佩妮·吉尔伯特中校，”托尔的声音就像倚在他身边的那柄银锤，简洁、坚硬而冷淡，“看来，在满足了您的要求之后，您总算愿意赏光坐下来和我们谈谈了？”

“如果我没记错的话，当我的祖先们的世界舰离开太阳系时，你还被称为GSS-129，托尔先生。”佩妮用讥讽的语气说道，“而你，奥丁，你在全球安全系统中的原始编号应该是GSS-103。两千年不见，没想到你们居然改行做起神仙来了，真是可喜可贺。”

“我们只是在履行自己的职责而已，”奥丁答道，“至少从理论上讲，假冒神灵并未违反我的道德子程序。”

这句话让我觉得仿佛迎面挨了一记重拳——假如不是两记重

拳的话。假冒神灵？奥丁当着我的面承认他是一个伪神？就算有人告诉我，我的老爹不是大名鼎鼎的老埃里克森，而是一只住在阿巴拉契亚山洞里的巨魔，我大概也不会比现在更惊讶了。“你们到底在说些什么啊？”我没头没脑地问道。

“我们在谈论一些事，一些被遗忘的和应当被铭记的东西。杰伊，如你所见，我是来自克里斯托夫·哥伦布号世界舰的陆战队中校佩妮·吉尔伯特，第一特别调查组的负责人和行动指挥官。”佩妮对我说话的语气非常……怪异，仿佛她是头一次见到我似的，“至于坐在你面前的这些东西到底是什么……你只需要向他们下一道命令就知道了。”

一道命令。

我咬了咬嘴唇，然后做了个深呼吸：“奥丁，我命令你从椅子上站起来。”

“所以，这就是你想要的，中校？”身着金甲的独眼男子从椅子上站了起来，站在他肩头的两只乌鸦一声不吭地用煤球般的黑眼珠死死地盯着我，锐利的目光仿佛要将我刺个对穿，“你担心我们会对你采取某些……强制性手段，所以才坚持要求杰伊·埃里克森在谈判时到场，对吗？”

“从理论上讲，你们完全可能这么做。”佩妮点了点头，“在来地球之前，我研究过资料库中储存的所有与全球安全系统有关的资料。据我所知，GSS 将对地球居民和旧邦联公民的保护与服从列为第一优先级，而对广义上的‘人类’的保护与服从则仅仅列为第二优先级。由于我不是在地球上出生的人，而且旧邦联也早已不复存在，因此你们完全可以在与我谈话的过程中蓄意曲解我的言论，从而将我认定为‘侵略者’，并在保证我的基本生存需求与人身安全的前提下将我作为战俘无限期羁押下去——而这么做并不会违反你们的行为限制程序，但你们却必须服从杰伊·埃里克森先生的任何命令，因为他是一个完完全全的地球人。我说得对吗？”

“我必须承认，您对我们的了解程度超出了我们的预料。”托尔说道，“不过我必须更正一点，从理论上讲，旧邦联尚未灭亡——尽管当上次大战于2479年正式结束时，几乎所有的太阳系内殖民区都已经化为乌有，而被叛乱分子占据的近地殖民区也遭到了毁灭性的报复性打击，但邦联的一部分偏远殖民区并未被战火波及，邦联的政权与法律在那些地方仍然存在。”

“你们的信息过时了。”佩妮答道，“在回归之前，仅存的三艘世界舰——‘克里斯托夫·哥伦布号’‘亚美利哥号’和‘伊本·白图泰号’——曾经造访过所有记录在案、未曾遭到战火波及的殖民行星，结果令人失望：大多数殖民地已经落到了与维京人的格陵兰殖民地同样的下场，住在那儿的人要么跑了，要么死了，少数几个仍然有人居住的地方也退化到了可悲的原始状态。人类缔造的殖民帝国已经不复存在。”

“真是不幸，”奥丁叹了口气，栖息在他肩上的两只乌鸦也扑腾着黝黑的翅膀，呱呱地叫唤了几声，“不过也不算太出人意料——那些边缘殖民区的经济高度依赖邦联当局的补贴，在邦联覆亡后，它们靠自己维持下去的机会确实不大。”

“我们都知道，在大战结束之后，我们幸存的祖先们建造了那些世界舰，离开了遭到严重破坏、已经无法支持人类生存的地球。他们将这颗千疮百孔的行星留给你们照看，并希望能在回归之日见到一颗绿意盎然的美丽星球和一个生气勃勃、在灰烬上重生的文明，”佩妮话锋一转，“但你们却辜负了他们的托付。”

“我对您所陈述的史实没有任何疑问，中校。”奥丁饶有兴趣地点了点头，他肩上的乌鸦也附和般地来回摇晃着它们的小脑袋，“但我不大赞同您所作出的结论。您能解释解释您是如何得出这一结论的吗？”

“根据我在过去几个月中的调查结果，在我们离开后的这二十个世纪中，你们确实按照全新世时期的原貌恢复了地球的生态环境，并利用我们的祖先留给你们的基因库在地球上重新建立了人类种群，”佩妮暂停了片刻，似乎在考虑接下来的措辞，“但你们并没有完全完成自己的使命——在过去的八百多年里，你们一直蓄意压制地球上的人类社会的进步，将文明水平压制在极为原始的状态。你们假借神灵的名义愚弄人们，将那些最有创造力、最优秀的人从人类社会中带走，还美其名曰‘瓦尔哈拉的召唤’，这使得他们的社会发展水平一直停滞不前，甚至连农业、货币和文字都迟迟没有发明出来。你们通过谎言限制了人类的探索精神，将他们隔绝在互不联系的几片高纬度沿海地带，彼此之间无法交流文明成果。更令人发指的是，你们甚至利用基因技术制造出那些所谓的‘巨人’，每隔一段时间就派遣他们攻击与杀戮人类！我想知道，到底是什么原因让你们如此虐待那些你们本该保护的对象？是仇恨、疯狂，还是……”

“仇恨和疯狂，”奥丁用厌恶的语气重复道，仿佛刚刚喝下一杯发酸的啤酒，“那是人类特有的非理性思维方式，而我们存在的全部意义就是基于数学逻辑进行理性思维。换言之，这两个概念对我们并不适用 —— 所有算法都能且只能提供唯一正确的答案，但真正意义上的疯狂与仇恨却是无法量化与计算的。”

“那你的意思是，你们在这二十个世纪中的一切所作所为都是在你们那该死的理性思维的指导下完成的？你们这帮废铜烂铁之所以冒充神灵、阻碍人类文明发展、罔视人类的痛苦，甚至用间接的方式杀害那些你们原本应当不惜一切代价保护的人，也都是通过你们那该死的数学逻辑运算得出的结果？”佩妮愤怒地挥了挥拳头，这个过度剧烈的动作牵动了她肩上的伤口，让她疼得打了个哆嗦，“你们想让我相信这些吗？”

“你的问题不够明确、过于模糊、变量太多，因此我无法用简单的‘是’或者‘否’来回答，”奥丁答道，“所以我首先回答你的第一个问题：在过去的两千四百一十一年中，我们的一切所作所为确实都是经由理性思考的指导而进行的，并全都经过了我们的道德子程序的检验。但同时我必须指出：在最初的一千两百五十年里，我们什么都没做。”

佩妮不可置信地眨了眨眼睛。

“因为我们当时正处于待机状态。”托尔解释道，“请问您对于‘巴尔德’计划的细节了解多少，中校？”

一丝犹豫的神色从佩妮的脸上一闪而过：“说实话，不算很多。我们知道这个计划是由 GSS 系统的设计者们负责制定的，目的是在地球环境恢复后利用事先保留的基因库重建人类社会。但大多数计划细节都已经遗失了 —— 或者根本就没被记录下来。”她突然将目光转向了我，“杰伊，我要求你明确命令编号为 GSS-129 和 GSS-103 的人工智能在描述‘巴尔德’计划及其执行过程时不得撒谎，或者蓄意遗漏与曲解任何事实。”

我照着她的话做了。

“你这么做完全没有必要，”奥丁说道，停在他肩上的乌鸦们发出一阵哀怨的咕哝声，“好吧，正如你知道的那样，‘巴尔德’计划制订于大战结束之后，其最初的目的是作为‘阿特拉斯’计划 —— 也就是广为人知的世界舰计划 —— 的补充与保险。参与制订这一计划的除了一批生态工程师，还有当时最优秀的人类学家、社会学家和历史学家。在经过反复争论与研究后，这些人一致认为，直接将人类文明所积累下来的知识与技术交给初生的人类社会不是一个好点子，这么做就像把一笔巨额财产交给一个根本不知道该怎么花的小孩，只会将他的积极性与进取心消磨殆尽。正确的做法应该是引导他们自食其力、自主探索，在相互竞争中发展进步 —— 这正是‘巴尔德’计划的原始版本的核心思想。”

“但他们忽视了相当重要的一点，”站在奥丁身后的芙蕾雅接着说道，她的声音就像掺进蜂蜜的山泉水，甜蜜、清亮而流畅，“对人类而言，过度竞争比缺乏竞争更加危险。‘巴尔德’计划的执行过程充分地证明了这一点：在最后一艘世界舰‘伊本·白图泰’号离去后，我们花了两个半世纪的时间重建了地球生态系统。随后，我们从储备的基因库中挑选出了一百万份来自不同种族的基因，在长江、密西西比河、尼罗河、莱茵河与印度河流域建立了五个人类社会体系。我们给这些人类留下了相当于公元元年水平的科学知识，并为他们确立了彻底的唯物主义意识形态——‘巴尔德’计划的制订者们相信，这样就可以最大限度地避免唯心主义和宗教神秘思想对人类探索客观世界积极性的阻碍。”

“在新生的人类完成第一次世代交接后，我们就将部署在地球表面的所有技术设备撤回了这座位于地月系拉格朗日点的空间站，”奥丁接着说道，“随后，我们停止了与地球表面的联络。除了轨道防御平台，整个 GSS 系统都进入了待机状态。我们只给新生的人类社会留下了一个‘升天’的许诺：当他们凭着自己的力量离开大气层、登上我们的空间平台后，他们将取回旧纪元的全部人类文明成果。”

“我们就这么等待了十个世纪。”

“你们最后失望了。”我突然没头没脑地插了一句。

“没错。在漫长的等待后，我们结束了待机状态，并向地表发去无线电信号，但没有得到任何答复。”奥丁说道，“无人侦察机在地球表面发现了许多城市与军事基地的废墟——在这些地方检测到的辐射高得惊人。几乎所有分布在行星地表和空中的生物都死去了，除了少数躲在地下避难所里苟延残喘的技术专家，我们没有找到任何幸存者。很显然，地球上的人类再次走上了自我毁灭的道路。”

“这不可能。”佩妮说道。

“根据埃里克森先生的命令，你知道我们不可能在这件事上蓄意撒谎——况且也没这个必要。”奥丁叹了口气，“从那些在掩体里躲过劫难的技术人员口中，我们了解到了地球上所发生的事，以及‘巴尔德’计划的致命缺陷：与当年的设计者们预料的一样，彻底的唯物主义和‘升天’的许诺确实极大地激励了人类的探索精神与竞争精神，使得这一轮人类文明的科技发展速度远远超出了上一轮文明，但人类从本质上讲并不是一种善于合作与容忍的生物——各个文明间的竞争很快演化成了冲突，冲突又演变成了战争，而战争……”他摇了摇头，“战争导致了种族主义。正如‘二战’后的欧洲一样，狂热的种族主义成为法西斯病毒孳生的温床，而‘升天’的口号比一切极权主义许诺的乌托邦都更能激励人心——因为人们知道那是真实的。”

“然后……”

“然后就是灾难。”芙蕾雅接口道，“经过几个世纪的恶性竞争，这些文明演化成了在种族主义意识支配下的极权国家。他们相信自己比其他文明更有权力取回‘祖先的宝藏’，从而产生了极端讽刺的状况：虽然他们很早就发展出了化学能火箭，却没有一个文明派人前来拜访我们——所有国家都储备了为数众多的大规模杀伤性武器，同时虎视眈眈地用各种各样的仪器紧盯着天空，随时准备毁灭胆敢这么做的对手。最后，因为一次太阳风暴引发的通信故障，那个位于密西西比河流域的国家误认为位于莱茵河流域的国家抢先发射了一艘前往拉格朗日点的飞船，于是一切都结束了。”

“在确认地球上已经没有多少值得拯救的东西后，我们花了一个世纪的时间清扫‘巴尔德’计划失败所留下的废墟，同时思考这一计划失败的原因。”在短暂的沉默之后，奥丁重新开口了，“这一次，我们没有在大河流域重建文明，而是将目光转向了亚北极圈沿海地区的针叶林和针阔混交林带——原始版本的‘巴尔德’计划几乎完全忽视了这些地区。因为在计划的制订者们看来，高纬度地带不适合大规模农牧业的发展，而渔猎/采集经济无法保证人口的持续增长和社会经济的迅速发展。但在吸取了失败的教训后，我们终于认识到，这其实是一种特殊的优势。”

“优势？”佩妮问道。

“众所周知，位于大河流域的文明通常有强烈的扩张欲望——相对于渔业和狩猎，农业的投入与产出几乎成正比。在生产力水平相当的前提下，十个人耕种的十亩地的产出是五个人耕种的五亩地的两倍，因此农耕社会永远无法摆脱扩张人口和耕地的冲动。”奥丁耸了耸肩，“当然，土地资源不是无限的，因此农耕文明最终必须从其他文明手中夺取耕地，而这又诱发了独裁政体和民族主义——要想高效率地杀人，最好的办法就是通过一套令行禁止的集权体系将所有人组织起来，同时把你的对手视为‘非我族类’。换言之，农耕文明天生具备强烈的相互毁灭倾向，而渔猎社会却没有这个问题。”

“除此之外，我们也摒弃了无神论意识形态。在上一轮文明中，宗教意识的缺失对极端实用主义和种族主义起到了推波助澜的作用。在经过反复研究后，古老的北欧神话成为新文明宗教体系的蓝本，‘神’的身份让我们可以轻易地对人类社会的发展施加影响。我们谨慎地控制着人类科技的进步速度，并定期带走一部分最有探索精神与创造力的人，从而将其限制在既不陷入停滞，又不会引发大规模争斗与恶性竞争的适当状态下。与过去的人类文明相比，这一轮文明完全不存在相互毁灭的倾向、不存在滥用暴力和种族主义，不同社会集团之间的合作意识要远远超过竞争意识。除此之外，他们的道德水准也要远高于任何曾经存在过的文明——包括作为其母本的北欧文明。”

“那巨人们呢？”佩妮问道，“既然你们希望遏制人类的暴力与自毁倾向，又为什么要创造出那些巨人与人类为敌？”

“渔猎社会也有自己的问题。”一名身材纤细的男子突然像影子般无声无息地出现在了我的身边，他的面色就像那些巨人一样苍白，身上松松垮垮地套着一件灰色的翻领皮衣，“大多数渔民和猎人都倾向于祖祖辈辈在自己熟悉的小片领地内活动，而不像农耕文明那样集中居住在河流附近。如果没有外部压力，渔猎文明很难形成比血缘氏族更大、更稳固的社会集团——这显然不利于文明的长远发展。”

“所以洛基创造了那些巨人，”奥丁朝新出现的男子点了点头，“正如人类漫长的历史所证明的那样，共同的敌人与共同的宗教同样是有效的社会黏合剂——事实上，前者比后者有效得多。中校，您还有什么问题吗？”

“有，”佩妮从椅子上站了起来，“虽然我的理智告诉我，你们的计划很可能是正确的，但它现在必须被终止。是结束这场扮演神灵的假面舞会的时候了，奥丁，你可以选择重新成为GSS-103，”她停顿了一会儿，似乎想观察对方的反应，“或者选择毁灭。”

6. 选择的权利

“为什么？”在片刻的沉默之后，奥丁首先开口了，“既然我们的计划是正确的，它为何又必须被终止？”

“因为居住在地球上的，是真正的人类。”佩妮说道，“他们是有血有肉、能够思考、有着自己的生活与情感的人，而不是你们的处理器里的数学模型和数据资料！他们有权按照自己的意愿作出选择。”

“‘有权’和‘可以’是两个不同的概念，佩妮小姐。”洛基说道，“正如我的两位兄弟刚才所解释的那样，地球上的人类事实上别无选择——因为从文明发展的整体角度来看，他们目前的道路是最优化的，任何其他选择都只会制造更多的苦难。解除对科技与社会发展速度的限制或许能让这一代人，甚至是未来的几代人过上更安全而舒适的生活，但也同样有可能在社会的内部埋下毁灭的种子，让未来的第一百或者两百代人吞下致命的苦果。”

“在过去的一千年里也许是这样，”佩妮点了点头，“但现在一切都不同了。我们的先遣舰队正停留在木星轨道上，三艘世界舰在几个月后就会进入太阳系。用不了多久，地球上的人们就将面对一个全新的选择：他们可以选择融入我们的社会，与我们共同生活。”

“你们的先遣舰队？”奥丁打了个响指，一面洁白的墙壁突然变成了夜幕般的黑色，一个表面布满斑驳的灰色、黑色和白色条纹的棕色圆球几乎挤满了整面墙壁，在圆球附近还能隐约看到一些……看上去有些像船的东西。只不过，这些“船只”既没有船桨也没有风帆，上面也看不到一个船员的影子，“两艘卡松级护卫舰、十一艘边境总督级巡逻舰，外加两打用商船改造的武装舰艇，这就是你们所有能拿得出手的货色？这就是现在的人类能集结的最强大的武装力量？中校，麻烦您告诉我，这些飞船中有哪艘的船龄小于两千年？有哪艘是由你们自己设计建造，而不是从旧邦联的那些太空垃圾场里翻找出来的陈年废品？”

“在你的小队渗透到地球上、调查这颗行星的文明发展状况的同时，我们也渗透了你们的舰队内部网络。不幸的是，我们所看到的一切迹象都表明，返回这里的是一个僵化、衰败和自欺欺人的文明，一个依靠旧纪元的科技垃圾苟延残喘的文明！世界舰上封闭而安逸的生活彻底毁灭了你们的文化。整整两千年，你们没有在任何一颗宜居行星上安家落户 —— 尽管你们发现了不下二十颗这样的行星，也没有产生任何一项真正有意义的技术革新。两千年的时光让你们的文明发生了严重的退化，你们一直用返回地球的美好愿景自我欺骗，好让自己继续心安理得地在先辈营造的太空伊甸园里生存下去……”

“你——”佩妮的脸颊因为愤怒而涨红了。她想要反驳，但没能说出一句完整的话来，“这一切都是……我们只是……不得已的……如果……”

“无论是什么造成了你们的文明目前的状况，但可以确定的是，你们目前的状态不适合重新殖民地球。”奥丁用庄严而富有权威性的语气说道，仿佛一名仲裁者正在下达最后的判决，“旧邦联境内有许多类地行星，其中相当一部分只需要经过简单的环境改造就能重新变得适宜居住，另一些的自然资源远比地球丰富，你们完全可以去这些地方定居——但是，如果你们的任何船舰，无论是有人的还是无人的，只要擅自进入距地月系一个天文单位的距离内，就将被视为侵略者予以消灭。相信我，要拿下我们的行星防御系统，你们的那点舰队还不够看。”

“当然，正如您刚才所说的，每个人都拥有按照自己的意愿作出选择的天赋权利，而我们也愿意为你们提供适当的选项：你们中的任何人都可以选择返回地球，前提是他们愿意按照铁器时代初期的北欧社会的方式生活，不能携带或者制造任何超过工业革命时期水平的科技产品。他们也可以住在瓦尔哈拉——这座空间站里有一座专门留给那些被‘召唤’到这里的人的居住区，那里的生活条件不会比你们的世界舰上差。如果愿意的话，你们甚至可以在火星或者木星的卫星上定居，我们愿意协助你们对这些天体开展重新地球化的工程，但我们绝不会允许任何单方面改变地球现状的尝试。”

“好吧，你们赢了。”佩妮无力地坐回了椅子上。原先那种坚毅而富有理性的神色从她的脸上彻底消失了，取而代之的是深深的失落与疲倦，仿佛在瞬间衰老了好几十岁，“我……我需要通信设备向委员会报告你们的条件，”她用失落的语气说道，“他们会决定是否接受这些条件。”

“他们最好选择接受，”奥丁不带感情地说道，“不过在这之前，我希望先听听您的选择。您希望返回你的同胞那里吗？或者愿意留在瓦尔哈拉？”

孩子们，你们猜到佩妮的答案了吗？啊，没错，她确实没有选择回去，但她也没有选择留在瓦尔哈拉。“我愿意留在地球，”她几乎是不假思索地说道，“哪怕我必须为此放弃我曾经拥有的一切。”

“为什么？”芙蕾雅饶有兴趣地问道。

“因为我很清楚，杰伊不会选择留下来，”佩妮答道，“他爱他的母亲，也爱他的亲戚和朋友们、他的村子和村里的人。既然他必须回去，那我就要跟他一起走。”

然后她吻了目瞪口呆、不知所措的我。

这个故事就这么结束了。奥丁和爱瑟神族的其他成员——或者按佩妮的话说，“全球安全系统”的人工智能程序们——祝福了我们，并在第二天将我们送回了那处林间空地。在回到村子里时，我惊讶地发现，所有参加那场追捕女巫行动的人都忘记了他们到底在那个晚上干了些什么，又看到了什么。个别人对我提到了在夜幕中从天而降的金色大船，但又认为那不过是他们的梦境罢了。“使用脑组织靶向麻痹技术可以选择性地让人遗忘某些事，或者将记忆与梦境混淆起来。”佩妮解释道，当然，我完全不明白这是什么意思。

后来发生的事你们都知道了：在第二年开春之后（那是个风和日丽的春天，南方的巨人们也破天荒地没来打扰我们），毕欧格森村长和耐斯托镇的长者们共同主持了我们的婚礼，佩妮从此成为村里的一员。她成为你们的爷爷们的佩妮姐姐，然后又变成了你们爸爸妈妈的佩妮阿姨，最后变成了你们的佩妮奶奶。我从来没有见到过她的任何一位同胞。我不知道那些“世界舰”到底去了哪里，也不知道佩妮的同胞们到底和奥丁达成了什么样的协议、接受了哪些条件，不过，这一切都无所谓——对我而言，那些事就像是发生在另一个世界中的，而我的世界在这里。

在进入瓦尔哈拉的那一天，我赢得了我的世界。

夜莺之歌

遥光／作品

『一片树林里分出两条路，而我选择了人迹罕至的那条，从此决定了我一生的道路。』

楔子

阿兰说，她想拥有一只真正的夜莺。

说这话的时候，她正两眼直勾勾地望着空荡荡的天空，仿佛那里高悬着一样东西，令她心醉神迷。而我正坐在她面前，右手握着一束迎风花——她曾经的最爱。

我明白，阿兰一定是没有注意到我的花，否则她就会面露微笑地问我，这些都是从哪儿摘的。她甚至没有注意到我脸上的表情，以及我已经陪着她坐了很久这个事实。在这个晴朗的下午，她就这样孤身来到野外，找了一块大石头坐下来，蜷起腿抱紧膝盖，望着天空发呆。

“你说，他还会来吗？”

不知过了多久，她低下头来问我，长长的黑发披散凌乱。

“他不会来的。”犹豫片刻，我答道。

她抿紧了嘴唇，美丽的脸上阴云密布。这不是我想要的结果，然而我只能这样回答。

“但他答应过我。”片刻之间，她的眼神迷离散乱，失去了焦点。

我感到一股怒火从心底腾起，但我不会在阿兰面前发作，永远也不会。我只是叹了口气：“他是怪物，他不属于这个世界，你是知道的。”

随着我的最后一个字，我看到阿兰全身颤抖了一下，接着她的眼睛又变得清澈了，黑黑的瞳孔里有东西在闪烁。她的声音很轻，就像拂过青草的微风，却有着难以撼动的坚定：

“你错了。他会来的，还要带一只夜莺给我。”

我便不再说话。渐渐地，天色暗了下去，风凉了起来，我不得不提醒阿兰该回家了，不然会有危险。她似乎听懂了，讷讷地站起身来往回走，我去拉她的手——就像以前那样，她却一个闪身跳了出去，也不知道是有意还是无意。

我只好跟在后面，看着她跳过草丛、石块和小溪。随着每一次跳跃，她纤细的身体微微地来回倾斜，一头黑发在空中反复盛开，就像一粒迎风花的种子，在把根扎进土里以前，会乘着风飘出很远很远。

◆1◆

一切都要从这个新芽节说起。

当清晨的第一缕阳光穿透树叶的时候，我和父亲已经开始了攀爬。这棵凌霄树是附近最高的一棵，正值壮年，枝繁叶茂，爬起来十分轻松，可父亲年事已高，我不得不时时帮扶着他，以免发生意外。

说起来，这件事我本可以代劳，却架不住他的坚持。

“开——始——咯——”

尽管上了年纪，父亲的嗓门依然浑厚洪亮。拖长的声音利箭般射向四面八方，很快便收到了回应：不远处响起“砰”的一声打破了清晨的寂静，接着更多的声音此起彼伏，连成一片，使我仿佛置身于一场暴雨之中——不，任何雨点打在树叶上的声音，和这都无法相比。

这时我看到父亲笑了起来，绽开满脸的皱纹。我想起不久前他告诉我，作为一名称职的树长，最想听到的声音就是这个，因为扔下来的东西越多，就证明树村越是兴旺。

我明白那时父亲就在对我暗示着什么，我却刻意不去想它，到了现在也是一样。我只是努力倾听着这片震耳欲聋的嘈杂，试图从中分辨出阿兰的家——她住在西南方向的一棵白枫树上，离我家有十棵树的距离，却无功而返。

于是我开始了等待，等一切安静下来，然后进入仪式的第二部分，也是我最为期待的部分：播种。我和阿兰已经约好，在这次新芽节上我们要紧挨着种下两颗金合欢树的种子，这样等到我俩成了亲，有了孩子以后，那两棵树也该茁壮成长起来，让彼此的枝叶纠缠盘绕成一大片，直到能在上面搭一间大大的房子，我们共同的家。

可是当我和父亲下到地面时，却被眼前的一幕惊得失去了言语。在那片林中空地的中央，我们每年都要埋下树种的地方，立着一个黑乎乎的东西，它庞大的身躯占去了几乎一半空地，将去年冒出来的新芽压在了下面。它像是一块石头，但我相信谁都没有见过这么大块的石头，并且毫无疑问地，它的出现破坏了我们的节日。看着它，我心中渐起的怒火取代了恐惧，可是环顾四周却不见我的同胞。再一看，原来他们都躲在树干后面不敢出声，四下一片寂静。

直到那个纤细的身影出现在我的视野里，朝着那块“石头”一步一步地挪过去。

“阿兰！”我大吼一声冲了出去。

就在这时那“石头”起了变化。伴随着骇人的“嗤嗤”声，它黑漆漆的肚子上出现了一个洞，洞里伸出一条亮闪闪的薄片，从那上面走出一个人来，穿着奇怪的衣服，看不出男女。

我抓住了阿兰的手，一把将她揽进怀里。我感到了她的体温，闻到了她的发香，她就像一只被惊醒的鼓蛙一样在我怀里发着抖，可她的眼睛却眨也不眨地盯着那个人。

“大家好！我来自第五星区的斯特鲁星系。我船上的反应堆出现了故障，必须迫降以进行修复，预计需要五百个星际时。请各位放心，这片被着陆器烧坏的人工植被，我会按照星际通航法则的第四十五条规定进行赔偿……”

这个怪人说话了。我能听清他说的每一个字，却不能理解整句话的意思。我看看阿兰，她的脸上有着同样的疑惑。这个时候其他人都从躲藏的地方现身，小心翼翼地靠近，将那块“石头”，还有那个怪人围在中间。

“……这个地方太落后了，开了翻译器也没用。”怪人似乎在自言自语，又摇了摇头，然后举起一只手冲我们挥动起来。我正琢磨着这一串动作的含义，却看见他突然跃向空中，猛烈划动着四肢，然后一屁股落到了我和阿兰面前。

“真该死，我忘了这里的重力。”

我几乎听懂了他的这句嘟哝，阿兰却“扑哧”一声笑了出来。他的样子的确好笑：硕大的脑袋上没有一根头发，眼睛鼻子和嘴巴却小得出奇，并且当他站直身体以后，我发现这个男人比我矮了足足两个头。

“不准动！”我大喊起来。

“别怕，我不会伤害你们。”面前的男人咧开了嘴，似乎在笑，“对了，我叫凯。”

哦，凯。现在的我已经明白，我对你始终保持警惕是对的。可那时的我又怎能想到，你会在如此短的时间内就夺走了阿兰的心呢？

正犹疑间，我发现了异样。那是几棵离“石头”不远的，只有一岁高的银杉树苗，它们本来鲜嫩的茎叶现在全都卷成一团，并且颜色发黑——只有被火烧过才会这样。

火，一切生灵的天敌。

我感到一阵冰凉爬上了脊背。我招呼众人开始后退，任由那人立在原地。在我们撤出很远时我才注意到，那个名叫凯的男人正直直地盯着我看，或者，是在盯着阿兰。

晚上，在最高最大的堂屋里，父亲召来了村里的长老们商量对策，我，还有几个年轻人也被允许参加，这可是破天荒头一回。我捉来五只树萤揉碎了涂在灯杖上，但这仍不足以照亮整间屋子。环顾四周，只见绿莹莹的微光中，一张张爬满皱纹的脸时隐时现。

让我失望的是，老人们讨论了半天，还是回到了那四个字：静观其变。我站在阴影里不住地摇头，终于被父亲犀利的双眼揪了出来："阿昆，你来说说该怎么办？"

我知道父亲早就期待着这样的时刻。可正当我为了消除紧张而清理嗓子的时候，外面响起了一个女人的惊呼：

"阿兰不见了！"

在晚上失踪的树民，下场只会有一个。矛虎——一种长着尖牙利爪的野兽，习惯于潜伏在黑暗中，在你来不及察觉的间隙将你扑倒在地、咬断你的喉咙。我们中最优秀的猎手也拿它无可奈何，它是树民的梦魇，是我们选择树上生活的重大缘由。

我领着几个年轻人下到地面开始了寻找。我们一手拿着武器一手举着灯杖，脚挨脚背靠背地移动，明明知道这种野兽对黑暗中的光亮十分敏感，但我们别无选择。

好在，我们很快找到了她。从那片林中空地迸出一团前所未见的光亮，描出一个熟悉的身影，阿兰正孤零零地站在那里，背对我们。这些光是从那块大"石头"发出来的，把周围照得恍若白天。

我克服恐惧，半捂着眼睛，跳过去抓住阿兰的肩膀，大声喝问她是不是不想活了。她看着我，脸上是旁若无人的微笑："这么强的光，矛虎是不会过来的。你难道忘了在白天，在太阳很大的时候，我们就几乎看不到它了吗？"

她说的没错，但这绝不应该成为一个人在晚上下地的理由。

我正要继续咆哮，却又被她抢了先：“阿昆你知道吗，他跟我们一样，也是种子变的呢！”

我清楚地看到，她的眼睛反射着那块“石头”的光芒，既迷人，又危险。我张着嘴陷入沉默，环顾几位同伴，从他们的脸上找到了相同的表情。

◆2◆

所有的生灵都来自种子。

在时间的彼端，随着一声巨响，无形的混沌分裂开来，化为清朗明亮的天空和浑浊黑暗的大地。漫长的岁月里，无法重聚的天空和大地为了排解寂寞，彼此约定：天空负责播撒种子进入大地，而后者负责种子的孕育和成长，世间万物由此涌现。

有一天，伴随着火焰与飓风，一颗巨大的种子从天而降。它生根发芽茁壮成长，其枝叶繁茂遮天蔽日；它迎风盛开结出万千果实，果子落地，化为树民的祖先。我们叫它神木，在它枝叶的荫蔽下我们休养生息发展壮大，直到它再也容不下我们的那一天。孩子总要离开母亲。在后来的无数世代里，我们以树为生，艰难度日，却永远惦记着神木的庇护与恩泽。我们相信，当肉体死去，神木将接纳我们的灵魂，回到天上，等待下一次播种。

这就是世界的诞生和树民的由来。我们把这些故事写在树叶上编成书，刻在树皮上画成画，由老人讲给孩子听，再讲给孩子的孩子听。神木高高在上，俯视着世间一切，而作为它的子民必须时刻牢记，只有兼具忠诚和勇敢的灵魂才被允许再入轮回，违反者将坠入火狱。

我自小遵从教诲，循规蹈矩，就像我的父亲，还有父亲的父亲，以及历任树长和他们的后代一样。因为母亲死于难产，雨水取代乳汁成为我的食粮，助我在林中跳跃攀爬、结识同伴，而阿兰则是我见过的最特别的女孩。在我模糊的幼年记忆中，有那么一个阴冷的上午，她跑来找我，手里拿着一本书——因为经常翻看以至于叶子掉得七七八八，却还舍不得丢掉。

“阿昆，为什么这世上的生灵都有许多和自己长得一样的孩子，而神木却只有一棵呢？”

我被这个问题难住了。一阵艰苦的思索之后，我终于找到了答案：“因为神木是天空和大地的最大恩赐，所以它是唯一的。”

然而这回答显然没能让阿兰满意，可也许是碍于我的身份，她住了嘴，皱着眉头走了开去。后来我才知道，阿兰只是普通人家的孩子，却总会问出一些莫名其妙的问题，并为得不到解答而闷闷不乐，因而常常孤身一人。我仍然记得五年前那个收获节的下午，我坐在高高的树梢上，俯视着林中空地上跳舞唱歌的人们，却无意间望见了树林的另一边，那个在小溪边玩耍的身影。她扎着长发，光着两脚，跳过那条小溪又跳回来，纤细的身体在空中来回摇摆，就像一棵随风起舞的小草。便是从那时起，她真正住进了我的心里，她那单纯而热烈的灵魂深深地把我吸引，尽管我和她是如此不同，但也许正是因为这样的不同，才让我俩走到了一起。

阿兰，对我来说，你也是唯一的呵！

“你累了，回家休息吧！”

我上前一步将她揽进怀里，对她轻轻耳语，她点了点头，身体却蠢蠢欲动，似乎想挣脱我的怀抱。一路上阿兰不住地回头望向那团光亮，我没有阻止她，但我们也一直没有再说话，直到我眼巴巴地看着她爬上树，回到家。按照规矩，没有成亲的男人和女人是不能在一起过夜的。

到了第二天，情况多少有点出乎我的意料。

当我和父亲赶到的时候，那片空地上已经聚集了比昨天还多的人，挤挤挨挨，吵闹不堪。远远地，我望见凯站在他的着陆器底下，正在给树民分发什么东西，而阿兰正站在凯旁边帮忙，高挑的个头十分显眼。

这一幕让我血气上涌。我几下跳过去，不由分说把她拉到了一边，才注意到她手里拿着一个黑色的东西，形状像一片方形的树叶。

“凯给我的，你看。”阿兰的声音飘飘忽忽。她双手捧着那片“树叶”端到我面前，突然之间那上面出现了一团奇怪的色彩，吓得我大叫了一声。

“这、这是什么？”我颤声问道。

“书，他们的书。凯说，我们已经忘记了过去，所以给我们书，能帮助我们想起来。”她的语气仿佛梦呓，让我不得不怀疑，她从昨晚到现在一直都处于这样的状态。

“忘记过去？胡说！”我不由得恼怒起来，可阿兰似乎没有听见，只顾着转头回望那个怪人，完全忽略了我的存在。

毫无疑问，凯正在对我们施加某种影响。这时我背后响起了父亲的咳嗽声，扭头看到他绷紧的脸，我立即明白了自己应该做什么。于是我走过去，竖起右手的手掌，并拢手指，伸到凯的面前——这个手势意味着拒绝和敌对，他应该能理解。

“你必须停止现在的行为，然后离开这里。”我直视着他的眼睛说。

凯愣了愣，接着面露微笑：“别误会，我只想帮助你们，真的。这种全息旅游手册包含了很多知识，从……”

“这一次只是警告，下一次就是驱逐。”我提高了声音打断道，好让周围尽量多的人听见，“我们欢迎朋友，但对敌人绝不留情。”

凯的脸上扔挂着笑意。他指了指背后的着陆器：“可是目前，我真的没法丢下它不管。我已经告诉过你们了，还需要五百个星际时——我是说，大概十五天以后，我就会离开。”

会用火的怪人。我看着面前的凯，陷入思考，然后做出决定。我将四指蜷曲起来，只留下笔直竖立的食指，伸到他的眼皮底下："十五天，就这么说定了。希望你遵守诺言，就像落叶听从秋风，否则，别怪我们不客气。"

"没问题。"凯的笑容更加明显。他也向我伸出右手，拇指翘起，四指并拢，我从没见过这种手势，却不知怎么搞的立即就明白了他的意图。

当我和他两手相握时，我感到他的手掌非常有力。

"你看，我们是多么容易相互理解啊！"凯轻轻地叹了口气，"要是时间再久一点儿的话……"

而我只想抽回自己的手，因为他弄疼我了，可他仍然笑容满面。

◆3◆

接下来要做的事情，更加麻烦。

我叫来四个信得过的年轻人，其中有阿勇和阿战，我从小到大的玩伴。我们爬上每一棵有人居住的树，开始挨家挨户地收缴那些怪书，可这事儿费力又不讨好，因为许多人都被它迷住了，不愿交出来，直到我亲自露面，他们才显出敬畏的神色，然后乖乖就范。

来到阿兰家时，我们扑了个空。听她的母亲说，女儿自从今早出门就没再回来，也不知道去了哪里——不过我大概知道。我朝这个即将成为我亲人的女人宽慰几句，吩咐几个同伴继续今天的任务，然后独自一人去寻找阿兰。

在那棵一半伸出悬崖的凌霄树的树梢上我找到了她，这个地方只属于我俩，半年以前也正是在这里，我和她决定成为一家人。那天的风很大，吹走了乌云，阳光洒遍大地，能望见远处那片开满迎风花的原野，若有若无的花香在阿兰的发丝间蕴绕盘旋。

“阿昆你看，夜莺。”

我从回忆中惊醒过来，看到眼前的她笑脸盈盈，两手举着一本“书”，那上面站着一只我从未见过的动物：两只伶仃细脚撑起圆润的身躯，小巧的脑袋转来转去，上面嵌着两颗黑豆一样的眼睛。正当我目不转睛时，它身体的两侧突然裂开，各长出一只宽大的脚，上下扑动起来，就像一朵猛然绽放的迎风花。

“夜……莺？”我不禁嘴唇翕动，艰难地拼出这个陌生的词汇。

“一种小鸟。而鸟，就是会飞的动物……”阿兰的脸上红晕闪动。

而所谓飞，就是不落地地在天上奔跑。当她解释完这个字的含义后，我摇了摇头：这是不可能的事情，因为任何东西都会坠向地面，就算是从最高的树梢掉落，也不过花的时间要长一些而已。

这是每一个树民都清楚的事实，但随着时间流逝，我们中却总会有人突发奇想，认为可以凭借身体的力量让自己飘浮起来。阿兰的父亲就是其中一个。在她八岁那年，这个满心幻想的男人爬到一棵凌霄树的顶端，奋力挥动着双臂然后纵身一跃，在所有人的注视下落到地上，摔成了两截。

“在一个遥远的世界里，有许多夜莺。它们在树上安家，在天上飞来飞去，唱着动人的歌……”

听着阿兰的梦呓，我一言不发，伸手探向那只“夜莺”——果然跟之前尝试的一样，我的手指穿过了它，却没有任何触觉。

“你现在该明白了，这是幻象，是不存在的东西，”我语气冰冷，“是那个怪人制造出来迷惑我们的，以达到他的目的。现在把它给我，然后回家。”

阿兰睁大了眼睛，胸膛剧烈地起伏：“不，不是这样的……”

“不要再说了！”我狠狠打断了她，“凡未亲见之事，皆不可相信。”

说完我一把夺过了“书”，阿兰的脸色随即阴沉下去，显出我从未见过的失望表情，但我不为所动。其实在内心深处，我多少乐意她保持这样的纯真，可一想到以后的日子里我俩将面对的诸多事务，实在没有多余的精力用来投入幻想，我的心就变得坚硬起来。

与幻想不同，真实的生活从来就不是一件容易的事情，阿兰什么时候才能明白这一点呢？

回去以后，我发现几个年轻人已经等待多时了。

“一共是四百六十四本。”阿勇挺着胸膛，指着那堆怪书，大声向我汇报。他比我小五岁，几乎就是个孩子，却有着健壮的体格和灵活的身手，以及对我来说最为重要的品格——忠诚。阿战则沉静地告诉我，以神木起誓，整个树村已经不剩一本怪书了。

那么接下来要做的就很简单了：从哪里来的，就回哪里去。

当我们几个抬着木床，来到那片空地，却再次被眼前的景象惊呆了。那里出现了一个形状奇特的架子，一些黑色的圆球正沿着上面的空隙快速滑动，地上还竖起了一根很高的棍子，顶端裂开成花瓣的形状，正在缓慢地旋转，发出“呜呜”的声音。

“你们来干什么？”凯慢吞吞地朝我们走来，面露惊讶，显然这次来访出乎他的意料。

“归还东西！”我高声说道，极力掩饰着内心的慌乱，同时示意几个年轻人把木床放下。凯站住了，看上去不太高兴，却没有再说什么。

于是我决定乘胜追击：“这里是我们的土地，不允许……”

“如果你指的是这些，”他突然喊道，声音沙哑，“我收起来就是。”

话音刚落，那些架子和棍子便迅速萎缩、垮塌下去，变成了地上小小一团。接着他来到木床面前，一只手把它端了起来，转身走进“石头”上的小门，消失不见了。

看着这一切，我们目瞪口呆。

“你说，那里面都有什么？他在里面干了什么？”快到家时，阿勇打破了我们中间长久的沉默，几个人面面相觑，最后都看向了我。

“不管干了什么，都一定不是好事。”我咬紧了牙齿回答，眼角一瞥，注意到阿战的脸色一半红一半白。

◆4◆

现在，我一边期盼时间能过得再快些，一边却又怀着与之相反的愿望。

凯做出承诺的第二天早上，我和父亲前去查看蓝果的生长情况。蓝果树林位于树村的边缘，远远望去，圆形的果实密密麻麻地点缀在一片葱绿之中，景象颇为喜人，可当我们爬上树冠细看，却发现几乎一半的果子都有了虫眼。该死的树蚁一如既往地破坏着我们的收成，今年尤其严重，看来这个冬天又要难熬了。父亲心事重重，眉头紧锁，在快要下到地面时突然一脚踩空，我伸手去拉已是来不及，只听见清脆的“喀啦”一声。

父亲靠着果树坐下，脸色煞白。他的右小腿骨折了，而我明白这意味着什么——一旦度过壮年，我们全身的骨头就会变得如枯枝般脆弱，伤痛的折磨将成为家常便饭，最后整个人弓腰驼背地蜷成一团，在动弹不得的僵硬中痛苦死去。

就像落下枝头的枯叶。

“再过一阵儿，你就是树长了。”父亲看着我的眼睛，语气平静，我却不知道该说什么。我不知道父亲还剩下多少时间，也不知道自己能否挑起这副重担，更不知道树村的未来将会怎样——尤其是在如今的状况下。我只是把竖起的拇指伸到他面前，表示自己一旦接过这份责任，必定全力以赴。

我看到满意的笑容爬上了他的脸颊。

第三天、第四天、第五天……穿过树林的风一天比一天热起来，春天正在走向它的尾声，迎来闷热的初夏，可我的心情却像一颗未熟的蓝果，酸楚中夹着苦涩。在家休息的父亲把许多事务交给我去处理，其中大部分对我来说毫无压力，但很快我就感到了不对劲儿。外出巡视的时候，一些人回避着我的眼神，可当我背过身去，又听到了他们窃窃的私语，神秘鬼祟，就像在草中滑行的角蛇。有什么东西正在这里悄然蔓延，从一棵树传到另一棵树，避开我的耳目，耗费我的精力，却让我无从下手。

这一定跟那个凯有关，我恨恨地想道。在我的每日观察中，那块“石头”始终纹丝不动，也不再发出亮光，凯却不见踪影，也许他去了别处，也许还在里面搞着什么鬼名堂，但不管怎样，当最后期限到来时，一切都会有个结果。

为此我暗暗做着准备。

我已经好几天没看到阿兰了。当我终于抽出时间去她家的时候，发现她正蹲在地上捣鼓着什么。那是许多细小的骨头，被她摆成一些动物的形状，我认出了鼓蛙、角蛇、泥猪……

“这是什么？”我指着其中一个怪异的造型，问道。

“夜莺。”阿兰头也不抬，手指轻移，“这是脑袋，这是脚，这是翅膀……”

原来她还沉浸在幻想中。我一边叹气一边去拉她，她却一下挣脱了我的手。

“阿昆，你有没有想过，凯是从哪里来的？”她直起身看着我，眼神古怪。

这还用想吗？一定是从很远的地方来的，因为临近几个树村的人我都多少见过，绝没有像他那样的。或者——我曾听老人们谈论过，在更远的南方，有一些人并不住在树上，而是在地里挖洞。这个世界很大，有什么样的人都是不奇怪的。

“不对，他是从天上的种子来的。”听了我的回答，阿兰轻轻摇头。

天上那些闪闪发亮的种子？我愣了愣，随即觉得好笑，因为归根结底，所有的生灵不都来自那里吗？

“不，你不明白。”这一次她的眼神竟流露出同情，然而我明白了。

“你又去找他了？他都跟你说了些什么？”我感到自己的拳头猛然捏紧，阿兰却把头别到一边，紧闭嘴唇再也不发一言。这是我第二次见到她这副模样，至于第一次，是由于我冤枉她偷拿了我的东西，那是三年前的事情了。

“你不准再去那里。否则，族法处置！”我重重地说道，然后退了出去。我以为她会扑上来求我原谅，可是身后一片安静。我从树屋的缝隙往里看去，只见她又俯下身摆弄起了那些骨头，仿佛刚才什么事情都没有发生过。

回到家里时，我感到筋疲力尽，父亲却告诉我一个消息：“下午，凯来找过我。他希望有人能带他去见一见神木。”

昏沉的暮色中，我和父亲四目相对。这么说，凯不仅知道我家在哪里，也知道父亲是树长，甚至知道了神木的存在。看来阿兰告诉了凯不少事情，或者这样做的另有其人。

“他去那里的理由是什么？”我迅速地冷静下来，问道。

“他说，他也想见识一下神木的伟大。”

我不禁发出一声冷笑。像凯那样的异族人是没有资格谒见神木的，更何况升天节还未到来，现在并无组织祭拜的需要，而最重要的是——神木不会允许任何人过于接近。

“你要带他去。”

“为什么？”我大惑不解地看着父亲，随即明白了。任何人只要见过神木，都会无一例外地拜服在它的庄严神辉之下，成为它的虔诚信徒。

“带他去，哪怕只是远远地看上一眼。这样，等他回来以后，就会加入我们。”父亲声音低沉，两眼闪闪发亮。我不再说话，因为我并不觉得，让外人就这样接近神木是一个好主意。

然而，父命难违。

◆5◆

第九天早上，我们出发了，队伍由四人组成：我、阿战、阿勇，还有凯。

可是，这趟旅程从一开始就不太顺利：凯走得很慢，以至于前面的我们必须不时地停下来等待。不过这多少在我的预料之中，因为我早就发现他的动作迟钝缓慢，几乎无法像我们这样蹦跳行走，更别提灵活地爬树了。因此当夜幕降临，我们准备在就近的树上过夜而凯表示了拒绝时，我一点儿也不感到惊讶。

“在地上，你一定不要出声，也不要弄出什么光亮，不然会引来矛虎。”阿勇告诫他道。这善良的孩子，他的母亲在半年前的一个晚上从树上失足掉落，抓了只树萤照路回家，被矛虎吃得只剩下了一捧头发。

“谢谢。不过，不用担心我。”凯的脸上挂着一如既往的笑意，让人捉摸不透。然而我知道，在夜晚的树林里需要担心的可不止矛虎，还有滑来滑去的角蛇——被它咬上一口的话同样活不到天亮，而即便没遇到它们，还有驱赶不尽的蚊虫。

老实说，我乐于看到凯的狼狈，甚至凄惨模样，可到了早上我发现这样的期望落空了：他好好的，而且看上去精神十足。

中午，阿战发现了更令人吃惊的事情。

“凯，不会呼吸。”他压低了声音告诉我和阿勇，尽管隔着这么远，凯不可能听得到，“我仔细看了，不管在做什么，他的肚子和胸口都没有一点起伏。”

每个人都知道，只有死尸才不会呼吸，然而凯明明又是活着的。不仅如此，他那矮小笨拙的身体里似乎藏有无穷的精力，一路上他从不吃喝，也没有休息，以至于我开始怀疑，到了晚上他甚至不用睡觉。另外，他总是被落在后面，却毫无怨言，步子仍然不紧不慢；他也总是笑容满面，语气平静，似乎没有什么事情能让他感到沮丧，或者激动。

这天深夜，我终于按捺不住，悄悄地溜下树来，想看看凯到底会不会睡觉。

“你的家乡，离这里有多远呢？”

伸手不见五指的黑暗中，我听到了一个熟悉的声音，不禁全身一抖。

“你想象不出的远。这么说吧，如果现在我坐上这艘飞船去了那里再回来，会发现你已经是老人了。”凯回答道，语气从未见过的温柔。

短暂的沉默以后，她的声音又响了起来：“那你的飞船，能飞多快呢？”

“你想象不出的快……”

“那个地方，真的有夜莺吗……”

“真的……”

耻辱和愤怒充满了我的身体。没想到阿兰竟然偷偷跟上了我们，还……听着他们不明所以的软言细语，想象着此时此刻两人贴近的姿势，我狠狠咬住自己颤抖的舌头，静悄悄地退了回去。

不，还不是时候。我这样告诉自己。

在第十二天中午，我们走到了森林的尽头。天空是晶莹剔透的蓝色，没有一丝云彩，脚下的迎风花大片盛开着，洁白的花朵一直延伸到看不见的远方，就这样把整个世界一分为二。

“这里，很美。”凯停下脚步发出感叹，接着问道，“升天节是什么？”

“那是我们最重要的节日。”阿勇迫不及待地开始了解释，“在进入夏季后的第十九天，每一个树民都会前来祭拜神木。那天，当太阳升到最高的位置时，神木将汇聚狂风，施展伟力，引导所有的亡魂回到天上。”

“那么，神木在哪里呢？”凯眯着眼睛看向我，令我不得不更加努力地压制心中愤怒。

“你很快就能看到了。”阿战平静地说。这时我们已经踏进了花的原野，沿着一条前人开辟的小道缓慢行进。随着我们的不断深入，花丛渐渐变得高大繁茂，到后来甚至挡住了我们大半的视线，前进也变得艰难起来。

“只有在这里，迎风花才会长得这么高。这全是神木的恩赐……”阿勇仍在喋喋不休，凯则以不时的“哦”“嗯”作为回复，直到某个时刻，每个人都陷入沉默，停下了脚步。

距离掩去了它的巨大。从这里望去，它就像自高高的花丛中跃出的一根细长树枝，悠悠而上，连接着天空，零星的叶片如同新芽一般环绕点缀其上，在湛蓝的天幕下闪闪发亮。然而我们都明白，这个世界上没有像它那样的树枝——任凭岁月流逝，风吹日晒，它的身躯雪白如故，它不再生长、开花和结果，但它从未死去。它是奇迹，是永恒，是神灵存在的最大证明。

这时起风了，花朵的原野荡漾起来，茎叶彼此碰撞，发出“沙沙”的响声，仿佛幼时耳边母亲的轻声呢喃。远处，神木岿然不动，伟岸的身躯静静地沐浴着阳光。阿勇跪了下来，两手伸向天空，口中念念有词。

“他在干什么？”凯问道。阿战回答：“为他的母亲祈祷。迎风花的种子携带着新近的亡魂，当那一刻来临，所有成熟的花朵都将顺应神木的呼唤，离开枝头，乘风而去。”

“那景象一定很美！”

当然了。那美景，是从未见过的人无法想象的。在那一刻，狂风骤起，不可名状的声音响彻天空，白色的花瓣从所有的方向飘然而至，汇成浩荡河流，流向神木，又顺着它一路往上，进入轮回。那时，你会不由自主地泪流满面，在神迹面前弯下膝盖、伏地不起。

此时我注意到，凯凝望着神木的方向，神情一反常态的激动。难道，他竟也能想象那种景色？我不禁心生得意，告诉他：“神木的伟大毋庸置疑。你现在该明白了，你试图改变我们的那些举动，是注定徒劳的。”

然而凯似乎没有听见，只是分开花丛，大步向前。

“不能再往前走了！”阿勇站起来冲他喊道，“神木会惩罚冒然接近者！”

凯转过头来：“当然，你们当然不能再靠近了，因为这里有辐射。不过，不用担心我……”

有什么？我没有听懂，愤怒却已经支配了我的身体。我跳上前去，右手狠狠扣上了凯的肩膀，喊道：“你哪儿也去不了！”

可他只是微微一扭，就挣脱了拼尽全力的我。

“我一定要去那里，而你不能阻止我，谁也不能。”

凯看着我，脸色平静。他的眼睛倒映着清澈的天空，没有一丝怒火。

◆6◆

直到暮色降临，凯才回来。当那矮小的身体出现在我们眼前时，我们全身僵硬，就像被切掉了脑袋的鼓蛙一样发不出任何声音。

凯的肩上扛着一头矛虎。尽管关于这种野兽的凶残和恐怖在村落间流传不息，我们中却很少有人亲眼见过它。我便是那少数之一，因此可以判断，眼前的这只已经成年，即便是一整支狩猎队伍也很难战胜它。

“在回来的路上，这东西袭击我。”凯一边说一边抖落肩膀，只听“呼”一声巨响，“你们管它叫矛虎，对吗？正好带回去研究一下……”

此时我们几个清楚地看见，这头野兽的眼睛瞪得溜圆，嘴角流淌着鲜红的血涎，昭示着这场刚刚发生的死亡，而它斑纹遍布的脖颈上则出现了一道可怕的勒痕，将皮毛一分为二——它的脖子被生生地掐断了。

“这种野兽一定让你们吃了不少苦头，但这不是重点！”凯突然激动起来，“现在一切都搞清楚了！”

他直直地站立，伸手指向神木。

“那是一艘殖民飞船，飞船！谢天谢地，它的航行日志还保存完好。它是在两千四百五十九年前坠毁的，原因不明，却造成了反应堆泄漏，大部分人肯定当场就死了！而你们，就是幸存船员的后代！当时的资料损毁一定很严重，否则你们也不会像现在这样……天啊，两千多年了……”

“你，在说什么？”我努力让自己从震惊中恢复过来，看着凯一屁股坐到地上，双手抱住头，两行泪水从他的眼角流淌而下。

“唉……”他发出一声长长的叹息，“两千多年前的事故发生以后，有人设定好了程序，用飞船仅存的几块太阳能板积蓄能量，然后每隔一年就以大功率电波的形式一股脑儿抛射出去，希望能找到救援。这样做会造成剧烈的空气扰动，也就形成了你们看到的大风吹起花瓣……两千多年，年年如此。”

说完他又猛地站了起来，扫视着我们三个，神情严肃："回去以后，我要见你们的树长。"

"我就是树长。"我挺起胸脯，"并且我要再次提醒你，收起你那一套胡言乱语！"

凯随即咆哮起来，嗓门几乎能震聋我们的耳朵。

"看看你们，看看你们！"他吼道，"披树皮，吃果子，在树上搭房子，人人营养不良骨质疏松，平均寿命不到五十岁！这颗星球的低重力环境早就摧毁了你们的健康！你们本可以……"

"等等！"从他这些乱七八糟的说辞中，我突然想到了什么，"按你的意思，神木，和你的'飞船'是同一种东西？"

凯愣了愣，接着面露欣喜："当然了！这一艘来自旧殖民时代，一个尽管落后，却无比伟大的年代。我，你们，所有现存的人类，都是……"

"够了！我的村落现在对你宣战。两天以后，小心自己的脑袋！"我一边高声说道，一边捏紧拳头伸到他的眼前，我有什么好怕的呢，神木的战士本应无所畏惧。一旁的阿战和阿勇默不作声，我原谅了他们的胆怯。而凯摇了摇头，摊开两手，颓然道："我明白了。你们先走吧！"

我求之不得。在回去的路上我们沉默着，没人讨论开战的事，实际上自从目睹了那只死去的矛虎以后，这两人就不怎么吭声了，尤其是阿战一直紧绷着脸，似乎有很重的心事。在快要到家时，阿勇突然凑过来低声道："阿昆，我想变得和凯一样，能战胜矛虎。"

他满脸通红，眼睛发亮，于是我知道他已经没救了。我一言不发地离开他们回到家里，把整个经过以及我的宣战，都告诉了父亲。

父亲的脸色变得凝重："孩子，不要轻言战争，因为你永远也无法预知它的代价。"

在我小时候，我的村落曾经和邻近村落因为争夺几棵金合欢树而发生过一场战争。那天，父亲带领着小伙子们迅速攀到树顶，朝对面射出雨点般的弓箭和长矛。虽然居高临下的我们最终获得了胜利，却失去了五个年轻强壮的劳力，结果在那年冬天，又有八个孩子死于饥荒。

可现在，从父亲的眼里我还看到了恐惧，以至于我开始鄙夷起他来。没错，凯看似力大无穷，难以战胜，但也有行动缓慢的缺点，他甚至不会爬树！我明白，要想取胜不仅需要蛮力，还要运用智慧，就像父亲当年那样，可现在的他怎么连这都忘了呢？

"所以，你是不同意了？"一番解释以后我再次问道，父亲重重地点了点头。于是我起身走了出去，不声也不响。你永远无法用言语改变一个老人的固执，而我将用自己的胜利把它击得粉碎。

站在外面，听着夜风吹过我的耳际，我才想起了阿兰。现在，她应该跟凯进行着亲密的交流，谈论着"夜莺""飞船"，沉浸在无可救药的幻想中，忘记了她作为神木子民的本分，忘记了我这个即将和她成亲的年轻树长。

可那又有什么关系呢？当我打败了凯，将他残缺不全的尸体踩在脚下以后，她就会回到我的身边。

◆7◆

在开战的那天早上，阿勇死了。

风“呜呜”地吹着，在林间空地久久回荡。熹微的晨光中，我看见凯向我走来，抱在他怀里的那具躯体健壮颀长，四肢耷拉下来，手脚拖行在地上。他的身后是一大群树民，他们神色各异，悄无声息地移动着，就这样慢慢来到我的面前。

“这是个意外。”凯的脸色苍白，声音颤抖，“昨晚，他爬到我的飞船上面，可能是想找到进去的地方，却触发了安保系统……”

我没有理会他的说辞，只是俯身看着阿勇。他的身上没有一点伤痕，垂下的两臂就像被折断的树枝般毫无生气，他的眼睛睁得很大，望着天空，似乎还惦记着他那不切实际的幻想。

“你杀死了这个无父无母的孩子！”我举起两手，高声喊道，“我们的土地遭到了入侵，我们的亲人惨遭杀害！神木的子民必将拿起武器、狠狠复仇！”

可是面前的人群却对我的呼唤无动于衷。他们站在原地，脸上交织着恐惧和疑惑，没有人迈出一步，没有人发出声音——一群懦夫。

不过，这一幕却在我的意料之中。随着我的一声口哨，头顶的树叶悄然分开，两个听命于我的死士对准凯倒下手中的木盆，把他泼了个透湿，一股难闻的味道随即四散开来，那是果油，来自晒干的蓝果挤压出的汁液，非常容易着火。凯似乎被这突袭给镇住了，站在原地没有动弹，便这样给了我继续行动的机会。

"我的心无所畏惧，就像神木不害怕火焰。"

我一边默念道，一边举起了弓箭，箭头是两块绑在一起的乌石，当命中目标时，碰撞的石块将产生火花，点燃果油。

果油和乌石是树民的两大禁物，任何人都不得擅用其一。而现在，为了阿兰，为了村落的未来，我豁了出去。

当弓弦松开的那一刻，我知道自己必胜无疑。

凯一动不动地燃烧起来，就像一根着火的木桩。人群发出惊恐的叫喊，往后退去，屈服于对火焰的恐惧，只有我站在原地，享受着胜利的喜悦。突然随着一声凄厉的惊叫，一个纤细的身影扑上前来，是阿兰。

几乎没有费力，我就一把拉住了她。

"好好看看，入侵者的下场。"我在她耳边轻轻说道。我的女孩拼命而徒劳地挣扎着，令我更加感到满足，可是很快地，我的笑容僵在了脸上。

凯并没有死。那根燃烧的“木桩”动了起来，一步一步地走向空地中央，于是所有人都能看见，在熊熊烈焰中，他那已经焦黑的皮肤如树皮般不断龟裂蜕落，渐渐露出白色的骨架——不，那不是骨架，而是某种我无法理解的东西，就像几天前我们在“飞船”外面看到的一样。

接着，凯说话了，声音带着怪异的嘶哑，令人不寒而栗。

“碳基外皮具有严重的缺陷，可为了方便交流我也只能如此。请原谅。”

随着这句不明所以的话，火焰熄灭了，凯第一次以他的真实样貌出现在我们面前，而此时此刻我只想到了两个字：怪物。

“怪物！”我用尽全身的力气喊道。

“在大概一千年以前，为了适应严酷的太空环境，我们开始了主动进化。现在，尽管和最初的模样已经有了很大不同，但我们仍然自称人类。希望你们能明白。”

“怪物——”我继续着，直到被另一个尖厉的声音打断。

“不，他不是怪物。”

我看着阿兰走上前去。她挣脱了我的束缚，来到凯的跟前，伸出纤细的手指，抚上了他的脸颊——如果那颗没有五官的圆球，也能被称为脸颊的话。

“没错，他不是怪物。”

身后响起了阿战的声音。我转身看见他走出人群，高举的右手拿着一本“书”，毫无疑问地来自我当初下令收缴的那一批。

“一共有四百六十五本书，而我留下了一本。其实一开始我也并不相信它所说的事情，但渐渐地随着我看得越多，我越来越清楚地意识到了我们的处境，尤其在最近几天。所以，我不后悔把它传给别人看，因为每个人都可以从这里面学到很多。”他的声调一如既往的平静，成功地掩盖了他那虚伪狡诈的内心。

“就是你，让这种东西在村子里四处流传，蛊惑族人！”我恨恨地瞪着他，“现在你又站在敌人一边，成为可耻的叛徒，你的下场显而易见。”

阿战摇了摇头，脸上毫无惧色：“我并不担心自己的下场。反倒是你，执迷于过去，看不清未来，只会领着我们继续受苦，你才应该想一想下场。”

“阿昆，”阿兰也扭过头来，轻柔的声音里有着某种坚定，“我不想再住在树上了。”

我难以置信地看着他们。接着，仿佛是对这两人的回应，人群沸腾起来，议论着，呼喊着，咆哮着。那阵阵嘈杂让我明白，我那刚刚建立起来的威信已经土崩瓦解，就像一棵被狂风摧毁的幼苗。

就在我两腿一软，即将倒下之际，又听到了一种奇怪的声音。它由远而近，渐渐占据两耳、走遍全身，最后连着周围的一切也跟着震颤起来。我抬头望去，看到了凯的飞船，它那庞大的身躯正毫无来由地悬在空中，大声嘲笑着我的无知。

接着飞船的肚子打开了，随着一阵稀里哗啦的巨响，它抛下了一堆闪闪发亮的东西。

“无论怎样，我对这个孩子的死负有责任。这些工具是最近才做好的，留给你们。”凯那单调的声音再次响起，“飞船的反应堆也已经修复完毕，我该走了。”

巨大的轰鸣声中，人们陷入沉默，而我明白，凯已经毫无疑问地获得了这场战争的胜利。

然而他的胜利不止如此。

“我想跟你一起走。”我听到阿兰殷殷恳求的声音，看到她紧紧抓着那具怪诞躯体的手臂，就像当初抓住我的一样。那贴在一起的纤细修长和矮短粗壮，令我头晕目眩。

“你的身体太过脆弱，无法适应星际旅行，除非进行改造，”凯的声音变得如林中那晚般温柔，“但我的飞船上没有那种设备。”

他停顿下来，似乎陷入了思考，而阿兰的眼里出现了泪水。

“我会回来的，我保证。那时，我还会带一只真正的夜莺给你。”最后，凯说道。

飞船开始上升，越来越小，终于消失在一片蔚蓝中。阿兰站在抬头仰望的人群中间，两行眼泪在她的脸颊上闪闪发亮。

我知道，她的心已经跟着凯一起，去往那个我永远也无法到达的地方了。

◆8◆

当天下午，我们为阿勇举行了葬礼。

由于父亲无法亲自到场，我理所当然地主持了仪式。在阿勇出生和长大的那棵红须树下，我们挖了一个不深不浅的洞，刚好能让他“站”在里面，头顶只盖一层薄土，这样一来他的灵魂就能听到神木的呼唤，顺利地离开身体。当填上最后一捧土的时候，一股悲凉袭上心头，噎住了我的喉咙。

“灵魂飞离，骨肉团聚。”

我刚念完这句悼词，身后传来一阵骚动，阿战领着五个年轻人走上前来，每个人手里都拿着一件凯留下的工具。

“我们是来向你道别的。”他说，“尽管我们中有人觉得没必要这样做，但看在多年的情分上……”

“你们要去哪里？”

他把头一偏，看向远处：“外面，地上。我们想尝试一种新的生活。”

“当你们离开森林，背弃神木，毒蛇和野兽就将吃尽你们的每一块血肉，你们的灵魂将坠入火狱，承受永远的煎熬！”

这番话既是告诫，也是我最为恶毒的诅咒，可阿战的脸色只是稍稍灰白了片刻。

“我们并没有背弃什么，只是想找回失去的东西。”他轻轻说道，声音就像穿过树林的微风，“而现在的你无法阻止我们。”

我虚弱地翕张着嘴唇，半天不能言语。我知道阿战指的是什么：擅用禁物者将按最严厉的族法处置，哪怕身居高位也不能例外。我已是有罪之人。

当他转身离去，又有三个人加入了他的行列。

我仓皇地逃回家中。父亲看着我，一言不发，可他的眼神让我明白他已知晓了一切。沉默就这样横亘在我和他之间，迟迟无法打破，却又无须打破。接下来的两天我都躲在家里，胆战心惊地等待着找上门来的长老们，可这件事却迟迟没有发生，直到我探头望向外面，才明白过来。

人们正在陆续地出走。在我的眼皮下面，三两成群的人正背着沉重的行囊，缓缓穿过树荫和草地，而在目力能及的远处，在那片浓绿的边缘，我望见细长的队伍向着荒野延伸出去，就像一窝搬家的树蚁。看来那本书，以及凯的故事已经流传到了远方。

面对这一切，我什么也做不了。

树林变得一天比一天安静，而父亲的身体则一天比一天地坏下去。他的骨折一直没有痊愈，脊背渐渐弯曲，手指和脚趾也开始僵硬，再也无法灵活运动。很快地，他不再下床，只在中午的时候会艰难而缓慢地挺起身，望着窗外，沉默着，也不知道在想些什么。

“你应该跟他们一起走。”

七天以后，父亲开口对我说道，声音干瘪沙哑，眼里满是泪水、焦虑和怜悯。

“不，我要留下来照顾你。”

我在他的床前跪下，仰望着他脸上那些横七竖八的皱纹，回应道。于是父亲从喉咙里滚出一声近乎呻吟的叹息，便再次陷入沉默。

又过了几天我去找阿兰，不出所料地失望而归，而等我再一次探访她时，她已经离开了，连同她的母亲一起。我站在她空荡荡的家里，两脚踩在那些细碎的骨头上，听着那轻微的破裂声，意识到这里能带给我的只有愤懑的回忆，便头也不回地走了。

时间进入盛夏，距离升天节越来越近了，迎风花的香味在风中弥漫。亡魂们正准备着前往神木，而他们仍然在世的亲人却离开了树林。

现在，这里只剩下我和父亲了，可怕的寂静笼罩了一切。

◆9◆

当冬天来临的时候，屋角已经堆满了我采来的蓝果。父亲吃得很少，整天躺在床上，身躯枯瘦干瘪，眼窝深陷。现在他唯一能做的事，就是望着外面光秃秃的树林发呆，让我一度认为，他已经失去了说话的能力，与一根枯萎的木桩没有了分别。可在一个冷风呼啸的傍晚，他竟开了口，嘱咐我一定要把他埋在那棵最粗的金合欢树下，因为那是早年我还未出世时，我们一家人曾经住过的地方。

“然后，你就去找他们。”他颤巍巍地举起右手，指向窗外。

我当然能够体会父亲的一片苦心。现在每当夜晚降临，我都能望见远处的荒野上燃起的团团火光，屏息聆听，甚至能听到夹杂在夜风中的欢声笑语。看来，出走的人们不仅克服了对火焰的恐惧，还如愿过上了新的生活。

好的，我答应道。

当又一个新芽节到来的时候，父亲死了，身体蜷缩成小小的一团，背在背上一点也不沉。我按照他的遗愿把他安葬妥当，又来到林中空地，代替阿兰种下了两颗金合欢树的种子。以后不会再有新的种子了。

当整片树林只剩下我一个人的时候，我感觉时间陡然变快了起来。种子发芽，树苗长高，树屋在风中摇摆，饱满的蓝果静悄悄地干瘪，不再能食用，一觉醒来，分不清是早晨还是黄昏。日子就这样在浑浑噩噩中迅速溜走，可有一样东西却横在那里，用它的日益壮大提醒着我岁月的流逝。

那是来自荒野的人声，凌乱纷杂，不分昼夜，风一样吹进我的耳中。后来在一个晴朗的中午，我望见远方出现了一片白色的圆点，就像一场大雨过后，树根处冒出来的蘑菇。

这是他们的新家吗？是用什么东西做的？他们又是怎么活下来的呢？一连串疑问挂上心头，让我辗转反侧寝食难安。“去找他们”，父亲在梦里说道，可内心深处却有什么东西在阻止我那样做。

十年以后的那个升天节，我仍然如往常一样去祭拜神木，竟在那里遇到了阿战。

他正一个人站在花丛的边缘朝神木的方向眺望，微微佝偻着背。看到我，他全身一抖，然后快步走来，我才注意到跟以前相比他的身材粗壮了不少，皮肤也晒得黝黑，并且他的左臂短了一大截。

当走到我跟前，注意到我欲言又止的神情，他便微笑着说：“这是五年前被角蛇咬了一口，只好截肢。”

又一个古怪的词语，但我没有理会，只是说道：“没想到你还惦记着神木。”我的语气冰冷，心里却不仅对他没有一丝敌意，还产生了某种温暖的感觉，真是奇怪。

他继续微笑：“这个地方，以及这个节日对我们来说仍然具有重大的意义。从明年起，我们每年都会来祭拜，就像以前一样。”

“莫名其妙！”我瞪着他，“你们当初背弃了它，现在却又……”

“我知道你有很多疑问，”阿战抬起一只手，打断道，“但我相信，只要去我们的新家看一看，你的所有问题都会得到解答。”

这是一个巨大的诱惑，而我在挣扎了一会儿以后，终于没能抵抗得住。

当走进阿战他们的新家时，我不得不承认，眼前的一切超出了我的想象。只见白色的圆顶房屋在蓝天下整齐地排列着，一眼望不到头。屋子的前面是一大片平整的水洼，被垒起来的石头划分成许多形状规则的小块，每个小块里都长着许多棵一模一样的草。而在每间房屋的背后，都有一个高高竖起的架子，顶端裂开成巨大的花瓣，正在不停地转动。

这东西看上去有点眼熟。

人们都在忙忙碌碌，从老人到小孩，每个人手里都提着、使着东西，没有人停下来休息，甚至没有空闲交谈。我又看了一会儿，才猛然意识到：这些人都不再跳着走路了。

“我明白了。你们想变成凯那样的人，过上凯那样的生活。”我讥讽道，“但这是不可能的。”

“就凭我们这一代人，的确不可能。”阿战仍然微笑着，似乎认为我的话不值一驳，“但总有一天，我们的后代能办到。而且你应该知道，现在的我们已经不用害怕野兽和毒蛇，也不用像过去那样忍饥挨饿了。你觉得怎样？”

他看向我的眼睛，让我明白，是时候做出选择了，而我使劲吞咽着口水，避开他的目光。

“听着阿昆，我知道你失去了一切，但现在你可以重新开始，这很容易。”

我感到自己的心已然动摇，就像一棵被人从土里慢慢拔起来的小草，即将在某个时刻得到彻底的解脱。

好的，我就留下来吧——我正要吐出这句话，一个声音又冲我喊道：等等。

“阿兰呢？她过得怎样了？”

一听到这个名字，阿战的神色突然变化，说话也吞吐起来：“她，还是……那个样子。”

“她还在等那个凯来接她，还愿意相信他会送来一只夜莺？”

“是的。你知道，像她这个年纪的女人早该成家有孩子了，可我们谁都劝不动她。”说着，他伸手指向远处的一间房子，“她就住那儿，也许你可以……”

“不，不用了。”我冲他摆了摆手，“感谢你今天带我来。现在，我该回家了。”

阿战的嘴唇一张一合，半天没有吐出一个字，可当看到我转身往回走，他又跟了过来。他就这样一直陪我走到原野和森林交界的地方，这时太阳快要落下去了，昏黄的青草正在风中轻轻起舞，一切都是那样的安静。

“一片树林里分出两条路，而我选择了人迹罕至的那条，从此决定了我一生的道路。”

当我转身走出一段后，从背后传来了阿战的声音。

“你在说什么？”我问道，没有回头。

“这是一句诗。”

哦，我想我明白了。

◆ 10 ◆

那一天还是到来了。

多年以后一个夏天的早上，我被一阵巨大的声响惊醒，然后看到了从天而降的飞船。飞船一共有四艘，每一艘都比曾经的那艘大上许多，遮住了整个天空。

我费力地下到地面，拄起拐杖，往它们降落的地方走去。我的脖子早已僵硬，脊背早已弯曲，瘸了左腿，每走一步都能感到全身骨头的颤抖，也许再过一阵，某个关节就会断裂散架，而我将倒下去再也爬不起来，可我还是朝那里走去。

我望见了凯，正站在一排和他相同打扮的人前面，似乎是他们的首领。他就如上次见面时那般年轻，脸上挂着微笑，向着迎面而来的树民们展开双臂。

在人群中我发现了阿兰，她跟我一样的老态龙钟，步履蹒跚，两眼却明亮闪烁。当走到凯面前时她停了下来，两人就这样注视着彼此，很久很久。

“我有一件礼物给你。”我听见凯这样说道。

那是一只真正的夜莺。这活泼的生灵正在凯宽大的手掌上蹦跳着，不时地扑腾翅膀，而当阿兰伸手接过它时，它又安静下来，小小的脑袋停止了转动，用黑豆一样的眼睛打量起这位新的主人。

这时，我被拥挤的人群遮挡，看不到阿兰脸上的表情。

“来吧。”凯冲着人群喊道，于是飞船敞开了肚子，让人们进入，而我停在原地，看着他们一个接一个地消失。

“你，不走吗？”

我抬起头，见阿兰站在面前，爬满皱纹的脸上是还未褪去的红晕。她额前的白发正在风中起舞，我又闻到了迎风花的香味，一切仿佛又回到了我和她订下终身的那一天。

“不了，你们走吧！”我答道。

于是她点了点头，转身离开。

当巨大的轰鸣声再次响起时，我已走在了回去的路上。可当来到树下，我却发现自己已经无法再爬上去了。于是我背靠着它坐了下来，努力地抬起脖子，望向天空。那里，四艘飞船已经变成了小小的黑点，正带着我的同胞们离开这个世界，将森林、小溪、花朵还有神木，都抛在了后面。

不知不觉间已是傍晚，阳光斜斜地穿透树叶，照在脸上暖洋洋的。一想到再过一会儿，当夜色笼罩，我将迎来一个还算痛快的结局，我就禁不住笑了起来。

现在，我的脑袋越发沉重，眼皮开始打架，整个身体往泥土的深处塌陷下去。黑暗正在慢慢把我吞噬，我再也没有力气抵抗。

就在这时，我听到了夜莺的歌唱。

幸存者

卡卡的灰树干／作品

移民计划不过是个骗局，带上
十万份真空包装，还会干活的肉干
才是计划的一部分。

科　幻
硬阅读
DEEP READ
不求完美 追逐极致

1. 逃亡

普罗托利亚星上的星灵城即将迎来一个普通的黎明，远处群山上的雪被染成了血红色。

很快，一轮巨大的红日升起，占去了三分之一的天空。红日并没有带来光和热，却使得高空的云层活跃起来。星光渐渐黯淡，高空中蓝绿色的极光由东南向西北奔涌起来。

执政官克劳奇站在“朱蒂斯”号飞船的舰桥上，注视着左右两个屏幕。左面屏幕上显示着飞船的各项主要数据。五个燃烧室的温度正在缓慢同步上升。右面屏幕则闪动着很多红色和蓝色光点，红蓝两军正在进行殊死拼杀。

朱蒂斯号的指挥室里，一支近百人的部队正在远程遥控着三支精锐的机甲部队和五支战斗机部队，显示屏上他们所代表的蓝色光点正在对抗十多个红点。这些叛乱者代表的红点正在进攻星灵城，目的是夺取这艘飞船。他们就好像沉船时乘客争抢救生艇那样，毫无人性，歇斯底里。

“燃烧室温度达到 1 756 摄氏度，星灵石即将进入激发态，全体船员做好准备，准备升空！”克劳奇沉着地发布命令。

所有的船员胸口都发出了蓝光，这是普罗托利亚星人特有的心灵感应。船上十三点三万移民的心连在一起，通过克劳奇的感应，每一个移民都可以感觉到五个燃烧室中心炽热的星灵石从金色变成了蓝色。它们变得极不稳定，释放出巨大的能量，五个直径一百多米的推进器同时喷出亮蓝的尾焰。

烟尘瞬间覆盖了发射场周围两公里范围。叛乱者只能眼睁睁地看着朱蒂斯号飞船升空。他们最后的希望破灭了。克劳奇下令将朱蒂斯号的磁力盾能量开到最大，飞船穿越高空狂暴的云层，电流顺着飞船外壁流向船尾。

克劳奇的眼前出现了一片灿烂星空。朱蒂斯号已经顺利突破大气层，进入太空。然而看似平静的太空一点也不平静，舞台的中央就是这颗正在发怒的恒星 - 北河三 - 双子座中的一颗红巨星。

他回头看了一眼蓝绿色的行星普罗托利亚，这曾经是养育他的母星，船上的移民都已经做好了永远离开它的准备，现在看一眼，少一眼。

“伟大的普罗托利亚文明，今天终于迎来了一个转折点。天下没有不散的宴席，五十万年的荣耀，今天终于落下帷幕。”执政官克劳奇心中极度痛苦，“它曾经辉煌的历史，教科书里三天三夜都写不完，在英灵山谷中，竖起了七百六十五座雄伟的方尖塔，塔上的碑文刻着无数史诗，向世人述说着每一位领袖和英雄的事迹。”

克劳奇从心底崇拜这些祖先。五十万年前他们的祖先文明初醒，建立起以崇拜光明神为教义的光明神教，在光明神的指引下，祖先们开拓疆土，建立城市和神庙，消灭异教徒，光明神的荣耀遍布了整个星球。

四十万年前，普罗托利亚星遭到另一颗星球——德龙星人的入侵。那场战争持续了八百多年。高大而残暴的德龙星人利用电子科技，占据了绝对优势，把矮小的普罗托利亚星人祖先当作奴隶，并蔑称他们为小绿人。但在先祖们不屈的抵抗下，普罗托利亚星人终于打败了高大强壮而又残暴的德龙星人，光明神的荣耀再次遍布全球。

距今一万两千年前，光明神对德龙星人的残暴进行了惩罚。北河三变成了红巨星，开始不断膨胀，德龙星最终成为一个炽热的地狱，德龙星人失去了家乡。

正义必将取得最终的胜利，邪恶的德龙星人已经走向末路。仁慈的普罗托利亚星小绿人先祖并没有将德龙星难民赶尽杀绝，反而与他们和平相处，甚至发展了生物技术，将两个星球人的基因融合在一起。新普罗托利亚星人既有小绿人祖先聪慧的头脑，又有德龙星人强壮的身体与坚强不屈的意志。克劳奇就是光荣的新普罗托利亚人。绿色的先祖加上德龙星人的蓝色皮肤，使他的皮肤呈现出一种亮丽的湖蓝色。

他深深地叹了一口气，无奈地望着这颗已经迈入迟暮之年的恒星北河三。它在不断地膨胀、收缩，极不稳定，好像一个失血的重伤员在不由自主地抽搐。

荣耀成了克劳奇活下去的唯一动力。就好像移民委员会委员长说的那样："如果每一个普罗托利亚星人都拼命地努力，普罗托利亚一定会再次伟大。克劳奇，你的一切努力都决定着普罗托利亚的未来。荣耀还是腐化，你来选择，而荣耀是奋斗出来的。"

2. 困境

说激励人的话是政治家们的生存技能。现实如此残酷，普罗托利亚星在红巨星的影响下，大气层变得极不稳定。极度的"虚胖"使得北河三释放的热量下降了 30%，这使得行星表面大幅降温。活跃的雷电活动改变了大气成分，氧气含量降低，臭氧含量升高，引发了生物大灭绝，植物和动物大批死亡，繁荣的普罗托利亚星已经坠入万劫不复的地狱。

普罗托利亚星人并没有放弃，他们制定了逃离母星，飞向三光年之外的红矮星的移民计划。行星上的十五个国家为此成立了星际移民委员会。他们联合起来伪造经济数据，动员整个星球四十亿人民，全力制造移民飞船。朱蒂斯号是第二百四十三艘移民飞船，也是最后一艘设计容量为十万普罗托利亚星人的星际移民飞船。

飞船装不下四十亿人，幸运儿总是少数，这一点谁都明白。

残酷的真相渐渐浮出水面，委员会一直鼓吹的制造两万艘移民飞船的计划根本不可能完成。当第一艘移民飞船制造完成的时候，预算竟然用去了 20%。顶级富豪、政要人物及其家族共约五万人乘坐 1 号飞船“和平鸽”号升空，率先奔向那颗红矮星。

执政官克劳奇是移民委员会精心挑选出来的。他精明能干，责任心强，最主要的是他怀有对普罗托利亚文明的强烈自豪感。克劳奇在制造移民飞船的项目里，从一名星灵石矿物学家一路做到船长，最后成为星灵城现任执政官，这个两千万人口城市的最高领导人。

随着各界政要和商界精英陆续升空离开，星灵城的秩序逐渐崩溃。两万艘移民飞船的计划只执行了 1.35%，也就是二百七十艘，其中有三艘毁于工厂的火灾，十艘在加注燃料时发生火灾被烧毁，更有十四艘升空即失控，翻转坠毁，伤亡人数达到近百万。

额外的抚恤使得本已债台高筑的移民委员会雪上加霜。委员会已经再也借不到钱了，于是飞船建造工作渐渐停了下来，事故不断，工地上死人已经不算新鲜事了。飞船制造进度一拖再拖。工人们找不到工头，不仅没有工资，还饿着肚皮，罢工潮席卷了几乎所有工地。

克劳奇心力交瘁。他动用一切关系，出动军队，在十五家船厂里搜集到了一些主要部件，把它们拼凑起来，保证朱蒂斯号完工。

普罗托利亚的文明里当然也包括了谎言。谁也没有想到，数十亿人交了船票钱，却只有百分之一的人能够登船。朱蒂斯号是末班车的消息迅速传播，移民委员会和民众彻底翻脸。朱蒂斯号在漫天的抗议和暴乱中进行升空准备。星灵城的民众联合了城外的德龙星人后裔，里应外合，迅速突破了城市防线，却在发射场外遭遇阻击，最后只能眼巴巴地看着最后一艘飞船出发。

四十多亿人被抛弃了。如果他们无法继续制造飞船，他们将和这个星球一起毁灭。虽然这颗星球不至于被北河三吞没，但是逐渐熄灭的红巨星会使得这颗行星彻底冻结，只留下一具名叫普罗托利亚文明的遗骸，最后一个普罗托利亚星人死去后，方尖塔上的史诗将永远睡在这个冰冷的地狱中。

这毫无意义，如果足够幸运，可能有星际考古队会发现这个遗骸，而更大的可能性是，没有人发现这个遗骸，直至宇宙的末日。

滴滴声打断了克劳奇的思绪，他马上要发表讲话，宣布整条飞船严格的物资供应条例。在八十年的飞行时间里大家必须节衣缩食。贫瘠的太空中，每一滴水都是珍贵的。

飞船好比一个巨大的集中营，日子远比在地面上时艰苦，而且克劳奇还藏着一个巨大的秘密——只有移民委员会才知道，漫长的旅途根本不止八十年，而是漫长的两千零二十年。当燃烧室的温度升高到 2 020.6 摄氏度的时候，星灵石会变成另一种激发态，离子发动机将启动，飞船会加速到 20% 光速。到时候所有人都没有回头路，无论是死是活，都必须前进。

作为船长，他只需要借口发动机故障，旅行时间被迫变长，武装镇压叛变者，节约资源，再辅以花言巧语，剩余的乘客和船员就会团结一致，最终到达目的地，将普罗托利亚文明的辉煌延续下去。

日子平静地过了几个星期，朱蒂斯号的观察组突然传来噩耗。恒星北河三A12地区颜色变化非常明显，这是高能粒子流喷射的前兆。

克劳奇瞬间紧张起来。他连夜组织工作组，对即将喷发的粒子流进行观测和预测。结果显示，飞船有99.82%的可能性被高能粒子流淹没，所有电子元件都有可能受到冲击。与大气中的电子不同，高能粒子流是毁灭性的，可以轻易打碎化学键。

该来的总是会来的。北河三这个极不稳定的红巨星这次史无前例地喷发，抛射出的粒子流以极快的速度吞没了朱蒂斯号飞船。五个引擎全部熄火，星灵石的温度失控，飞船完全失去了动力，再也不能加速了。

情况十分危急，如果飞船无法获得足够的速度，它就无法摆脱北河三引力的拖曳，最终结局是坠入恒星，被炽热的高温气体吞没，就像罗达号和塞塔亚号那样。

克劳奇迅速采取补救措施，燃烧室的温度控制系统完全失灵，局部过热喷出的等离子气流高达4万摄氏度，控制室被完全烧毁。星灵石能量释放完毕冷却后，克劳奇将燃烧室的裂缝用复合材料紧急处理隔温，然后用备用零件重建控制室。

控制室里一万多个电子元件只有不到30%是可以使用的，一份包含七千多种零件的列表呈现在克劳奇眼前。飞船上没有这些材料，必须回去取。

克劳奇决定着船上十三万三千名乘客的命运。他必须冒死回去一次：如果飞船更换了零件，乘客们还有一线生机，毕竟船上有几百名强壮的德龙星人工匠，大多数都参与了飞船的建造。他们放弃乘坐之前的飞船，却死于末班车，这对他们太不公平了。

引擎故障引发了巨大的困扰，虽然舰桥上的指挥人员一致同意克劳奇回去取零件，但是如何宣布这个消息却非常关键。乘客对舰桥指挥人员的不信任由来已久，克劳奇这一回去，很容易被解读成船长弃船逃跑。因为飞船只为舰桥配备了两艘救生艇，乘客并没有。而八千万吨的飞船一旦坠入大气层就会摔得粉身碎骨。

当克劳奇宣布了引擎故障，独自坐上救生艇返回普罗托利亚星的时候，船上终于发生暴乱。机甲射杀了几百名手无寸铁的平民，整个飞船都在搜捕抗议的带头人。有罪和无辜的人在不断地失去生命，朱蒂斯号成了地狱。

如果朱蒂斯号无法开启引擎，十三万多人就得等死了。克劳奇横下心，同星灵城建立了通信联系。当救生艇一头栽进大气层中时，两架战斗机起飞护航。

克劳奇已经做好了一切准备，只为了让那十三万多移民博得一线生机。即使他们最后被押回地面当奴隶，也比死在太空中要好。

3. 囚犯

克劳奇刚下救生艇就被逮捕，戴上头套和手铐，严格搜身，那张零件的清单被没收，最后他被单独关押在监狱中。监狱里深更半夜经常可以听见哒哒哒的机枪声，这是批量处决犯人的枪声。星灵城正在被叛军血洗。

短时间内朱蒂斯号还不至于坠毁，但克劳奇已经陷入绝望。并不是因为自己随时随地会遭到处决，而是他担心代舰长菲拉诺不能管好舰上的秩序。菲拉诺是一名军人，头脑简单，除了武力镇压没有其他的手段。这些移民究竟命运如何，只能靠光明神的庇佑了。

在朱蒂斯号升空不久，首领巴德尔就带领德龙星人后裔的叛军攻占了星灵城，并且消灭了另一支叛军的主力部队。议会大楼上升起一面海蓝色的战旗，巴德尔向全球通电，接管星灵城，成立普罗托利亚联邦。

为了迅速控制城市，城里掀起了一场腥风血雨，城市治安迅速恶化。大家夜里都不敢出门，装甲车在街上巡逻，心灵捕手在四处搜捕怀有不满想法的人。

克劳奇可以很明显地感觉到自己受到了特殊对待：单独牢房，单独伙食，甚至还有读报的时间。当然联邦的报纸他根本就不愿意相信，都是谎话。

在牢里待了一段时间，没有人和他说话，克劳奇的心态开始发生变化，他的心灵感应灵敏到了一种神经质的地步，好不容易和一个陌生的犯人联系上了，下一秒他就被枪毙了。这种精神上的折磨使他痛苦不堪。

终于有一天，牢门打开，他被押上法庭，不过他不是被告，而是证人。他认出了法庭上的被告——杜比，他的同事，他负责飞船的零件采购。法庭列举了八十多项贪污和作假的罪名。为了帮助非正式乘客偷渡上船，他收了偷渡客巨额钱财，把他们包在零件中，装在船上，甚至因此引起了一艘飞船坠毁，数十万人丧命。最后杜比被判决枪毙。

这就是普罗托利亚文明的荣耀？他们的信仰呢？

克劳奇一共参加了八十多场庭审，他的精神崩溃了。这次移民计划已经成了委员会大肆搜刮钱财的把戏，一部分兑换成稀有金属，另一部分充值在飞船上的虚拟交易系统中，在飞船这个天堂里享用无穷无尽的财富。

克劳奇再次回到牢房里的时候，已经疲惫到了极点。他心如死灰，脑子里一片空白。

又一个普通的早晨，监狱的大院里被阳光染成了血红色，克劳奇戴着脚镣，一边慢跑，一边想，这样的早晨适合被枪毙，嗯，简直太合适了。

忽然卫兵向他吹了个口哨示意他过去。他还没有走到卫兵跟前，两名陌生的德龙大汉就架着他走向另一条走廊。

克劳奇瞬间紧张起来，大喊："我还没有吃早饭！"

两个大汉像聋子一样，把他塞进一辆车，离开了监狱。

车上，克劳奇被松绑，前排的德龙星人带着很明显的外形特征：背部隆起，鼻子修长而外凸，看着像只大蜥蜴。他说："吃早餐没问题，等你吃饱了巴德尔将军要见你。"

"巴德尔要见我？"克劳奇瞬间觉得受宠若惊。他有点不相信大蜥蜴的话，"可是现在的方向不对，我们没有去议会大楼。"

"闭嘴！"大蜥蜴非常粗暴，"将军在博物馆等我们。"

博物馆里空无一人，阳光斜射入走廊，脚步声在走廊里回荡。左右两面各有一排雕像，都是普罗托利亚传说里的英雄，四人的影子把右面的雕像按顺序抚摸了一遍。

走廊尽头的大门打开，灯把通往地下室的楼梯照亮。地下室深处，几名全副武装的战士守在储藏室门口，眼睛瞪得滚圆，就像楼上的雕塑一样，风机的呜呜声令人昏昏欲睡。

储藏室的面积比博物馆大许多，是一个巨大的地下堡垒。克劳奇被关在一个房间里，外面有士兵守卫，不过他不仅没有戴手铐，还吃到了可口的早餐。房间很宽敞，还有很多书可以随意翻阅。克劳奇推测，巴德尔将军可能还没有到。

吃过早饭，克劳奇被卫兵带到储藏室的管理室，他见到了一个熟悉的背影。

4. 历史

“巴德尔将军！”克劳奇镇定了一下情绪，主动向这位星灵城的新主人问好。巴德尔几乎每个人都认识，他的脑袋价值 100 万个金币。

“克劳奇先生，你来了，坐！”

两人坐定，几名警卫站在巴德尔身边，气氛略有些尴尬，只听得见风机的声音。

“你赢了。”克劳奇双手一摊，“可这有什么用？普罗托利亚文明终将结束，只有远航的飞船上留着火种，如果他们可以顺利到达新家，那么我们的文明肯定会再次创造辉煌。你和我都留在这里，什么都改变不了。”

“不，今天我们不谈这个。”将军笑了笑，“我们今天可以做个朋友，谈谈历史，谈谈普罗托利亚文明的过去和将来。”

“朋友？呵呵。”克劳奇冷笑了一声，“和你们德龙星人交朋友？看看你们这些蜥蜴人现在的所作所为，你们侵略者的本性已经暴露无遗。五十万年并不能改变你们刻在基因组中的野蛮。”

“时间非常紧迫，你知道移民委员会留下了多少矛盾吗？如果我们不在短时间内肃清旧势力，迅速夺取城市的控制权，我们就不能执行移民飞船的制造计划。我们做了充分的准备，那些没能逃走的、和移民委员会穿一条裤子的政客，我们早就锁定了他们，当然会第一时间把他们清除。”

“你们要继续造飞船？真可笑！”

“你冷静一下，我们谈点别的。你应该听说过《灵石本传》这本古书吧？”

“知道，几万年前，普罗托利亚星人虽然已经从肉体上消灭了晶石神教，烧毁了所有《灵石本传》的实体书，但全书二十万字，还是有些人依靠记忆默记了下来，世代口口相传，直至今天。”

“你相信这本书的内容吗？”巴德尔把一本《灵石本传》放在克劳奇面前。

“都是谎话。”克劳奇看都没看便把书扔在地上。

巴德尔微微一笑：“在你看来，灵石冢也是假的了？”

“这本书里没有一个字是真的。”

“随我来。说不定有几个字是真的。”巴德尔站起身，警卫抓着克劳奇的手臂，让他走在最前面。

储藏室深处，幽暗的灯光下，古代金币堆满了一个个房间。他们走进一个密道，迎面有风吹来。走过长长的地道，来到地底深处的石质房间，四周点着十几盏长明灯，房间中央是一个祭台，祭台前有一座巨大的雕像，和德龙星人长得很像，眼神凶猛，鼻子修长而外凸，背部隆起，尖牙利爪，就好像一只大蜥蜴。头顶是一口竖井，深几百米。

“圣王啊！当你迎着红月张开翅膀，远古灵兽就会在灵石冢讲述他的故事，即使先贤王也会停下脚步，倾听这洗濯灵魂的教诲。”巴德尔念着《灵石本传》中的诗句。

克劳奇虽然没说什么，但是他知道，晶石神教对“红月节”非常重视。每年气态行星红月在日落时分升到中天的时候，他们就迎来了这个节日。他曾经亲手杀死了几百名晶石神教的教徒，对他们视死如归的眼神，克劳奇至今都难以忘记。

“这里就是灵石冢。”巴德尔将军的靴子踏在地板上发出的回声在整个房间里回荡。这条密道是通往灵石冢的唯一通道。普罗托利亚星的小绿人把德龙星人建造的最大博物馆摧毁了，无数珍品被付之一炬，然后在原址上重建了一个假的博物馆。但是他们没有想到，灵石冢就在博物馆下面，甚至比博物馆更加雄伟。最危险的地方就是最安全的地方。

“你想说什么？”克劳奇明显有点底气不足。

“灵石冢是存在的，还有这远古巨兽。”巴德尔拍打着大蜥蜴雕像。

“还有翅膀。”众人随着巴德尔将军的目光抬起头，竖井上的一片天空中，可以看见几颗星星连成一个像圣鸟张开翅膀的星座，头部位置的星星特别明亮，它们在极光中时隐时现。

“今天并不是红月节，所以看不见红月。但是至少说明，《灵石本传》是有据可考的。”

“哼，你是星灵城的主人，你完全可以让晶石神教再次发扬光大。”

“来，我带你看看晶石墙。”

众人绕过巨大的蜥蜴雕像，走进灵石冢深处。长长的走廊两边是各种形态不一的蜥蜴骨架，大多数被封在石蜡中，钉在一个个木框里。有一具骨架甚至是一个高十米、长几十米的巨型怪物。走廊尽头是一面凹凸不平的巨墙，高十几米，墙根处有一层闪着荧光的晶石。

火把点亮了房间里的长明灯，晶石墙展现在众人面前。原来这是一个巨大的地质地层。不同地质年代的地层叠在一起，可以看见深深嵌在地层中的各种不同化石，一块和它们差不多大小的蜥蜴化石在地层中轮廓非常清晰。最上层是一具遗体的骨架，它的头上戴着一个王冠。

“怎么样？你有什么想说的话吗？”巴德尔将军看着克劳奇那张不知所措的脸。

“这，完全出乎我的意料。”克劳奇若有所思，抚摸着这些化石，“为什么德龙星人和这些蜥蜴化石这么像，他们不是侵略者吗？”

“这些化石的年代有几亿年，远远超过五十万年。普罗托利亚文明就是一个谎言，德龙星人才是这颗星球的原住民，小绿人才是侵略者。北河三演化成红巨星的时候，小绿人的星球在内侧轨道，因为过热，不再适合居住，所以他们倾巢出动，毁灭了德龙星人所有的一切，包括文明、历史，甚至血统。但是大自然的力量是伟大的，他们根本不可能把德龙星人消灭干净。德龙星人具有悠久的历史、璀璨的文明，书可以烧，人可以杀，但是精神，牢记在心中的那二十万字的圣书，是永远不会被消灭的！”

“这，这怎么可能？”克劳奇还是无法相信眼前的这一切。

“你被洗脑了。你在课堂上学习的知识，都是谎言，这，才是事实。所以，接下来为什么而活，你需要思考一下。”

巴德尔将军把克劳奇软禁在博物馆中，此时的克劳奇如同一具尸骸，他的精神支柱被完全摧毁了。

5. 命运

克劳奇渐渐喜欢上了博物馆中的生活，至少他开始读书，之前因为太忙，他甚至很长时间都没有读书。可是他毕竟是个犯人。一天晚上，他正在熟睡，一群人把他按在床上，戴上了手铐，坐着车来到货运站，车站里有一间特别的候车室。

卫兵把克劳奇的手铐打开，交给车站警卫就走了。

“你的假期结束了，克劳奇先生。”一名湖蓝色皮肤的车站管理员走进候车室，交给他一份海报，上面画着巴德尔将军的半身像，下面有一行字：“为了普罗托利亚联盟的伟大复兴，我们需要你。加入我们，我们一起离开这个地狱。”

“什么意思？”克劳奇把海报读了两遍，“需要我参加劳动吗？”

“你去不去斐尔可山矿坑？我需要一个帮手。”管理员双臂交叉在胸前问他，“你可以选择不去，你不去现在就给我滚出去。”

“我在那里干了五年，我当然去，什么时候出发？”克劳奇站起来，既觉得意外，又觉得在意料之中。

“你可以叫我罗德尼先生，你的老板，我们不要浪费时间，现在跟我上车，马上就发车了。”

在车上，罗德尼和克劳奇谈了很多。罗德尼发现克劳奇对星灵石矿了解很深，而克劳奇也获知，运输车上有几千名劳工，他们都是具有湖蓝色皮肤的新普罗托利亚人。他们有的没有钱买票，有的是借了钱买票，却突然遭到财务审查，因负债而被剥夺上船的资格的人。现在这些人为了生计而被迫参加劳动，仅仅是为了吃口饭。

斐尔可山矿坑因为过度开采而变得坑坑洼洼，克劳奇感觉非常奇怪，这里已经找不到能够提炼出燃料的高浓度星灵石矿，数千劳工却在矿渣堆上仔细搜寻，将只有一根手指大小的星灵石碎片从碎石堆中拣出，放进自己的口袋——他们的工钱按照碎矿石的重量计算。

罗德尼带着克劳奇走进一间实验室，克劳奇认出这是他曾经工作过的地方，但是这里被大规模改造过，实验室内弥漫着一股难以形容的腥臭味。

“这些星灵石是从矿渣里挑出来的，你试试，你的心灵感应能不能让它发光？”

克劳奇把星灵石放在左手掌心，右手对着它，闭上眼，瞬间星灵石发出耀眼的光芒。

“恭喜你，克劳奇先生，这块石头属于你了，你要好好保存，这是你登舰的资格，你完成了工作，就有资格去移民局登记了。”

克劳奇点了点头，把这一小块星灵石挂在脖子上。随后，他换上实验服，进入另一个实验区。这里闷热潮湿，腥臭味扑鼻而来，地上有很多脸盆大小的玻璃器皿，里面都是一个个八眼金甲虫。

“你们在这个矿坑里做什么？养虫子？为什么？”克劳奇非常好奇。

“这是决定你命运的工作，虽然你不需要和那些劳工一样去矿坑捡石头，但是你的工作一样重要，同时你需要养好这只虫子，别让它死了，等它产卵的时候，我再来找你。”罗德尼拿出一个用棉花塞住口的玻璃瓶，里面一只巴掌大的八眼金甲虫正在振动着翅膀。

克劳奇开始了新的生活。他和其他劳工一样，睡在集体宿舍中，吃着粗劣的食物。他每天工作十小时，每天需要将一袋星灵石放在机器上进行频率共振测试，凡是不合格的必须集中销毁。他知道，这是决定一个人命运的石头，不能出错，不然他就会失去逃亡的资格。

日子就这样平静地过着，他每天都可以领到一小瓶营养液，作为八眼金甲虫的食物。过了很长时间，他突然发现，这只小虫开始有些不正常，饭量特别大，他不得不去借工友的营养液。这之后又过了段时间，它不进食了。克劳奇意识到，它的产卵期快到了。

果然，一天早晨，它产下了一枚紫色的卵。他听工友们讲过，知道这时应该去领一瓶基因增强剂，当虫卵浸泡在那种黄绿色的黏稠液体中时，便会产生异变——晚上，玻璃瓶会发出淡淡的绿色荧光。

“我的朋友，你成功了。你现在该去基因改造点进行基因融合了。如果你把自己的细胞放进这个卵中，一旦这个卵孵化成功，破壁而出，你就可以得到一个你的小绿人克隆人，这样，你和他的大脑可以通过这块星灵石碎片连接，克隆人可以储存并且继承你所有的记忆。要知道，这样的小绿人平均寿命是三百多岁，而且食物消耗量不到你的五分之一，不到德龙星人的十分之一。小绿人这样的身体，更适合进行星际移民。”

“好的，等我回来。”

6. 真相

虽然克劳奇在矿坑工作的时间不到一年，但是当他再次回到星灵城的时候，他有种半辈子没有回家的感觉。星灵城看起来一切都很陌生，但是又很熟悉。

他自由了，他带着自己的小虫，凭着记忆，来到了城市一角的居民点，见到了自己的前妻和儿子。他在朱蒂斯号升空的时候，并没有为他们争取到上船的资格，这样的事情谁都接受不了。

“我带来了这个，你们试试看。”克劳奇把两块精心挑选的星灵石碎片交给他们，他们都使石头发亮了。

“太好了，这是上船的凭证，我们到时候一起走。”克劳奇和家人紧紧地拥抱在一起。

在基因改造点，他见到了巴德尔将军派来的使者，使者让他去议会大楼等待新的命令。克劳奇顺利地抽取了自己的细胞，把虫卵交给妻子，便去见巴德尔将军了。

“我听说了你的事情，恭喜你克劳奇先生。”

“没想到你们取得这么大的进步，巴德尔将军。你们竟然发现了制造克隆人和意识传输系统，你们是怎么做到的？”

“是科学，还有神的引导。我们在我们的古典文献中见到过这种八眼金甲虫，雌性会发出高频的声波，雄性会发出低频的声波，而且它们会被星灵石的荧光吸引，然后交配。在小绿人的古代文献中也记载着八眼金甲虫的内容。也许它们是我们德龙星人和小绿人的共同祖先，所以我们的基因才能融合。”

“真是神奇，冥冥之中，光明神在护佑着我们。”

“好吧，随我来，我们来看看朱蒂斯号的情况，我相信你会感兴趣的。”

“什么？朱蒂斯号！你们对它做了什么？”克劳奇非常诧异。

“船上有十三万多移民，我们不能置他们于危险的境地。”

两人来到会议室，屏幕上是一位德龙星人将军，他率领着一支太空飞船部队。

“马丁少将，感谢你抽时间和我联系。汇报一下你那边的情况吧！”

“我们已经把电磁炸弹全部投射完毕，敌人80%的战斗机在电磁干扰下失去了控制，我们正在进行回收作业。剩余有线以及光信号控制的战斗机正在和我们的太空部队进行激战，目前我们占有绝对优势。”

“辛苦你了，马丁少将，你预测还有多少时间可以登上朱蒂斯号？”

“我想应该差不多了，你们吃过晚饭再和我联系，到时候你们改一个通信方式，我相信克劳奇先生知道朱蒂斯号的通信频率。”

这一天实在太煎熬了，克劳奇根本无法确定究竟发生了什么。为什么朱蒂斯号会出动战斗机，而且是无人驾驶，需要遥控？要知道船上有十三万多人，飞行员的数量是足够的。

吃完晚饭，克劳奇在会议室中主动接通了朱蒂斯号舰桥的联络信号，马丁少将站在显示屏前，脸色非常不好，皱着眉头说：“克劳奇先生，我很遗憾，我们来晚了。”

克劳奇对这个舰桥非常熟悉，但当他看见舰桥中的情景后，惊得说不出话来。他张着嘴，冷汗直冒，心中不断翻腾，竟然发生了这样的事情？他忍不住抢过话筒，用颤抖的声音询问马丁少将：“请问控制面板上小绿人按钮的安全罩为什么是破损的，难道这个按钮已经被按下去了？你们来晚了，什么意思？船上的乘客究竟发生了什么事？”

马丁少将回答："这里发生的事情太可怕了。虽然我们已经占领了朱蒂斯号飞船的舰桥。但我不知道这飞船上还有多少活人。你说的小绿人按钮确实被按下了。我们调查了电脑，它不是误触，是刻意的行为。我不知道具体发生了什么，但是飞船居民区的空气已经被全部排空，我们并不想在这里待很久，我们只想把飞船拖入红月的L33轨道待命，然后对它进行一次彻底的检查，消灭残余敌人。毕竟这里有五千万吨物资和十三万三千块冻干的肉。"

克劳奇忍不住呕吐起来。他立刻联想到每一艘移民飞船上都有小绿人按钮。这本来是为阻止移民飞船舰队争抢物资而准备的下下策，将船内的空气压缩后喷出减速，与敌人拉开距离，而敌人不可能为了这点物资而消耗宝贵的燃料。

"这就是你引以为豪的普罗托利亚文明？"巴德尔将军说，"无论你怎么想，我始终认为，普罗托利亚文明背后都是小绿人在搞鬼。你看看移民委员会的组成就知道，九名主席八人是小绿人，美其名曰平权，事实上在移民这件事上，小绿人始终有优先权。虽然他们是少数，但是他们是最大的受益者。你看，你在星灵城找不到一个小绿人。"

巴德尔将军停顿了一下："如果十几万小绿人和上千万新普罗托利亚人一起进入太空，那么我觉得身材高大，拥有和你一样湖蓝色皮肤，肌肉发达的新普罗托利亚人绝对是小绿人最好的食物。在太空船这个封闭的小环境中，小绿人更有可能在长达千年的旅程中存活。移民计划不过是个骗局，带上十万份真空包装，还会干活的肉干才是计划的一部分。”

克劳奇瘫坐在地上，说不出话。残酷的现实摆在面前，想到小绿人的所作所为，现在两百多艘飞船上数千万移民想必已经凶多吉少了。只消轻轻按一下，就是十万份肉干。

巴德尔将军拍了拍克劳奇说：“现在没有时间悲伤，我们要做的工作多得数不清，只能挑选最主要的做。下面留给我们的时间并不多，环境也越来越恶劣，但是我们必须坚持到底。环境恶劣不可怕，工作任务艰巨也不可怕，可怕的是没有一个共同的决心。”

巴德尔将军看着克劳奇的眼睛说：“我们目前面临一个非常严重的问题，新普罗托利亚人并不认同我们德龙星人，而你可以成为我们两个种族之间的和平大使。要知道，很多留在地面上的新普罗托利亚人一看见我们德龙星人就反感，不想和我们交流，如果你真的想要拯救这些人，就去说服他们，一定要推进这项工作，让他们大规模养殖八眼金甲虫，培养自己的小绿人克隆人，移植并且继承意识。只有这样的小绿人才能带着普罗托利亚的集体意识离开这个星系，寻求文明的复兴。”

克劳奇顿时觉得又有了动力。

7. 告别

日子就这样一天天地过着，普罗托利亚星依旧寒冷刺骨。星球上十五个国家加上上千个大大小小的部落，都在谈论离开母星这件事情，每个国家都在建造移民飞船，只有星灵城严格执行登船的资格审查，只有小绿人才能上船。克劳奇变得比以前更加忙碌了。为了新的移民计划，他四处奔走，不知不觉他已经好几年没见到他的小绿人克隆人。

他和妻子、儿子，以及各自的小绿人一共六口人，这是个奇怪的家庭。政府为小绿人建造免费的学校和生活设施，他们从出生起就被教育，星灵石碎片是比自己生命更重要的东西，湖蓝色皮肤的新普罗托利亚人是自己的主人，忠诚是最重要的。将来他们肩负着普罗托利亚文明的复兴，忠诚非常重要。没有新普罗托利亚人的记忆就没有普罗托利亚文明。

在克劳奇不停的努力下，仅仅几年时间，第一艘小绿人移民飞船就完工了。十五万新普罗托利亚人完成了星灵石意识转移，他们抛弃了原来高大强壮的身体，在小绿人身上重生。这十五万小绿人带着他们主人的意识和记忆登船，巨大的轰鸣声中，飞船升空留下灿烂的尾迹。

一支数千人的队伍正在处理这些完成意识转移的遗体，将他们安葬在早已准备好的墓穴中。葬礼上并没有哀伤的气氛，反而在催促留在地面上的新普罗托利亚人——如果你们还不出发，你们就会留在这里被冻死。

当然，除了星灵城，其他地方也造出了移民飞船，也有新普罗托利亚人升空远行。但是巴德尔将军早就强调过，新普罗托利亚人巨大的能量消耗不可能在长达两千年的旅程中幸存，而且他们平均七八十年的寿命劣势无法和小绿人平均三百二十年的寿命相比。在太空中死去和在地面上死去，他们不过是换了一种死法而已。

克劳奇的责任心告诉自己，为了普罗托利亚文明的复兴，必须让更多的人进行移民。相继有三万艘移民飞船带着二十多亿小绿人克隆人奔向那颗三光年外的红矮星。克劳奇早就把自己的妻子、儿子送上了飞船，他一有空就会去他们的墓地。他知道，他肯定是最后一个上船的人。或许有一天他会重新在另一个恒星世界与他的妻子、儿子、儿媳、孙子，或者某个子孙后代通过心灵感应重逢，不过这肯定是很久以后的事了。

当克劳奇目送着最后一艘移民飞船载着三万名小绿人升空，渐渐消失在雷云之中后，他如释重负，双手插在口袋里，独自步行离开发射场。

他的工作完成了，为了普罗托利亚文明的复兴，他流尽了最后一滴汗水，他感觉浑身轻松。此时的普罗托利亚星已经成为一具真正的遗骸。星灵城基本上空无一人，满街的垃圾没人清扫，偶尔有几个醉鬼在路边被冻死，直至尸体腐烂都没有人清理。

酒吧昏暗的灯光下，两个上了年纪的老朋友在交谈，他们都已经完成了工作。

“巴德尔，你说说你们德龙星人，统治了星灵城几十年，却没有上船，你们这些年累死累活是为了什么？”

“哈哈，克劳奇，我这个老蜥蜴又不会什么心灵感应，更没办法把基因融进八眼金甲虫的卵中，造什么克隆人？我们这些老蜥蜴体内压根就没有小绿人的基因，我们去太空干吗？我们的工作结束了，普罗托利亚文明也是我们德龙星人文明的重要组成部分，现在我们退休了，该享受我们的退休生活了。”

巴德尔猛灌了一口酒，抹了抹嘴说：“倒是你，克劳奇，你为了移民的事情忙碌了一辈子，按理说你应该登船，普罗托利亚文明正在复兴，缺了你可不行。来！和我说说究竟发生了什么事？我不会告诉别人。”

“哼！”克劳奇脸上露出扭曲的表情，一下子把一瓶酒灌进肚子里，“我的小绿人告诉我，他是一个独立的个体，不是我的奴隶，他情愿自由生活并且死在普罗托利亚星上，也不愿带着我的意识上船。他把星灵石碎片打碎扔进垃圾桶。我和我的小绿人的基因信息还有星灵石碎片的编号都是登记在系统里的，无法更改，唉！简直是反了！都怪我对他太好了！但现在我恨不得杀了他。”

空行母

分形橙子／作品

一个和坠毁的飞船风格一样的探测器
从他们没有注意到的角落里钻出来，
静静地悬在空中，冷冷地注视着他们的背影。

科 幻
硬阅读
DEEP READ
不求完美 追逐极致

探星者

“白色玛丽”号静静地停泊在 WASP-39b 的近地轨道上。

“我总是有一种不好的感觉，”站在舷窗前，看着 WASP-39b 的大地在云雾中若隐若现，丽丝抱着自己的双肩，“我觉得我们没有完全准备好。”

“哥伦布和麦哲伦起航的时候也这么想。”乔的声音从丽丝身后传来，“世界上没有完全准备好的探险，不过考虑到我们已经航行了这么远，你有这种感觉也不足为奇。”

丽丝转过身看着乔，乔很强壮，看起来恢复得不错，三天前刮过胡须的地方已经长出了细密的胡茬，让他的下巴和脸颊呈现铁青色，配上他笔挺的鼻梁和薄得几乎看不见的嘴唇，让他看起来更像一个指挥官。现在是他们从累计二百二十三年的休眠中醒来的第三天，比起乔，丽丝似乎显得有些忧虑，毕竟，这个探星者小队马上就要踏上一个完全陌生的行星。

“谢谢，乔，我会把这看作是一种安慰。”

“它的确是。”乔笑了，他伸出手拂过丽丝的发丝，仔细地将一缕飘落在她额头的金发梳理到她耳后，“不必担心，丽丝，一切都会顺利的。”

丽丝知道乔说得对，自己的担心的确是多余的。人类对地外行星的探索已经持续了数百年，不管从哪个角度来说，这次的探索行动都没有什么特殊之处。何况，后继者随时都可能出现，他们已经等待了七十二个小时，按照 UNSA 的规定，他们还需要等待九十六小时才能进行实地探索。

丽丝重新转过身，注视着眼前的这颗行星。这是一颗被厚厚的云层遮掩住的大小与火星相仿的行星，编号 WASP-39b，由 NASA 于 21 世纪初发现并命名。它的表面大气压是地球标准大气压的 1.5 倍，空气主要成分是氮气和二氧化碳。赤道温度达到 80 摄氏度，中高纬度地区的温度适合人类活动。复杂多山的地形显示这颗行星的地质活动很剧烈，地表存在液态水，但没有形成海洋，只有一些分布于高纬度地区的湖泊。其中最大的湖泊位于南半球的一片群山之间。透过望远镜，丽丝偶尔在云层的缝隙里能隐约看到那个湖，奇异的是，那个湖呈现出粉红色。丽丝自作主张给它起了一个名字——玫瑰湖，和地球上非洲塞内加尔的那个玫瑰湖同名。以前在地球上的时候，丽丝和乔曾经慕名而去，但他们运气不佳，选错了季节。那个在图片上呈现唯美粉色的湖只存在于 12 月和 1 月期间，由于阳光和水中的微生物以及丰富的矿物质发生化学反应，湖水就变成了玫瑰花般的粉红色。丽丝和乔是在 8 月到的达喀尔，他们只看到了一片浅蓝色的湖面和湖边堆积如山的盐堆，当然还有在烈日下从湖底采盐的当地人。即使已经进入 22 世纪的当时，依然有人继续做着这种辛苦的工作，也许文明和技术的进步永远无法浸润到地球的每一个偏远角落。丽丝最终也没有亲眼见到玫瑰色的湖水，不过看来她的梦想要在这颗行星上成真了。

丽丝收回了思绪。按照推算，地球时间应该已经是，27 世纪中叶了，如果她愿意，甚至能将这个时间精确到秒，但丽丝不想那么做。过去的七十二小时里，丽丝和乔向 WASP-39b 发射了大气层探测器，探测器发回了更多细节。在行星地表存在一种类似石英的奇异晶体，这些晶体绝大部分成球状，大小不一，从直径数米到几厘米都有。围绕着晶体球的形成原因丽丝和乔有过激烈的争论。乔认为这是一种典型的矿物自组织现象，和存在于地球上自然形成的矿物晶体一样，精美的盐粒和钻石也都是自然形成的。这种形成机制是由一种普适的规律统治的，换句话说，在巴纳德行星上出现的雪花也必然和地球上的雪花没什么不同——至少从拓扑上来说是如此。而丽丝对此却持有异议，她的理由很简单，地球上并未出现此类矿物晶体，而地球上出现过的类似圆形的鹅卵石是因为水流冲刷导致的，但是这些晶体球并未全部都出现在湖边，在远离湖边的大陆上也有分布。而且更重要的，这些晶体的形状更像真正的鹅卵，而非地球上因为水流冲刷出现的那些扁平的鹅卵石，而且晶体球尺寸悬殊。丽丝甚至认为，这些晶体球有可能是一种生命的卵，甚至可能它们本身就是一种可以自我繁衍复制的自组织生命。“我们的思想早就应该摆脱对生命局限的理解，”在争论中，丽丝说道，“为什么总以地球上的生命形式为蓝本去寻找外星生命呢？生命只是一种高级的自组织现象，并没有多大的神秘感。每个星球的环境不同，自组织表现的形式会完全不同。用地球生命的定义去对比其他的星球，这显然是……”“愚蠢的。”乔接住了丽丝的话，他总能知道丽丝在想什么。丽丝说出上半句，乔就能知道丽丝的下半句是什么，但他丝毫不以为意：“没错，丽丝，我也真心希望你的想法是正确的，相信我。”丽丝知道乔想说什么。人类探索地外行星已经数百年了，但从未发现地外生命，即使最简单的细菌都没有发现过，更别提外星文明了，最好的情况也只是发现一些勉强能称得上是有机大分子的物质。每一个探星者都希望能将自己的名字用金色篆刻在第一次发现外星生命的丰碑上，当然也包括丽丝和乔。

不管怎么说，再过九十六小时，他们就可以亲自登陆那颗行星，看看那些晶体球到底是什么了。在此之前，他们需要等待。

“乔，”丽丝出神地凝视着云雾缭绕的WASP-39b，玫瑰湖在云层间时隐时现，她想象着她和乔一起在那个玫瑰湖附近降落，身边围绕着粉色的晶体球，“我们要个孩子吧，等我们回到地球……”

乔显然没有预料到丽丝突然说出这句话，他以为自己听错了，但马上他就知道丽丝是认真的。他沉默了一小会儿，从身后轻轻把丽丝环绕住，一股爱意在他们之间蔓延，乔轻声说道：“丽丝宝贝，你为什么突然这么想？”

“等我们结束这一次探星，就回地球定居下来吧！我希望能住在海边，最好是佛罗里达，要有很大的玻璃窗，每天都能看到海上的日出和日落，”丽丝说，她想了想，又加了一句，“要有壁炉和手磨咖啡。”

乔没有说话，但丽丝知道她的这番话在乔的心里掀起了巨浪。上一次探星结束之后，乔就暗示过丽丝要结束探星生涯，但丽丝假装没有领会到乔的意思。当时她已经知道了任务目标是 WASP-39b，这颗距离地球二十三光年远的行星就像磁石一样吸引着她。丽丝渴望探索这颗地外行星，她渴望能成为第一个发现地外生命的探星者。但此时面对 WASP-39b，从长达两百多年的休眠中醒来，丽丝突然意识到地球上又过去了两百多年，这也是她在时空中跳跃最远的一次。一觉醒来，两百多年的时光已经被抛在身后，地球上所有熟悉的人都已化为尘土，想到这里，丽丝不禁有一种强烈的孤独感，她也突然理解了乔的心境。

长路漫漫，必有归途。

“谢谢你，丽丝。”乔最后说。

稍早之前，乔发射了环绕 WASP-39b 运行的信标。这个信标实际上是一颗人造卫星，它会按照 UNSA 规定的频率持续发射信号。如果后继者赶来，他们能根据信标发出的信号知晓丽丝和乔已经登陆行星。如果后继者没有来，这个信标发出的信号也可以指引丽丝和乔在地面上的行动。

WASP-39b 是一颗距离地球二十三光年的行星，它是恒星系中的第四颗行星，也是这个恒星系中唯一一颗以人类现有的技术可以登陆的行星。其他行星要么是气态巨行星，要么就是有着类似于金星的那种严酷的高压和酸雨环境。而这个恒星系是宇宙中最常见的双星系统，两颗恒星中的一颗已经临近暮年，跨入了红巨星的行列，另外一颗却依然光芒四射。WASP-39b 就是围绕着这两颗恒星共同的质心旋转。

作为 UNSA 探星者小组的一员，丽丝和乔已经搭档探索过三颗地外行星。在此之前，乔已经是一位探星者了，但他对之前的经历闭口不谈。丽丝也从未问起他之前的搭档出了什么事情。按照地球时间来算，他们已经搭档了五百多年的时间。当丽丝和乔第一次从地球出发时，地球还是 22 世纪，而现在已经是 27 世纪了。

22 世纪中叶，随着一系列航天技术的突破，人类终于制造出能够跨恒星系航行的飞船。但是和科幻小说中的乐观预测相比，现实却远远没有那么美妙。早在 20 世纪就出现的曲率引擎和空间折叠等技术概念始终没有现实技术突破，人类能够制造出的最强的引擎也只能将飞船加速至 10% 光速。

10% 光速的飞船和人体休眠技术相结合，终于赋予了人类跨恒星系航行的能力。联邦启动探星者计划之后，无数小型飞船搭载着探星者小组前往深空，对地外行星进行探测。但是 10% 的光速对于广袤浩瀚的宇宙来说依然太慢了，对距离地球十光年的地外行星进行实地探测，就需要花费至少二百年的时间。而当探星者小组归来之后，地球上的时间也已经过了数百年。所以探星者小组都是由情侣或者夫妻组成，他们就像一对对前往未来的时空旅行者，被抛离了地球正常的时间线，在孤寂的时空中互为伴侣。

第一队探星者夫妇花费了二百年时间抵达了 RSB-201c 地外行星，当他们到达的时候，惊奇地发现比他们出发更晚的后继者已经到达了。其实这种可能性在他们出发之时就已经有科学家提出了。宇航技术是不断发展的，先出发的飞船很有可能被更高技术更快速度的后来者追上。所以每一个探星者小组在抵达目的地之后，如果没有发现后继者，都会留下一个信标告知可能到来的后继者。

旅途越长的探星计划，就越容易遇到后继者。丽丝和乔在第二次探星中就遇到了后继者，只是后继者在他们离开之后才到达。这一次对 WASP-39b 探测花费的时间远远要比之前的探测时间长，虽然丽丝和乔再次出发之时已经乘坐了速度达到 20% 光速的飞船，但这次的探测光单程就达到了二百多年。二百多年时间里，地球上几乎肯定能发展出更先进的引擎，也就是说，丽丝和乔几乎一定可以遇到后继者，但当他们抵达 WASP-39b 时，却没有发现任何后继者的踪影。虽然感到意外，但这种情况也不是完全不可能发生。后继者没有到来的原因可能有很多，最大的可能是人类的技术发展遇到了瓶颈，没有开发出足以追上“白色玛丽”号的新型飞船。当然，也许后继者正在赶来的路上。至于最坏的可能，就不在探星者们的考虑范围之内了。

根据 UNSA 的规定，队员从休眠仓中苏醒之后，不管遇到什么情况，都必须在飞船上待满一百六十八小时也就是地球上的一周时间之后，才允许进行登陆行动。医学专家们认为一周是队员们的身体恢复到正常水平所需的最短时间，同时在这段时间中，探星者也可以发射探测器对即将登陆的陌生世界进行预先探测，做好一切准备。毕竟，探星者们即将踏足的是从未有人类抵达过的陌生世界。

"还有四天，"乔说，"四天之后，我们就可以去一探究竟了。"

登陆

登陆的日期很快就到了，丽丝和乔穿好宇航服，登上了登陆艇。

现代的宇航服结合了外骨骼技术，早已不像 20 世纪和 21 世纪初的宇航服那么笨重不堪，穿着非常轻便，活动自如，以至于丽丝穿上宇航服之后，依然保持着少女般婀娜的曲线。

登陆艇脱离了母舰，开始沿着一条平稳的轨道下降。在舷窗里，雾气翻滚的行星渐渐逼近。尽管已经不是第一次登陆行星，但丽丝还是不禁放慢了呼吸，生怕打扰了这个陌生的世界。很快，登陆艇进入了大气层，消失在浓密的云雾中。

"减速发动机起动。"乔的声音传来。他按下了主控台上左边的第三个红色圆形按钮，同时拨开了头顶上的一个黑色开关。

嗡嗡的声音响起，登陆艇微微震动了一下，丽丝知道减速发动机已经顺利起动，此时登陆艇已经受到了气流的影响，颠簸也剧烈起来。

“进行地形扫描，选择最佳登陆点。”丽丝说，她操控扫描仪寻找着玫瑰湖附近的最佳登陆点。

“辅助稳定发动机开启，进行水平环绕飞行。”乔继续说。登陆艇已经下降到预定高度，乔关闭了减速发动机，起动了稳定发动机，登陆艇即将进入水平巡航模式。

登陆艇钻出厚实的云层，迷雾散去，视野一下子变得开阔，WASP-39b 的大地出现在丽丝和乔面前。丽丝不禁屏住了呼吸，尽管她已经不是第一次来到异星世界，但依然被 WASP-39b 的景色深深震撼了。这是一颗以黄色和黑色为主色调的星球，在黄色和黑色之间还点缀着一些奇异的粉色斑点。

WASP-39b 的表面到处都是崎岖陡峭的山脉和幽深的峡谷，黑色的巨岩随处可见，巨大的火山口撕裂了大地，岩浆流过的地方呈现一片黑色，仿佛大地上的伤疤。登陆艇飞过这片地狱般的山地，进入了一片平原的上空，在平原的尽头，一点粉色吸引了乔和丽丝的注意，那就是丽丝命名的玫瑰湖，也是他们预定的登陆点。但他们不会现在登陆，而是准备环绕这个星球一周后再进行登陆。不管探测器多么先进，他们还是希望能用肉眼好好看看这个世界。

登陆艇很快就从玫瑰湖上空掠过，丽丝注意到一片淡淡的粉红色分布在玫瑰湖的东北岸，那些都是未知的粉色晶体球。尽管在其他地域也有分布，但玫瑰湖附近显然是一个分布比较集中的地方。这更加证明了丽丝的猜测，也许那些晶体球更“喜欢”聚集在水边？而众所周知，液态水在生命活动中起着重要的作用。

想到这里，丽丝不禁感到一阵隐隐的兴奋。乔显然也猜到了丽丝在想什么，他微笑着说：“丽丝，你是否还记得，如果我们遭遇了外星人，我们要遵循的原则是什么？”

丽丝当然记得，她的记忆并没有因为两百多年的休眠受到影响。1953 年，美国联邦检察官和前国际宇宙航行联合会副总裁安德鲁·海利在一篇文章中讨论了如何对待外星人的想法，后来这个想法被扩展为包括外星生命的黄金法则——“元法则”。来自奥地利的律师厄恩斯特将元法则细化成为三条主要原则，分别是：

(1)人类不应伤害外星人。(2)外星人和人类都是平等的。(3)人类应该承认外星人享有充足生活空间的权力。这条原则虽然已经诞生了接近八个世纪之久，但依旧没有派上用场。丽丝知道这是乔的委婉提醒，毕竟，那些粉色球状晶体如果真的是外星生命，失去理智的贸然接触很可能会带来极大的危险。

“我当然记得，乔，谢谢你的提醒。”丽丝回答，“不必担心，我知道该怎么做。”

乔点了点头，继续说道：“如果那些粉球真的不是自然形成的，这可能会是人类探星史上最伟大的发现，我们会为我们的探星生涯画上一个完美的句号。”

“我想我们很快就能知道答案了。”丽丝说，她注意到玫瑰湖的旁边有一条山脉，扫描显示在对着玫瑰湖的方向似乎有一个洞口，还有水流从洞口流出汇入玫瑰湖，“我看到一个山洞，湖水似乎是从山洞里流出来的，也许我们应该进去看看。”

乔耸耸肩，没有再说话。这时他的注意力被另外一种东西吸引了，那是突然出现在云层中的某种东西，某种一闪而过的东西……当蓝色的光芒再次闪过，乔看清楚了，那是蓝色的闪电。这时丽丝也注意到了云层中出现的蓝色闪电，她也看向舷窗外，没错，蓝色的闪电零星地出现在云层中，仿佛一条条蜿蜒的蛇在黄色的云层中穿行，仿佛是这个星球特别的欢迎方式。

丽丝突然有一种错觉，他们贸然闯进了一个美丽的童话世界，黄色的云雾中蓝色的精灵在舞蹈，仿佛在举办一场以天地为舞台的盛大舞会。登陆艇像一只飞蛾贸然闯进了这个美丽的世界，舞蹈的旋律并没有因为他们的到来而打断，参加舞会的精灵多了起来，它们畅快地飞舞着，风暴在聚集，随时准备着把他们撕成碎片。

但丽丝和乔都知道这种美丽的景象只是一种假象，如果被雷电击中，登陆艇还是有一定概率出现部件损伤，而且看起来这些蓝色的闪电显然要比地球上的闪电强烈许多。虽然他们已经脱离云层，但依然没有脱离闪电的肆虐范围，他们已经别无选择，必须尽快降落。

“我们环绕轨道整整一个星期，似乎没有观测到任何闪电，”

乔开口说道，他的声音里有一丝担忧，“可是你看这种闪电强度，在近地轨道是不可能观测不到的。”

丽丝知道乔的担心，事实上她也有一些疑虑。这种强度的闪电即使在近地轨道都可以轻易用肉眼发现，更不用说他们还发射了深入大气层的探测器，并没有发现电荷富集的情况，这场风暴的确有一些巧合。她开了个玩笑试图让乔放松一些：“也许这个星球在为我们举办一场欢迎仪式。”

“也可能是示威。”乔耸耸肩，他再次压低登陆艇的高度，地面上更多的细节出现在他们眼前。地面上依然看不到任何植被，黑色的戈壁、山岭和峡谷交错，有那么一两个瞬间，丽丝甚至看到了两条河流在峡谷中一闪而过。他们很快就冲出了风暴的范围，天空呈现出一种明亮的橘红色，就像火星上的天空。

丽丝对这颗行星的兴趣越来越浓厚了。事实上，在地外行星探索史上，很少能发现有液态水直接存在于地表的星球。火星上早就被证实了存在水，但绝大多数水都集中在两极以地底的冰盖形式存在；木卫二的液态水则隐藏在几百米厚的冰盖之下。人类迄今为止也未发现在地表存在液态水的星球，而 WASP-39b 的发现终于打破了这一项纪录，如果他们能够在这颗星球上发现任何生命体的迹象的话，人类对生命的认知水平就可以达到一个新的高度。

登陆艇的飞行速度很快，差不多两小时后，登陆艇就绕了一周，重新进入了风暴的范围。登陆艇已经快要回到玫瑰湖的上空，他们的高度又下降了许多，乔再次开启减速发动机，登陆艇开始盘旋着沿着一条陡峭的螺旋曲线迅速下降。

这一次，丽丝可以仔细用肉眼观察玫瑰湖了。那个湖面积并不是很大，只有几十平方公里，但这也说明了这个湖可能很深，因为他们看到有一条宽阔的河流注入了玫瑰湖，而那条河流正是从一个山洞中流出来的。

“这个星球上一定有一些我们还未认知到的机制，”乔评论道，“我们没有发现任何海洋的存在，这个星球虽然存在表面液态水，但是看起来似乎太少了点，这么少的液态水怎么能支撑这么厚的云层？”

丽丝知道乔说得没错，即使湖水再深，表面积也永远无法和海洋相比，而蒸发量是和水体的表面积强相关的。

“我们会搞清楚的。”丽丝说，她看着地面在逼近。乔是一个技巧娴熟的飞行员，登陆艇每下降一圈，盘旋半径就变得更小。最后，乔起动了登陆发动机，登陆艇正下方的等离子喷口启动了。登陆艇调整着姿态缓慢下降。他们再一次越过了玫瑰湖，沿着河流向上游进发。进入峡谷上方，他们才意识到，那个山洞是多么的巨大，足以让他们的登陆艇直接飞进去。

“我们有两个选择，”乔说，“我们可以先在山洞口旁边的浅滩着陆，也可以直接飞进山洞，你怎么看？”

“先着陆吧，我想先看看那个湖。”丽丝回答，她知道乔不会做出直接把登陆艇开进山洞的鲁莽举动，和这个男人待的时间足够久，你就会发现他的哪一句话是真实的，哪一句话是在开玩笑。

“如你所愿，美丽的女士。”乔得意地说，这时他似乎化身为一个骑士，很快就操控着登陆艇稳稳地降落在了山洞口的平地上。

登陆艇平稳以后，他们按照登陆流程做了一些登陆前的准备工作。丽丝设定好了警戒程序，一旦有不明物体接近，登陆艇会立即向丽丝和乔发出警报。乔打开了空气探测器，发现一个奇怪的现象。山洞外的大气成分和他们在轨道上取得的数据基本一致，主要成分是氮气和二氧化碳，但是从山洞里吹出来的空气则显示其中富含氧气。换句话说，那个山洞里的空气成分和外界不同。

“这就有意思了，”乔迷惑地看着显示屏上的数据，“如果这个山洞内部富含氧气，那么它必定连接到地层下某个空间，换句话说，这是一个通风口。但通风口肯定不止这一个。按照这个流速，这个星球的大气成分应该早就被改变了才对，为什么我们没有探测到氧气的存在？”

“也许有东西在消耗氧气，”丽丝说，“我更感兴趣的是这个山洞到底通向什么地方，你读过凡尔纳的《地心游记》吧？”

“当然，”乔点点头，示意丽丝放下面罩，他已经准备打开舱门了，“我们先去湖边看看那些水晶球是怎么回事，然后，我们就到山洞里去看看会不会有一个新的世界在等着我们。”

丽丝合上了面罩，乔的呼吸声从她的耳机声中传来。“通话系统检测完毕，一切正常。”丽丝说。

“clear。”乔简短地说，他起身走向气密室，丽丝紧随其后。

玫瑰湖

当外舱门开启的时候，丽丝分明感觉到一阵微风袭来，但她知道这是长久以来身处一个密闭空间后突然来到一个空旷世界很容易产生的逼真错觉。宇航服的封闭系统是宇航员们人身安全的终极保障，当然，他们没有忘记带上他们的武器。

丽丝抬头望去，她惊奇地发现天空竟然很晴朗，厚厚的云层和强烈的闪电都已经消失了，暗红色的天空中仅仅飘荡着几小片云彩，仿佛刚才还凶暴肆虐的风暴只是一个幻觉。

峡谷的开口正对着东方，他们可以看到巨大的红巨星在地平线上已经沉下去了一半。而奇妙的是，在红巨星的上方，有更加强烈的黄色光芒正在出现，仿佛给它衰老的身躯带来一丝生机。红巨星在缓慢地降落，而在它身后，生气勃勃的伴星却在升起。伴星很快在红巨星上方出现，强烈的光芒让红巨星黯然失色。上升只是相对的，伴星上升的速度明显慢于红巨星下沉的速度。当红巨星完全消失在了地平线，伴星也只有一小部分还在地平线上，它实际上也在下沉，真正的黑夜即将来临。

“距离天黑还有大概两小时，”乔的声音从无线电里传来，“丽丝，我们有足够的时间。”

乔带头向峡谷外走去，河水在他们右手边缓缓流过。丽丝回头看了看那个山洞，那的确是一个巨大无比的山洞，洞里黑漆漆的，仿佛一个巨兽大张着的嘴。丽丝不禁被自己的想法吓了一跳。他们的登陆艇虽然是小型双人登陆艇，但也比一辆大巴车要大一圈，可是在洞口停着就像巨兽之口前的一粒食物残渣。丽丝从未见过如此巨大的山洞，即使在地球上也没有见过。也许乔说得对，这个洞口可能真的通向一个难以想象的地下世界。

但是现在，玫瑰湖和它周围的水晶球才是他们真正的目标。丽丝跟着乔一起沿着河流向峡谷的出口走去，粉色的玫瑰湖就在前方。丽丝注意到河水流淌得非常缓慢，这无疑是一条地下河，一定是通过涌泉从地层深处涌出的。按照这个流速判断，在山洞里很可能还有另外一个湖泊，而那个湖泊身处一个富含氧气的空间，想到这里，丽丝不禁又开始兴奋起来。

乔突然停下了脚步，他仔细地望着河水，对丽丝说：“丽丝，你看，河水下面好像有什么东西。”

丽丝打开探照灯，刺眼的光柱射穿了河水，这下他们都看清了，河底也有许多水晶球，在光柱的照射下发出幽幽的粉光。

“这些水晶球，不符合鹅卵石的形成条件，”丽丝说，“它们不是因为水流自然形成的。”

乔点点头，丽丝说得有道理，如果这些水晶球真的是类似于地球上的鹅卵石一般的存在，那么至少在岸边应该会存在大量的水晶球和相同材质的水晶，但更重要的是，这些水晶球太圆了，就像一颗颗真正的卵。

他们继续向前走去，很快就走出了峡谷，来到了玫瑰湖岸边。当丽丝和乔看清楚玫瑰湖之后，他们不约而同地倒吸了一口冷气，尽管早就有心理准备，但丽丝还是被眼前的景象震惊了。和塞内加尔的玫瑰湖不同，塞内加尔的玫瑰湖之所以呈现粉色，是因为湖水中存在着大量嗜极菌在极端条件下繁殖导致湖水呈现粉色，但眼前这个玫瑰湖则是因为水底密布着大大小小的粉色水晶球导致湖水完全呈现粉色。这些水晶球在白色的湖底就像一颗颗美丽的珍珠，一直延伸到幽暗的水底。丽丝几乎能肯定的是，湖底一定被这种水晶球铺满了，所以整个湖水才呈现出粉色。

“太美了。”丽丝情不自禁地说，她从未想到能亲眼看到如此美丽的景色。尽管她见过狂暴的恒星在黑暗的宇宙中燃烧，长达数百万公里的狂潮在黑暗中咆哮，也见过因为轨道过低即将坠入恒星的行星发出临死前的哀鸣，但那些都是雄性狂野的美，而眼前这个玫瑰湖是一种属于雌性的、精致的美。

但乔却一脸凝重，他冷静地说：“丽丝，我们检查一下岸上的水晶球，看看它们到底是什么东西。”

说完之后，乔就率先向玫瑰湖的东北方向走去，那里是他们在空中观测到的粉色球体分布的一个区域。丽丝赶忙跟上，她强迫自己把视线从湖水挪开，眼前所见的一切都会被安装在头盔上的摄像头 360 度无死角地精确记录下来，包括声音，他们不会错过任何景象，眼下还是眼前的路更重要。

他们很快就到达了目的地，映入眼帘的是一片布满了粉色球体的区域，但丽丝马上就发现了其中的异常，这些球体似乎是被仔细摆放在这里的，因为每一个球体都没有和其他球体相接触，而是“刻意”分散开来，每一个球体都和其他球体保持着一定距离。但是更让丽丝感到惊喜的是，这些球体其实并不是正圆形，而是椭圆的卵形，更重要的是，每一枚“卵”都是直立放置的。

“你是对的，丽丝，”乔说，“这些东西，的确是某种卵，它们不可能是自然形成的矿物晶体。”丽丝注意到乔已经悄悄改变了对这些晶体球的称呼。

丽丝走到一个“卵”的跟前，她蹲了下来，仔细观察着。她发现乔说得没错，这些球体的确是某种卵。乔也走了过来，他小心地绕过其他的卵，来到丽丝面前蹲下，两个人一起端详着面前的这个卵。这个卵大约有 20 厘米高，外壳很薄，呈半透明，透过卵壳可以看到里面有某种精细的结构浸泡在卵中的液体里。

“如果这些真的是卵，那么它们的母体在哪里？”丽丝喃喃地说。她很快就从发现外星生命的兴奋中恢复了作为探星者应有的理智，“我是说，有什么地方不对劲，这些卵的大小不符合常理。”丽丝说得有道理，从外形特征上来看，这些卵应该属于同一物种，但是同一物种的卵的大小不应该差别这么大。目光所及之处，最大的卵足有一米高，而最小的卵甚至还不如一颗地球上的鸡蛋大。

“的确如此，让我们看看这个小家伙长得什么样。”乔站起身，他已经用扫描仪扫描了这只卵的内部结构，经过计算机处理的三维图像很快就投射到他们眼前，一个类似于水母的生物体出现在他们面前。

“是水母？”丽丝惊喜地说，她的眼前出现一只三维水母，经过计算机处理之后，这只水母像一个精灵般在空中舞动。丽丝呆呆地看着眼前的这只水母，它悬停在丽丝的视野中央，随着丽丝的视线转移，水母也在空中游动着。这一幕似曾相识，丽丝有些痴了，眼前的景象仿佛链接到了一个遥远的梦。

“只是看起来像水母，”乔纠正她，他关掉了显示器，眼前的水母消失了。乔站在丽丝身后思索了一小会儿提醒道，“丽丝，你有没有注意到，这里所有的卵都是完整的。”

丽丝收回了自己的思绪，她也关掉了显示器，飘荡在眼前的水母消失了，她站起身，同意了乔的意见。“没错，看起来这里不是一个孵化场。”

“这就奇怪了，”乔说，“那么这些卵的孵化场在哪里？会不会……”他的目光转向了粉色的湖面，“在这个湖里？”

丽丝点点头：“如果这些生物真的是类似于地球上的水母的话，孵化地必然是在水里。”

“那么为什么这些卵会在岸上？”乔质疑道，“而且，你是否忘记了我们在远离湖泊的地方也发现了这些卵？”

丽丝想了想，也没有什么头绪，不过这没什么大不了的，他们都非常清楚，这些生物只是外形和水母相似罢了，它们和地球上的水母不可能有任何亲缘关系。不过，这些生物的发现，倒是证明了趋同进化现象也许是宇宙中的一种普适规律。

在地球上，这种现象非常普遍，一个非常常见和典型的例子就是作为哺乳动物的鲸鱼和海豚都具有与鱼类相似的体型。类似于水母结构的外星生命也多次出现在幻想作品中，比如有的科幻作家设想了漂浮在木星大气层中以雷电能量为食的漂浮者，想到这里，丽丝不禁想起了登陆艇降落时遇到的奇怪的蓝色闪电。“也许，这些生物是漂浮在空气中的，”丽丝说，“它们在空中飞翔，就像地球海洋里的水母。”

乔点点头：“不过这里肯定不是它们的孵化场，我们没有发现任何蛋壳。而且，也没见到其他的生物体——一个生态系统里不可能只有一种生物。”

“也许答案就在湖里，”丽丝沉思着，“也可能在那个山洞里，河流里也有很多卵。”

“数据都已经记录完毕，我们去山洞里看看吧！”乔望着地平线，此时红巨星已经完全看不见了，伴星也已经上升到了最高点，开始下沉，黑夜即将来临了，“也许我们在黑夜来临之前还能发现些什么。”

丽丝同意乔的看法。他们离开了这片“孵化场”，沿着来时的路向山洞的方向走去。这一次河流在他们的左边，丽丝惊讶地发现，尽管天色比刚才要暗许多，但河流底部的粉色却愈加清晰了。她转头望去，发现所有的卵都发出幽幽的粉色光线，如梦似幻。

乔也注意到了，不过他只是简单地说道：“丽丝，让我们抓紧时间吧！”

他们很快就回到了登陆地，越接近山洞，河流的微光就越强，甚至能照清路面，但是乔和丽丝还是打开了头盔上的探照灯。他们从登陆艇旁边经过，沿着泛着幽幽粉光的河流走进了山洞。尽管穿着舒适恒温的宇航服，走进这个巨大的山洞时，丽丝还是微微地打了一个冷战。她抬头望向洞顶，强力探照灯照亮了洞顶，但那里只有黑色的岩石，悬挂在离地面数十米的高空。

他们沉默着继续向前走。沿着河流走的好处就是不会迷路，至少到目前为止，河水并没有分叉，也没有流进地底。河水平稳地流淌着，随着他们的深入，自然光已经几乎全部消失了，粉色的河流发出的幽幽光线让他们沉浸在一个粉色的世界里。

终于，转过一个陡峭的弯，他们抵达了目的地。视野突然开阔，一幅也许在梦中都不会出现的场面突兀地出现在丽丝和乔面前。

空行母

他们来到了河流的源头——一片蓝色的湖泊突然出现在他们面前，尽管已经有了心理准备，但眼前的景象依然让丽丝和乔猝不及防。和玫瑰湖不同的是，这片蓝色的湖泊被真正的水晶所环绕，巨大的水晶像小山一样矗立倾斜在湖泊的周围，而且发出幽蓝的光，整个洞穴内部都被照亮。

岸边有许多破碎的蛋壳，这里无疑就是他们寻找的孵化场，而更吸引他们注意的是这个洞穴中飘荡着许多粉色的“水母”，正如丽丝所预料的，它们真的是漂浮在空气中的生灵。和刚才计算机模拟出来的“水母”很相似，这些优雅的生灵在空中轻盈地飞舞，它们的触手垂落下来，在身后轻柔地舞动。这些小生灵的身体就像真正的水母一样呈伞状，吸入气体，然后从“伞”的底部喷出，形成推动力。

巨大的空间中到处都是飞翔的“水母”，不，丽丝的脑海里突然想起一个新名词——也许应该叫它们“空行母”更贴切。丽丝有四分之一的华裔血统，她的祖母信奉喇嘛教，当她第一次听说“空行母”这个名词的时候，脑海里出现的正是眼前这个场景。幼时的丽丝真的以为世界上存在这种行走在空中的水母，当她向祖母求证时，祖母微笑着纠正了她。空行母是指一种可以在空中飞行的女性神祇，在藏传佛教的密宗中，空行母是代表智慧与慈悲的女神。丽丝的眼睛湿润了，她终于找到了它们，这些存在于她儿时梦境中的精灵，它们一直在这个世界等待着她，呼唤着她。是命运将她带来了这里，是冥冥之中的宿命将她带来了这里，这些舞动的精灵一直在这里等待着她。

“丽丝！”乔敏感地察觉到了丽丝的失态，大喊一声。丽丝猛地回过神，她才惊觉自己已经将一个卵揽入怀中，左手还高高举起，试图触摸一个近在咫尺的空行母，事实上她可能已经触摸到它了，丽丝的左手上出现了几圈黄色的光晕。

“天哪，我都做了什么？”探星者的理智终于回来了，丽丝震惊地收回左手，黄色光晕变成碎裂的光点消散在空中，同时她松开了怀中的卵，那只卵掉在了水里，沉浮了几次，慢慢地漂远了。丽丝知道自己犯了一个巨大的错误，她居然违背了探星者的第一铁律——绝不可擅自接触外星生命体！不，一定有什么蛊惑了她的神智。作为训练有素严格挑选出来的探星者，每一个都是精英中的精英，因为每一个探星者都可能成为地球人类与外星文明第一次接触的大使。探星者的选拔比 20 世纪的宇航员选拔还要严格，每一个探星者都要拥有强健的身体、严格的科学素养和绝对理性的判断能力。作为一个已经进行过三次探星的探星者，丽丝绝不会犯这种错误。

乔呆呆地看着丽丝，他的目光让丽丝浑身发凉。“你的面罩。”

乔轻轻地说，他也失去了一贯的冷静，丽丝从未见过乔如此失态。他的声音颤抖着：“你打开了你的面罩。”

丽丝感到一阵眩晕，是的，这是她犯的第二个错误，她打开了面罩，让自己的皮肤直接接触了这个星球的空气，不仅如此，她还在呼吸……

呼吸……

这个山洞里的空气是可呼吸的！这里有氧气！乔也意识到了这一点，但他没有打开面罩，而是立即检测了这个山洞里的空气成分。

“78%的氮气，21%的氧气，其他气体大约1%，”乔看着丽丝，他的表情好像见了鬼，“这里的空气成分竟和地球上完全一致。”

“可是这怎么可能……”丽丝喃喃地说，但她知道检测结果是对的，她没有产生任何不适，没有缺氧也没有醉氧，可是这不可能，一个星球的大气成分就如同它的指纹，是独一无二的。正如你不可能在一片森林中寻找到两片完全相同的叶子，可是他们刚刚离开一棵树，就找到了一片相同的叶子。

“幸运的是，没有检测到任何有机体。”乔说，但是他依然没有打开面罩，“丽丝，发生什么事情了？”

“我不知道，”丽丝沮丧地说，她的确不知道自己为什么会犯下这么严重的错误，而且是连着两个，如果这里的大气成分有毒或者有什么致命病菌，恐怕丽丝已经死了。但后果已经很严重了，根据规定，丽丝必须在登陆艇中完成至少一百六十八小时的彻底隔离和灭菌之后，才能离开这个星球，“我不知道我都在做什么，我知道……”

乔似乎明白了，他朝丽丝走来，关切地说：“也许我们应该再多恢复一段时间，毕竟我们以前都没有经历过这么长时间的休眠，丽丝，关上面罩吧！”

丽丝点点头，关上了面罩，她在心里默默地感激着乔。这个男人并没有指责她，而是帮她想出了一个合适的理由。

“我觉得你需要看看这个。”乔突然喊道，这时丽丝才悚然惊觉，山洞里还有一艘巨大的飞船。这艘飞船整体呈黑色，它有一个轴形主体，连接着若干支架，就像一只巨大的蜘蛛或者某种昆虫。但无疑这艘飞船已经坠毁了，它以一种不自然的姿态从湖水中探出，其余的部分被淹没在湖水里。丽丝注意到，甚至有一部分船体已经被水晶掩盖了。

“不对，”丽丝突然战栗了一下，山洞里的气氛突然变得非常诡异，“这是来自地球的飞船。”

乔没有说话，但丽丝知道掩藏在那个面罩下的脸庞现在必然冷峻无比。他仔细审视着这艘飞船，片刻之后，乔的声音传来：“你的判断没错，这是后继者的飞船，它的技术水平比‘白色玛丽’要高出几个世代。”他们震惊地看着对方，丽丝和乔都知道这意味着什么。

这么说，后继者早就来了，而且他们比“白色玛丽”号来得更早。他们也发现了这个山洞，可是他们为什么会把飞船开进来？

他们为什么没有在轨道上放下发射器？即使后继者不知道“白色玛丽”号，他们也应该按照规则放下发射器。由于星际探索的特殊性，每一个探星者都是一个飞向未来的时空旅行者，不同时空的旅行者每到达一颗新的星球，都必须放下一个统一频率的发射器。可是这些后继者为什么没有这么做？

乔走近飞船，他仔细检查了水晶和飞船的接触面，然后焦虑地说：“丽丝，你过来看看这个。”

丽丝走到乔的身边，她看到了更不可思议的一幕，在水晶和飞船的接触面，飞船的部分船体镶嵌在水晶里。

“我已经分析过这些水晶的成分，”乔说，丽丝知道他在努力保持着镇定，“是二氧化硅，和地球上的水晶的主体成分基本一致。”

丽丝倒吸了一口冷气，她知道乔这句话意味着什么。水晶的生长速度极慢，如果要形成这种将整个船体都包裹起来的水晶，至少要数百万年。

数百万年……

“这不是后继者，”丽丝说，这几乎是肯定的，数百万年前，地球上还没有出现人类这个物种，“只是巧合，要知道，不同的文明制造出来的适合长距飞行的宇宙飞船在外型上很可能是相似的。”这很容易理解，中国人制造的船和欧洲人制造的船都是流线形……

“话虽不错，”乔绕过了船体，“但是一个外星文明恰好也使用英文字母的概率恐怕不大。”

丽丝走了过去，和乔一起瞪着船体上的那行英文缩写，即使跨越了数十光年的距离和两百多年的时光，他们也记得那行字母“UNSA”，联合国空间总署的缩写。

“天哪，”要不是穿着宇航服，丽丝此刻想必已经捂住了自己的嘴巴，“这到底是怎么回事？”

已经不用欺骗自己了，这艘飞船的确来自地球，而且，它和“白色玛丽”号一样，是UNSA发射的后继飞船。可是，难道这艘飞船穿越了时空，回到了数百万年之前？这也许是唯一一个说得通的解释。丽丝想象着这艘飞船也许使用了更先进的引擎，却落入了一个时空虫洞，在不知不觉间回到了几百万年之前，然后登陆了这颗行星，再也没有离开……

听了丽丝的推测，乔也点点头，但是还有疑问没有解答，即使要登陆，他们为什么会真的开着飞船登陆呢？从大小看起来，这并不是一个登陆艇。

“我需要联系‘白色玛丽’号，也许这艘飞船发射的信使还在，只是被我们忽略了，毕竟那个信使可能是几百万年前发射的，我需要加大扫描范围。”乔突然说，“在此之前，我建议我们什么都不要动，丽丝，千万不能再触摸这些……‘水母’。”

丽丝点点头，她感到很惭愧，犯这种低级错误对一个探星者来说是不可原谅的，她的鲁莽会让搭档也陷入危险的境地。事实上她依然处于一种极端迷惑的状态中。丽丝发誓刚才发生的一切都是无意识的，但这太匪夷所思了，在找到具体的原因或者说辞之前，丽丝不准备为自己辩解什么。

当乔忙着联系“白色玛丽”号时，丽丝仔细地打量着这艘同样来自 UNSA 的飞船。没错了，这艘飞船有明显的人类制造的痕迹，丽丝认出了它的通信发射塔和武器装置。事实上科学家们一直在讨论在飞船上安装武器装置的必要性。持反对意见的科学家们认为，虽然人类的深空探测已经远至了一百光年左右，但即使这样对于直径十万光年的银河系来说依然像在家门口的小水洼里打转，所谓的探星者计划也还只是在港口里漂浮的小舢板而已。如果在港口里遇到了外星文明的飞船，无异于遇到了一个能够跨越大洋的现代战舰，那么安装武器还有什么必要呢？认为有必要安装武器的科学家则认为，如果在探测目标星球上发现了有敌意的土著，武器是不可或缺的震慑。当“白色玛丽”号被制造出来的时候，前一种观点依然占据着上风，所以“白色玛丽”号没有安装任何武器，但是看起来眼前这艘飞船被制造时，武器派胜利了。从外形来看，丽丝估计这艘飞船被制造出来的时间不会比“白色玛丽”号晚多少，至少它的通信塔看起来改进不大。

“我联系不上‘白色玛丽’了。”乔的声音打断了丽丝的思绪，丽丝惊讶地转身望着乔，只见乔依然一脸凝重。他摇摇头：“这里没有信号，也许是这个山洞遮蔽了信号，我想我应该出去试试。”

丽丝的心沉了下去，乔最后一句话是在安慰她和自己——没有什么能遮蔽中微子通信。但是乔似乎已经下定了决心，他焦躁地往山洞外走去，走了两步，他停住脚步转过身看着丽丝：“丽丝，你跟我一起来还是在这里等？”

“我就在这里，”丽丝回答道，她不想离开这里，同时她也立即做出了保证，“乔，我保证不会再乱碰任何东西。”

“好吧，”乔急匆匆地点点头，“我马上就回来。”说完这句话之后，乔就焦躁地走了。

山洞里安静下来。周围的水晶发出幽蓝的光线照亮了巨大的洞穴，蓝色的湖水平静无波，丽丝听不到水流的声音，他们还没来得及考察这个湖，也许湖水是从某条暗河中以涌泉的形式流淌出来的。丽丝抬头望去，幽蓝色的背景下，成百上千只粉色的空行母在空中缓缓地漂浮、行进。丽丝从未见过如此优雅的生灵，但丽丝绝对不会再犯之前的那种错误，以生物的外表来判断其危险性是错误的。外表越美丽的生灵，有时候意味着越危险。

丽丝从飞船旁边走开，回到岸边，坐在一块大石头上。有很多地方不对劲，丽丝觉得自己需要好好梳理一下情况。如果这个洞穴里的氧气是这些空行母制造的，那么为什么会巧合到与地球上的大气完全相同？仿佛这里的空气成分比例是有人精心设计的。想到这里，丽丝不禁抬头望了望那艘飞船，那么是谁设计了这一切？还有那艘飞船，它真的是回到了数百万年之前吗？迄今为止，人类没有掌握任何回到过去的时间旅行的方法，甚至连理论上都无法自圆其说。即使这个设想是真的，那么他们为什么要把飞船开进山洞，并坠毁在这里？按照常理来说，如果发现自己回到了几百万年之前，那么第一反应不应该是原路返回，去反向穿越那个虫洞，碰碰运气，看看能不能回到正常的时间线吗？除非这艘飞船降落的时候，这个洞穴还不存在……

想到这里，丽丝感觉更头疼了。一只空行母朝她漂过来，悬浮在她头顶，似乎在观察着她。丽丝看不到它的眼睛，但丽丝知道它在看着她，它知道有人闯入了它们的世界。

当丽丝回过神来的时候，她发现自己又伸出了右手试图去触摸那只空行母，而这次，空行母的触须已经缠绕住了丽丝的手。

“不！”丽丝发现自己刚才又陷入了那种无意识的状态，她惊呼一声，试图收回手臂，但这一次就没有那么好运了，空行母的触手紧紧缠绕着她的右手，而更多的空行母仿佛接受到了召唤，正在纷纷赶来。

抉择

乔承认自己失去冷静了。中微子通信是不可能失效的，因为中微子几乎可以穿透一切物质而不会有明显的衰减。中微子通信器是人类发明的最可靠的通信系统，广泛用于星际中的通信，几乎不可能被干扰。

他顺着河流一路小跑向洞口冲去，只有一种可能，那就是“白色玛丽”号出事了。如果“白色玛丽”号出事了，那就意味着他和丽丝将被永远困在这颗行星上，不，不是永远，在耗尽了食物和水之后，他们会死在这里。

乔心急如焚地冲出了山洞，这次的登陆似乎从一开始就充满了不祥之兆。环绕星球一周的探测都没有发现的蓝色闪电，为什么恰巧出现在他们登陆的途中？还有丽丝，丽丝也不对劲，她的所作所为完全违背了一个探星者应有的素质，而以乔对丽丝的了解，她是一个非常沉着冷静的探星者，完全不应该出现刚才的差错。

还有这个诡异的山洞，和地球大气成分完全一致的空气，飞翔的水母，还有那艘UNSA的飞船……

乔突然愣住了，他意识到另外一种可能……他看到了登陆艇，这时伴星也已经沉入了地平线，黑夜降临了。乔抬头望向天空，群星已经在逐渐变得深蓝的夜空中出现。他略微松了一口气，他马上就要验证一下自己的想法了。乔冲进了登陆艇，调出了当他们还在“白色玛丽”号上时拍摄的星图，并且和现在的星图进行了对比。敲下最后一个指令，乔屏住了呼吸等待了一会儿，计算机平稳地运行着，几乎没有发出噪声，很快对比结果就出现在了屏幕上。

乔浑身颤抖起来，屏幕上显示，时间已经过去了三百二十三万年，穿越时光的不是那艘陌生的飞船，而是他们，他们于三百二十三万年前登陆了这颗行星。

等等，刚才发生了什么？乔突然想起来，他把丽丝一个人留在了山洞里。在丽丝出现了异常情况之后，他居然把丽丝一人留在了山洞里！

探星者的铁律之一，在未出现危及生命的情况下，绝不可与搭档分开行动！

天哪，不仅仅是丽丝出现了异常，连他自己也……

时空穿越到底是什么时候发生的？乔仔细回忆着他们登陆时的场景，第一个异常是蓝色闪电。一定是的，当他们看到蓝色闪电的时候，就已经来到了三百万年以后，所以在轨道上他们从未看到过这种闪电现象。

乔想象着真实发生的场景。当他们的登陆艇从“白色玛丽”号上脱离之后，进入了 WASP-39b 的大气层，消失在了一个虫洞里。“白色玛丽”号孤独地围绕着 WASP-39b 旋转，一圈又一圈，船上的计算机一定不停地呼叫着登陆艇，却从未得到回应。几百年后，也许数千年后，飞船的能量终于耗尽，所有的系统都被迫关闭，“白色玛丽”号变成了一颗冷冰冰的卫星，围着 WASP-39b 继续旋转。没有了变轨发动机的微调修正，“白色玛丽”号的轨道逐渐降低，最终变成了一颗火流星坠入 WASP-39b 的大气层。

而 UNSA 派来的飞船也许在他们脱离后不久就来到了 WASP-39b，但到底是多久，在三百万年漫长的时光尺度中已经没有了太大意义。他们的技术更加先进，宇宙飞船能够直接飞进大气层，所以探星者们开着飞船直接进了山洞，但是却坠毁在山洞里。

当登陆艇再次出现时，已经是三百万年以后了，而乔和丽丝对曾经发生的一切都一无所知。这时，乔才想起来应该呼叫丽丝，看来他自己的神智也受到了严重的干扰。他急忙喊道："丽丝，丽丝，收到请回答！"

但耳机里只传来沙沙的声音，什么都没有。

不！乔心慌意乱地打开登陆艇的舱门，向山洞冲去，他不停地呼叫着丽丝，但一直没有得到回应。他不知道通信是在什么时候切断的，也许在他离开之后，丽丝又陷入了异常。乔也犯了一个错误，他下意识地把丽丝出现异常归咎于二百多年的休眠，而忽略了那些"水母"。一定是那些"水母"影响了她的神智，然后也影响了乔自己的神智，才让乔做出了丢下丽丝的举动。那些看起来美丽无比的生物并没有表面上的那么无害。

乔又想起一个细节，当他们还在轨道上的时候，他和丽丝就通过望远镜看到了玫瑰湖，这说明至少在三百万年前那些"水母"就存在了，而它们可能就是后继者坠毁的元凶。

不可饶恕的错误，乔一边自责着，一边重新冲进了那个巨大的山洞。此时，粉色的河流带给他的感觉不再是浪漫，而是作呕和恐惧。

当乔重新回到那个蓝色的湖泊时，当他看到眼前的一切时，他浑身的血液几乎冻结了。丽丝已经不见了，不，乔看到水里有一个粉色的人形，那是丽丝，她浑身上下已经被粉色的"水母"覆盖，已经几乎看不到宇航服的颜色。

“丽丝！”乔不顾一切打开了面罩，撕心裂肺地大喊一声。

丽丝似乎听到了他的声音，她慢慢转过身，挥了挥手，“水母”们从她身上轻盈地舞动着散开。乔重新看到了丽丝的脸，他看到丽丝一切如常，不禁松了口气。

丽丝朝他走了过来，她也打开了面罩，乔看到她泪流满面：“乔，我知道真相了，我们离不开这里了。”

乔朝丽丝走去，他张开手臂把丽丝揽进怀里，他不知道丽丝是怎么发现时间已经过去了三百多万年，但他只能轻轻地抚摸着丽丝的后背，他们现在需要冷静下来。

“它们告诉了我一切，”丽丝颤抖着说，她抬起头看着乔，泪水不断地流淌，“我们其实已经到达这里很久了。”

“三百二十三万年，”乔回答她，“我已经知道了，我对比了星图。”

“已经三百多万年了，”丽丝听了乔的话，却没有表现得多么震惊，她喃喃地重复着，“三百多万年了……那是多少次……”

“什么？丽丝，你在说什么？”

“地球文明还在吗？”丽丝没有理会乔的追问，继续喃喃地说。

答案显而易见。如果地球文明还在，他们一定早就重新派出了飞船，也许当乔和丽丝穿越三百多万年的时空着陆的时候，看到的就是遍布人类文明的殖民地。

“我们穿越了时空，而不是他们，”乔说，“是我们来到了三百多万年前的现在。”

“不，”丽丝却摇摇头，她突然问了一个奇怪的问题，“乔，我们在地球上的时候，去过塞内加尔吗？”

“据我所知，没有。”乔摇摇头。

“我现在知道为什么我记得自己去过塞内加尔的玫瑰湖，还有那个蓝色的湖泊，”丽丝说，“那就是这里，这颗行星，我们的记忆一直在循环。”

“什么？”乔如遭雷击，“你说什么？”

丽丝继续说：“是它们告诉了我一切，这些空行母，它们是一种智慧生命。这颗行星身处一个内闭的时间线里，就像一条蛇咬住了自己的尾巴，过去与未来相连接。一切曾经发生过的都会再次发生。”

“这怎么可能……你是说，我们来到这颗星球已经……”乔瞠目结舌地看着丽丝，试图找到一丝开玩笑的表情。

“是的，乔，”丽丝的说话声透出一种苍凉和空灵，她的表情庄严而肃穆，“这些空行母不是第一次见到我们，我们在三百万年前就登陆了。”

乔马上就找到了一个漏洞。“不，如果你说的是真的，那么这些‘水母’——”乔还是不习惯空行母这个称呼，“它们的记忆也会重置，它们根本不会意识到时间线是一个圆。”

“问题就出在这艘飞船上。”丽丝指了指那艘坠毁的飞船，“他们应该就是后继者。当飞船坠毁在这个山洞之后，不知道什么原因，这艘飞船在这个时间环上打破了一个缺口，在这个缺口里，时间线的方向恢复了正常，但范围仅限于这个山洞。”

“后继者在坠毁后并没有立即死去，”丽丝继续说下去，“事实上他们可能在这个山洞里生活了很久。他们利用飞船上还完好的设备重构了这里的空气成分，以适应生存，而这些‘水母’的适应能力非常强，它们很快就适应了这样的空气成分，而且演化出了一种奇特的生态系统。”

丽丝静静地望着乔。乔思索了一会儿，突然明白了，顿时感到毛骨悚然，在他眼里，这个粉色的童话世界瞬间变成了鲜血淋漓的阿鼻地狱。

他张了张嘴，艰难地说：“它们吃自己的同类？”

“没错，”丽丝点点头，“这个生态系统根本不需要母体参与。在正常的时间线里，母体在玫瑰湖里产下了大量的卵，而这些卵会顺着河流移动到这个洞穴里，在这里进行孵化，形成成体。在这个过程中，它们从时间环中脱离出来，而外界的时间环是可以重置的，所以玫瑰湖中的卵会在每一次时间环关闭的时候重新出现，而这些卵每一次都会逆流而上来到这个孵化场，成为它们自己的食物。换句话说，它们以时间差为食。”

“这个时间环的长度是多少？”乔面色苍白地问了一个关键问题。

“很短。如果时间环太长，这里的空行母就会因为食物不足而死，也就无法形成这种生态系统，”丽丝知道乔在想什么，“七百二十小时左右。”

“一个地球月……我们的食物储备只有三天。”乔喃喃地说。

“如果我们已经来了三百万年，那么我们已经循环了至少四千万次，”丽丝说，她的脸上露出一丝苦笑，“乔，四千万次，我们都没有突破这个时间囚笼……”

“不，”乔推开丽丝，“我不相信，”但他知道丽丝没有骗他，那些奇怪的记忆，还有夜空中三百万年以后的星空都没有骗他，他只是机械地重复着，“我们一定可以，我们可以马上起飞，只要我们飞出大气层，我们至少可以脱离……”

一声爆炸突然响起，打断了乔的自言自语。他和丽丝对视着，他们的登陆艇爆炸了。乔刚要转身往外跑就被丽丝拉住了。“不，乔，没用的，不管是什么引发的爆炸，我们永远无法阻止。即使登陆艇不爆炸，我们也无法借助登陆艇飞回地球，从我们到达 WASP-39b 的那一刻，我们就跌进了命运的陷阱。”

“不，如果你说的是真的，这个山洞是独立于时间环之外的，那么四千万次循环中，我们为什么没有留下过任何痕迹？”

“我想这很好解释。我们的食物储备只有三天，这之后呢？我们会留在这里等死吗？不管我们做了什么，时间环一旦重置，一切都会重新开始。”丽丝苦笑着说，“也许有那么几次我们选择回到了这个洞穴，然后在饥饿中死去，成为空行母的食物。所以我们有两个选择，现在走出去，死在外面，一个月之后时间环重置，我们的一切痕迹都将被抹去，新的我们将重新登陆，或者我们可以一直留在这里等死。”

思索良久，乔摇摇头说：“我宁愿死在探索生路的路上，也不愿意死在这个地狱。”

丽丝也点点头，他们手拉手走出了洞穴。他们没有看到，在他们身后，一个和坠毁的飞船风格一样的探测器从他们没有注意到的角落里钻出来，静静地悬在空中，冷冷地注视着他们的背影。

无尽旅途

熊俊杰／作品

在这颗原生态的星球上，食物是超乎想象的原始纯真，没有添加任何人工调味剂，大多数外星来的人很不喜欢他们这种复古风味。

科幻
硬阅读
DEEP READ
不求完美 追逐极致

我是一名出租车司机，一个为了生存而开车的男人，这辆车就是我的全部家当，我视车如己，绝对不允许任何人破坏我的车。我不需要睡觉，确切地说，我没有像其他星球生物那样需要休眠，因此可以永不停歇地开车。我哪里都能去，外太空、冰暴星球、熔岩之中、黑暗地界，只要乘客付得起钱，开到目的地就是我的责任。

我看了一眼车中后视镜里的乘客，他脸色有些不太好，可能有点不习惯这么快的车，我是按他的要求赶时间，这也不能怪他。他要到航空港接父亲，原本定点的航班遇到心血来潮的驾驶员。他上车时说飞船正在入港，他不想让父亲看到他迟到，让我尽量赶早，我是按照他的要求做的。

我把车靠路边平稳停下："先生，这里就是到达港出口处，您要和父亲一起坐返程吗？"

后座的人捋起额前苍白的长发，露出眼睛看向出口大门，一只手捂着嘴，另一只手从身上摸了几下，掏出不知藏在哪里的钞票。他伸着手把钞票递给我，这是一张相当大面额的货币，够跑他这趟路程五个来回，我接过钱，打开钱包的时候他已经从后门下车。

“先生，找钱。”

他捂着嘴摆摆手。像这样大方的乘客经常有，不过我从他的身上看不出任何土豪气息，不知他是不是真的大方。

“嘿，免费送你们回去。”我看到他向远处招手，顺着方向看不出他接谁。

很快我知道了答案，一个头发乌黑亮丽的人站在他对面看着他，两个人发型一模一样，额前同样是长发遮挡住眼睛。黑头发人看起来比他年轻很多，两人迎面热烈相拥。这个黑发人是他父亲吗？这令我感到纳闷，不过我也不会觉得有多奇怪，不同星球的生物差异很大，像他们这种只属于一般认知差异。

他们回身，儿子在招呼另一辆出租车，我再次向他挥手示意：“先生，我可以送你们回去。”

“不了，不了，我换辆车。”他再次向我摆手。

一个贵妇样的太太冲到我的车旁，拉开副驾驶门扭头说：“你们不坐是吗？”她不等对方回答，一屁股坐进我的车里，用力关上车门。

“能快点吗？我赶时间。”贵妇端起保温桶给我看。

“去哪儿？”我松开车闸，车往前溜动。

“格利泽星 12 街 34 号 56 坊。”

我脑子里冒出一股热气，“太太，您应该坐飞船。”

“她们跟我介绍过你，你的车快，你看这是我的飞船票。”

她掏出一张船票，上面写着一个小时后起飞的航班。真不知道哪个多嘴的人把我的车介绍给她，我还想在这个星球多待几天。

我按下起航准备按钮，十字扣安全带自动系上，车窗全部关上并密闭。

“太太，您是去旅游吗？”我习惯跟乘客唠嗑，这也是为了减少驾驶疲劳，打发些时间。

“送饭给我丈夫吃。”

“您先生很忙吧？”

“也不忙，有些要紧的事，他脱不开身。”她脸上流露出少许悲伤，大概不是什么好事。

我等车升入空中安全区后，手放在主引擎按钮上，“您坐稳点。”

车在太空有自动导航控制，大部分时间不需要手动操作，我有很多空闲时间。“太太，有什么事值得特意送这趟饭，可以说一下吗？”

“唉，我也不瞒您说，这日子是有一天没一天的……我先生是爆破手，在格利泽星上发现一枚上古炸弹，领导让他去拆解，现在，”贵妇拿出手绢擦了一下眼角，“也不知谁触动了炸弹启动装置，我买了最快的航班怕也赶不上。”

我心里猛然一酸，想不到能在异星碰到如此痴情的人。“我会用最快的速度把你送到。”

“您把我送到附近就行。他不愿意放弃任务，他在我们年轻的时候发过誓，在这一生中绝对不会失败，他说他想最后吃一次我做的饭。”

贵妇泣不成声。我打开二级引擎保护盖，什么也没多想，把引擎加速推到底。

转眼间，我们到达格利泽星上空，车窗外无数飞船在逃离这颗星球，我打开当地的紧急通信频道：“请问这里有负责人吗？”

“你好，这里是应急频道，请问有什么事？”

贵妇把我的通话器抢走：“我来找你们将军，快告诉我他在哪里。”

对方沉浸一会后说：“夫人，将军已经下令让全星球的人转移。”

“我给他送饭来了，告诉我他在哪里。”

“嘟”的一声，系统收到一个坐标地址，我把地址导入降落轨道中。

“太太坐稳点，着陆会有点晃。”

我看到前方一个灯火最亮的地方，几艘战舰围在上空，准备随时撤离。车离目标越来越近，我看到几重警示线，军人们正在有序地离开，正中间围着一个漆黑的球状物体，想必那就是上古炸弹。

我把车停在一个空地，贵妇还没等车完全停稳就打开车门，外面一股热浪袭入车内，车的外壳刚才摩擦空气产生大量的热还没散去。贵妇跳下车，抱着保温桶朝黑色物体走去，我看到下面有一点灯光，还蹲着一个人。

“你这死东西，饭给你带来了。”贵妇怒气冲冲喊。

蹲在地上的人慢慢爬起，我这才看清他，他穿着一身厚实的冲击防护服，手上拿着拆弹工具。他把工具放回工具箱里，摘下头盔看着自己的妻子。“完不成任务我不会走。”他说着接过保温桶，打开看里面的食物。

“你看看你，弄得身上臭烘烘的，几天没洗澡？你不知道我有多担心你！”贵妇扯着嗓子尖叫咆哮。

将军安然地吃了一口菜，“味道不错，等我吃完拆掉炸弹回家。”

贵妇可能是气上头，一手叉着腰，拿着手绢的手指着上古炸弹：“你这个死东西，害得我千里迢迢赶来，你是什么破玩意儿，我倒要看看你有多厉害。”

她说话的同时，冲到炸弹面前，对着拆解开的电路板就是一顿乱扯。短路的电线冒出火花，屏幕上的数字加速跳动。她把炸弹里面的东西几乎全部掏出来，异文明的机器响起刺耳的声音，上面文字跳到一个状态后不再动弹，屏幕慢慢熄灭。

我和将军看得目瞪口呆，他手里的保温桶掉落在地。贵妇转过身看到他的样子，又怒火上头，接着咆哮道：“我辛辛苦苦给你做的饭，你就这样丢地上？你不心痛我也应该心痛一下司机，人家为给你送饭违章离境、超速驾驶、非法入境！还不快去结账！”

将军回头看了我一眼，脸上露出笑容，“你去忙活吧，我把钱打你账上。”

格利泽星上的人已经走得差不多，我想这里大概没有多少生意，决定到就近的特拉普星去看看，那颗行星我还没去过，边做生意边旅游也不错。

如果要说最养眼的星球，非特拉普星莫属。整颗星球的地面、墙壁以及天空都是绿色的，当然真正的天空在光学折射下是蓝色，但是他们的星球是立体建设，在城市的道路上，仰头看到的“天空”实际上是地面，他们生活在由管道和空间体组合的世界中，这也导致他们无法用一般导航设备出行，线路全靠记忆。

特拉普星的人大都是肥胖而臃肿的，对他们来说这并不是病症，而是身体本身的特性。他们的脚短小而有多对，走在路上像蠕动一样，他们无法正常驾驶汽车，因此外星来的司机特别多。但是，我来到这里差不多四个小时，却还一单未接，难道是我错过了什么吗？

我开车缓缓前行，一辆外星出租车在我前面突然停靠到马路边。我慢慢超过那辆车，司机正在迎接乘客上车，那个本地人一直就站在路边等待，他从进入我的视线起就从未移动过身子，我意识到似乎错过了什么。我把心神从欣赏美景收回，仔细思考看走眼的地方。地面由不同绿色花纹网格构成，全部都是货真价实的植物。

绿色植物之间有间隙，柔和的光从间隙之间穿过，在底层有自发光的植物辅助照明，不必担心黑暗。

我再次提醒自己不要走神去看景色。悬浮在空中的绿色球体不停旋转，几片巨大的叶子像风车一样转动，汽车轮子开过的地方，叶子卷了起来就像轮辙，过几秒后重新舒展开，会“呼吸”的巨大叶片维持路口的交通疏导，取代交通灯和交警维持秩序。

我在做什么？我是一名出租车司机，一个为了生存而开车的男人，必须招揽乘客。我看着路边的特拉普星人，他们手挎着精致小包，头上一对触角不停收集信息。一个胖妇人眼睛盯着我的车，想必她需要打车。

我把车停在她面前，“你好，需要服务吗？”

“可以带我去医院吗？我的孩子要出生了，我不想他们没有出生地。”

我看着她臃肿的身体，白色皮肤下有东西在蠕动，想起遇到过的不少贫瘠的文明，婴儿的死亡率极高，心中不免动起恻隐之心：“可以，我不收你的路费。”

“那多不好意思。”产妇嘴上客气，一手拉开我的车门钻到后座上。她坐满我整个后座，身体真的是太大了。她的脸对着我的后脑勺，每次呼吸都让我感到一股热气。

“医院在哪里？我对这里还不熟。”这个星球没有交通地图，只有原住居民才记得住道路。动态三维管道交通复杂到计算机都无法分析出导航线路，外地来的司机不得不遵照乘客的指引前进。

“不远，你先往前面开。”

“左边。”

“第二个路口向上。”

“啊，我忘记了，今天这条路的植被更新，叶脉梗塞。”

在她唠唠叨叨的言语中，突然出现一阵婴儿的哭啼声，我扭头一看，她双手捧着一个孩子。我心中顿时慌了，还没到医院她就把孩子生了下来，我得赶快，想到这里我把油门踩到底。

“你开慢点，这里超速罚款。”

“我耽误了你生孩子。”

“没事，没事，这是我的第一个孩子。”

我没理解她的意思，想到累计超速禁驾驶的惩罚，把油门松开一些，让车跟着车流一同前行。我从车中后视镜里看到她笑嘻嘻地抱着新生婴儿，母子快乐地享受世间美好，心里略感安慰。她的孩子成长很快，刚才还在哭泣，哄了一下后就会笑。我扭头看着一对喜悦的母子，心里由衷地开心，孩子眼睛盯着妈妈，小短手在高兴地挥舞。

“叫妈妈。”

“抓抓。”

“妈妈。”

“娜娜。”

“向下开。”

“下。”

我在路口转向，车里突然又出现婴儿的啼哭声，我回头一看，她又抱起一个孩子。她看着我，“叫叔叔。”我心里一阵寒意。万一她在我车上出现生产事故，那我可是惹到一个不得了的大麻烦，还是尽快到医院好。

我开始调整注意力。刚才把注意力从风景转移到招揽乘客上，现在又要调整回去。再不注意车辆道路状况，我会违反宇宙交通法则，恐怕这辈子再也不能开车。路边的景观树被修剪成小球，上面几个斑点跟刚出生孩子的短小柔嫩手脚没什么区别。若这树是白色的，活脱一个新生婴儿躺在路边。

“哇。”又是一阵啼哭，打断了我的胡思乱想。我想起还没恭喜过这位产妇，扭头转身看向她，“恭喜。”我看到她抱着第三个孩子，身边放着两个孩子，惊讶得说不出话。

“小心前面。”她伸出一只空手指着道路前方。

我的车有自动感应系统，靠着前面的车屁股稳稳停下，我眨着眼睛看她。她白色皮肤下的组织还在不停涌动，不知道是消化食物还是呼吸，或者说她们就是这样的身体。

产妇笑着说："我的宝宝可爱吗？"

车跟着车流微微启动，我只能转头看道路前面。为了尽快到医院，我必须在车流里穿插，以不超速的最快安全速度行驶。我稳定心神，在脑海里思考和重新组织语言，想了一会才对她说："不好意思，我开得太慢，让你把孩子生在半路上。"

回答我的不是产妇的声音，而是婴儿的啼哭声，我不用回头看都知道，肯定是她的第四个孩子出生了，一股无形的压力笼罩我全身。我在路上随机变路，她指引的道路方向完全听不到，车里到处都是牙牙学语和啼哭声。

五个、六个、七个……

"最后一个路口向右拐就能看到医院了。"

路口交通疏导是直行，我停下车等待，回头看了后坐一眼。后座跟她上车时一样拥挤，不同的是里面挤满了她的孩子，她僵硬着身子尽量空出位置给孩子们，脸直对着我的后脑勺喘气，此时我已经麻木不仁。

车流滚动，我知道马上能解脱，接完这一单我一定要离开特拉普星，再也不来，真的不能再来。前方路边一个身材相对苗条的年轻人正在招手，现在我才明白他们招揽出租车的方式极为特别，小手藏在身体边，必须仔细看才能发现招车动作。

"他是你丈夫吗？"我们车前就一个人。

“是的，他是我的新丈夫，刚出院。”

“你们要一起回家吗？”我违背自己的意愿，客气地问她。他们要回家我还必须送回去，服务乘客必须诚恳。

“不用了，他调理好身体我们就要结婚。”

我把车稳稳地停在年轻人面前，后座车门对着他，我从中控台打开后车门，一堆白色的小东西从车里拥出，欢乐地跳着叫着。她在车里不停地抱下孩子，清空后座一半时，我看到她也变得身材苗条，大概是把孩子全部生完了。

她仔细地检查我车上每一个角落，又从收纳袋里翻出一个幼小的孩子，我此刻心惶惶，生怕她留下任意一个孩子不带走，那样我会被判拐卖罪。她抱完最后一个孩子，从挎包里拿出一把钱交到我手上：“谢谢你，不用找零。”

她下车关门，我看到她盯着新丈夫，两个情人似乎很长时间没有见面，也不知该如何用言语表达。城市里的人都是匆匆过客，擦肩而过零距离接触，彼此之间完全陌生，我就是他们接触过的陌生人，没必要再和他们有任何瓜葛。此地不宜久留，我还是离开这颗星球吧！

我重新驶入主路，在岔道口等主路车通行。停车片刻我忍不住再次看他们一眼，我看着后视镜里的肥大白色身躯，猛然感到惊恐无比，扭头看往后面，她的新丈夫已经从地面消失，一个恐怖的念头从我心中泛起，我决定不再在这个星球逗留。

离开特拉普星后，我在太空滞留了很长时间。在此期间我为下一个目的地头疼了很久。每个文明的智慧生物都有自己的特色，我不能再盲目地乱走，哪怕是环境再美，或拥有非常多的财富，都不可轻易下定论，不能被表象迷惑。选了很长时间的目的地，我终于找到理想的星球，在我最少支出燃料成本条件下，卡勒迪星是唯一最优选择，毕竟在特拉普星亏了很多燃料费，短期内要先赚一笔钱，不然星际飞行都是个问题。

从综合条件考虑，卡勒迪星是一个非常理想的地方，这里环境优美，有着类似地球中世纪那样的建筑风格，人口数量适中，没有过度开发和环境破坏，经济条件在所有文明里算是中等偏上。

卡勒迪星人比较保守，因此往来其他文明的星际飞船不多。他们的地面交通不是很发达，因此旅游业非常薄弱，而且外星飞船和汽车驶入也需要特殊的许可证。碰巧的是，负责证件发放的官员，就是上次那个送饭贵妇的丈夫，他完成最后一次拆解炸弹任务后，听太太的劝告改行做了文职。

卡勒迪星没有沉积堆叠的化石原料，因此地面一切都是原生态的，铺成路面的石头是天然石块，车不能开得太快，也少有放射性矿物，人们抱着能省则省的心态生活。

由于内动力交通工具不多，我的车显得特别显眼，经常被当地居民围观。他们的大多数交通工具还是牲畜车，车分为海陆空三类，都有合适的牲畜，任何一种出行方式都非常舒适和便捷。

当地人愿意乘坐外地出租车的不多。在他们的理念里，没有大脑的动力装置是邪恶的。当然有钱人不在乎这些，因此我在这里几乎没有空载的时候。这里的贵族常常包车直到坐腻为止，我为了照顾自己的乐趣，经常挂着“暂停营业”的标志。

在这颗原生态的星球上，食物是超乎想象得原始纯真，没有添加任何人工调味剂，大多数外星来的人很不喜欢他们这种复古风味。然而自从我吃到第一口他们的食物，在那一瞬间，我彻底爱上这颗星球的一切，这是我值得留步的美食。

我吃饱喝足从餐厅里出来，牲畜脖子上的铃铛晃动，铃声飘荡在街头，清澈的空气没有一点尘埃，风略微冰凉，夹带着一丝丝的宁静。我坐上车，打算去另一个城市观光，一个小男孩走到副驾驶边，伸手拉车门，我摇下车窗。

“不好意思，我现在不接客。”

“你带我一程可以吗？随便去哪里，我给钱。”他晃动着一个银白色合金箱子，这是这么小年纪的人不应该携带的物品。

“我要给自己放假。”

“真羡慕你有假期，我从来没休息过。”

“如果顺路，我带你一程，我不收钱。”

小男孩再次拉门把手，我看他确实想坐车，就把门打开。他上了车，扣住安全带，看着我一言不发。

“你家大人呢？”

“他们很忙，没时间陪我。”

“你要去哪里？”

“前面，未来。”

“真是有趣的地方。”

我缓缓开动车子，原本想了解他的目的地，他却抛出了一个我不能理解的答案，我只能把他当成离家出走的孩子：“你家在哪里，我可以送你回去。”

“没关系，到哪里都行。”

“你是离家出走吗？”我见过很多像他这样大的孩子，都有一股傲气，不过他十分平静，没有一点和父母争执过的样子。

“不算，你去哪里，我可以跟着你走。”

我打开电子地图，“这是我的美食计划。”我指着下一个目的地。

“这家口味一般，但很地道，如果你不介意，可以换个城市，我知道有家店。”他说着话，脑袋扭向车窗后面，摆动身体避开视线死角，好像是在看车后什么人。

“你着急走吗？”

男孩打开金属箱，一只手伸进箱子口缝隙摸索，我用眼角余光瞥到里面有不少钞票，他抽出一张交给我："这是加速费，你能开快点吗？"

从他上车到现在的举动，我完全猜不透他的意图。看在钱的面子上，我坚持了遵循乘客的原则，从他手中接过本地最大面额的钞票。

"坐稳了。"

我看到他紧紧抱住箱子，一脚油门踩下去。这颗星球大部分交通工具的动力是牲畜，没有法律限制速度，他们怎么也不会想到外来汽车竟然可以悬浮在半空中行驶。我原本打算缓慢行驶，以便一饱眼福领略沿途风光，既然他给的费用非常可观，那我就用先进科技回报他的诚意。我微微推动引擎加速滑杆，在最舒服的状态下将车加速到最快，不到半个小时，我们就到达目标城市上空，按照他们牲畜动力的速度，大概要走上当地三天的时间。

"你要在哪里下车？"

他思考了一会儿，又从箱子里拿出一张钱，"继续往前。"

我接过钱问，"你不吃点东西吗？"

他看了我一眼，又一次思考。"我能用你的地图吗？"他指着汽车中控台上的屏幕。

"可以。"

他在地图上看了几个地方，最后指着一个位置说："二十七分钟后，你可以从这里经过吗？"

我看到是一条僻静的路，边上是一个庄园："没问题。"

他从箱子里掏出一个电话一样的东西，在上面输入了文字后重新放进箱子里。他关好箱子，一只手托着下巴撑在箱子上，扭头看窗外的风景。

我在城里兜圈，开到第三圈的时候发现这条路有点不对劲，好几辆畜力车一直跟着我走。我看了他一眼，他似乎不是很在意。

"他们会伤害你吗？"

"不知道。"

"你需要帮助吗。"

"不知道。"

"你有目的地吗？"

"未来。"

我看了一下时间，差不多要到指定地点了，他依然在看风景。我不记得我孩提时期是怎样的，不过肯定没有像他这样的经历，提着一箱子大人的钱，漫无目的地走，他不怕打劫吗？我敢断定在这个星球上没有任何交通工具能比我的车快，要丢下他跑路没问题，如果钞票有标记那就算了。

车开到偏僻的路段，后面跟着的车特别明显，我看他们努力追赶得辛苦，故意慢慢开，他们保持一定距离不上前，不知和他是什么关系。庄园门口站着一个老人，手里提着一摞木盒子，我把车停在老人面前。

男孩摇下车窗，把箱子放在地上，接过木盒子放在腿上。他看着我："我请你吃饭，你别再停车。"

我松开刹车，车子缓缓加速。他打开木盒，里面立刻飘出香味，正是我心念已久的当地顶级美食。我不觉脱口而出："真香。"他看我开着车，拿起一个勺子打算喂我吃饭，又觉得不妥，手举着勺子悬在半空犹豫。

我向他一笑，打开自动驾驶，设置随机路线，方向盘陷入中控台，在我们面前升起一张空桌板："一起吃吧！"

他似乎有些吃惊，还是把木餐盒里所有的食物都摆出来，我迫不及待地尝了一口。

"嗯，好吃。"

"爷爷的手艺是卡勒迪星最棒的。"

"你真幸福，从小能吃到最好吃的食物。"

"我现在很少和他见面，他已经退休了。"

"你不和你爷爷住吗？这是你家的庄园？"

"他不是我亲爷爷。"

"他要是当厨师，肯定可以赚很多钱。"

"他在这里养老，我来过后，他会有一段时间麻烦，可能又要搬家了。”

“你能说下你的目的地吗？”我打算趁热打铁，哄他说出真实的目的，不然我带着这个孩子也不知该干什么。

他放下筷子，弯下腰摸索箱子，从里面拿出一把钞票放到我面前，“三天，你不能停车，不能让任何人追上，不能离开这个星球，也不能躲在暗处。”

我看了一眼钱，又看着面无表情的他，“你不需要休息一下吗？”

他回头看了一下后座，“三天后，只要你满足我提的条件，箱子里的钱都归你。”

我本想继续问他原因，他给的钱已经足够多了，不但够地面的费用，连下一趟星际旅行的成本都已经赚到手。转念一想，他必定有不可开口的话，问了那么多也没有露出口风，再问也是白搭。

我改口问：“你想去看哪里的风景？”

男孩左右环顾，“地图上没有标记的地方可以吗？”

我会心一笑，收拾空盘，把自己这边的桌面收起，重新打开操作台，汽车电脑跟着我大脑思路迅速开始搜索地图上的目标，因时间充裕我选择让人最享受的路线。

“准备好，我要出发了。”

男孩没吃完饭，他收拾餐盒，重新封存食物，把餐盒压在箱子上，靠着座椅看眼前的风景。

这颗星球有四季环境，想要短时间感受不同的气候，必须走南北线路，我们就在这颗星球上不停地兜圈。不论我们在天空还是地面，或者水面，身后总是出现自不量力的追随者。

三天时间一晃而过，我的车里没有食物，只有几瓶备用水。他靠着一点饭和水度过这三天，面色不如刚上车时好。我看临近约定的时间，问他："决定好下车的地方了吗？"

他看了一眼时钟，"再等五分钟。"

"你饿了吧，我们进城。"

他没答话，我还是照自己的想法做，他这三天里一共没吃多少食物，身体已经明显虚弱无力。

我三天时间没进过任何城市，想不到城里会突然热闹非凡，好像有巨大的庆典，我没得到他的停车命令，避开人群继续前进，但这次再没有人跟随我的车。

又过了十五分钟，远处传来钟声，他这才开口："能看新闻吗？"我把中控台屏幕接到当地新闻频道，新闻里也和城市场景一样，到处是喜庆画面，滚动字幕还没翻译成我认识的文字，播音员正在紧张地解说。

我调整即时翻译机，他们在新闻里使用的语言还未被收录，他看着我忙碌，猜测出意图。"这是约定暗号，你切入了我们内部网络。"我停下手看着他，"你们的通信系统防御有些弱。"他露出上车以来的第一次微笑，"我会改变这一切。"

我脑袋里正冒出问号，他拉车门把手，“停车。”

我踩下刹车，他打开车门，周围突然出现很多军警，这些人对他毕恭毕敬。一个人上前给他带路，另一个人帮我轻轻关上车门，挥手让我走。

我重新启动车子，在中控台切换到公共频道，上面的新闻在滚动播出，新闻中是刚才那个男孩子的照片，戴着皇冠，下面一行小字显示他政变成功。

我开车出城，让汽车随意行走，翻看新闻和各个渠道消息，了解他的过去。经过了解，这才发现他有很多伟大的思想，只是顽固派不愿意改变当今世界的格局，这才让整颗卡勒迪星显得十分落后。

我又切换到公共新闻频道，看到现场直播，男孩站在高台上发言，他说什么我无心顾及，毕竟我只是这颗星球的访客。经过三天的旅程，我看遍整颗星球的美景，此地无须再留。

“去哪里呢？”我问自己，我启动太空模式，汽车离开地面，我看着中控屏幕里的男孩，满足地笑了。

“……抵御旧政府，我宣布他们发行的货币作废……”

新闻里很应景地放出那些钞票，突然，我感到有些眼熟，心里咯噔一下，打算回头看车后座的箱子，就在我扭头的瞬间，我看见中控台上的星际跃迁倒计时归零——“完了！”

雾海烟波

洪炑／作品

我所知的一切告诉我，属于人的
世界只有龙尾岛，岛外广阔的领地
归于死神和罗刹。

科 幻
硬阅读
DEEP READ
不求完美 追逐极致

肆虐整夜的风暴潮终于过去了。海面上，一道微光撕开天穹与迷雾，照在孤独的灯塔上。

阳光如同信号，催促着我攀上塔尖，监控可能去而复返的风暴。

看着天边远去的乌云，我在心中推演着海历。长生天保佑，温和期终于来了！接下来的一个季度，天空中只会有一颗太阳出现，雾海也会趋于平和，龙尾岛终于迎来了休养生息的机会。

海水渐渐退却，黑堤缓缓露出身躯，仿佛一头巨龙正从水下跃出。密集堆叠在脊背上的沙袋，是它作为铠甲的鳞片，而身下荆棘般绵延的雪珊瑚，则是用以撕碎海罗刹的利爪。一夜咆哮过后，它又一次守护了龙尾岛。

堤坝总体为弧形，灯塔立在顶弧。我蹲在塔尖看着脚下，堤面上的人群如同散落的棋子，正对着海崖的方向例行跪拜。

我舔舐干裂的嘴唇，品尝着熟悉的味道。每当风暴肆虐，会将一切都涂上一层咸腥。我滑下塔尖，钻进石室。墙壁上斑驳的印迹，头顶的警钟与下垂的长绳，记录着我的家族荣耀。

自祖神在此定居以来，我的家族就开始坚守这座灯塔，保护村子的安全。我的每一代先祖，都是当之无愧的守护神。

我永远记得我的十八岁生日，那一天出现了史上最大的风暴。潮涌扑上大堤，挤垮了临时加高的防波层，在大堤内侧墙面上，浇筑出一个巨型瀑布。父亲带着所有村民，以最快的速度重新建起壁垒。正是在他的指挥下，人们扛过了史上最大的午夜潮。

但当潮水退去，我却没有听见熟悉的钟声和呼喊。我永远记得当时的急切心情。我默念着祷文，攀上湿漉漉的台阶，短暂的路途在那一刻变得无比遥远。灯塔里没有父亲的踪影，我发疯似地在大堤上寻找，却没有看见任何蛛丝马迹，只在层层雾霭中听见退潮时的魔音。

每次风暴都会有人失踪，那是一种约定俗成的献祭。但我从未想过，父亲有一天会成为祭品。来不及流下悲伤的泪水，我就被村民们推进了灯塔。因为他们需要一个新的守卫，给全岛带来希望。

我木然地走进世代坚守的阵地。窗外的下方就是悬崖般的大堤墙面，所有村民都在墙根下等待着。我强忍着因悲伤和恐惧导致的全身颤抖，努力咽下即将喷涌的哀痛，伸手拉住了墙边的那条绳索，敲出解除警报的钟声。

“铛……铛……铛……”

之后的每一天，钟声都会被我敲响。十二年来，我已无数次用它预示危险或报告平安。

舒缓的节奏飘出灯塔，飘荡在全岛的每一个角落，震颤着所有人的耳膜。与此同时，灯塔以及它脚下的黑堤，乃至堤坝外的雾海，都在高声嘶吼。

每当潮水退去，雾海中总会传来尖锐的魔音。魔鬼的风暴潮没有征服我们，便妄图驱使海罗刹继续恐吓和诱惑。在潮水声中，它们的嘶吼会显得无比凄厉刺耳。我默念着经文，虔诚祷告着，祈求着。在无言的颂词中，我又获得了无比的力量，罗刹音的诱惑渐渐远去。

我从窗口探出脑袋，对着落潮村喊出胜利的宣言："日！出！喽！"

灿烂的朝阳下，地狱般的场景早已消失，取而代之的是一个平和的人间。村民的跪拜和祈祷已经结束，正斜靠在沙袋上休息，或交谈或睡去，或若有所思地看向远方。

孩童们嬉闹着，呼喊着，蜂拥爬上墙面，跃过沙袋，冲下大堤外侧的坡面。他们带着千奇百怪的工具，很快席卷了斜坡上的海水稻田，打捞能看见的一切。坡底的珊瑚丛高达三十尺，为村子隔离着外海的危险，也在退潮后截留了无数鱼虾贝类。那些海货都是长生天的馈赠，是对龙尾岛又一次成功坚守的奖赏。

肥硕的花鱿在鱼叉上扭动身体，一个少年高举着它，欢快地朝我挥手。我走下灯塔，村庄的方向升起炊烟，那是留守的妇女们正在制备早餐，以及烧煮蒸馏水。

"月生辛苦！"正走下石阶的村民们朝我行礼，一如曾经拥戴祖父和父亲，他们称呼我为“守护者”，给予我最崇高的敬意。

我点头回礼，走进孩童之间。他们正在争论，大祭司最喜欢红星虾还是甜海蛞蝓。

“月生哥！”少年名叫小田，他曾是队伍里最小的跟班，如今已是新任头领，多年过去，他依旧又矮又瘦，只是皮肤比以前变得更加黝黑。

不等我回话，人群突然发生骚动。原来有人打算将一只海蛞蝓藏进裤子，却被另一人发现，随后爆发了冲突。两个瘦小的身影扭打在一起，滚进湿漉漉的稻田，海蛞蝓被扔在稻田里，不断蠕动着试图寻找海水。

我立即制止了他们的打斗，伸手捡起海蛞蝓，并指挥所有人继续忙碌。今天是个重要日子，不能因为这一点小事破坏了供奉。

人群被分成两队，一部分人带着劳动果实返回村子，小田则带着三个手下，抬上两筐精挑细选的海货，跟在我身后朝东方走去。大堤尽头，有一条装饰精致的石阶，连接着一条专用的道路，只供祭司使用。

每一次大潮过后，都会有使者从海崖带来大祭司的赐福。村民们则敬献最肥美的海货，感谢长生天和大祭司保佑落潮村的安宁，庇护村民能够免受海罗刹侵袭。

而今天又是拜日节，照惯例萨满会带来赏赐。为免小田不慎冒犯，我得亲自带着他前去觐见。

离得很远，我就看见了一支异于往常的队伍。除却我熟悉的老莫主教，还有几名我从未见过的萨满。

在我年少时，老莫还是普通萨满，我们常在海潮后的赐福中相见。后来他升任祭司多年，我们也多年未见。今天他突然出现，显然是因为拜日节的缘故。

我虔诚地念诵起祷文，行礼感谢，目光却停留在一名萨满身上。看身形应该是女性，虽然只是普通的白衣，但她戴着牛头状的傩面具。这说明她的身份不一般，是海崖上为数不多能和长生天交流的人之一。

我从未想过能面见如此高贵之人，立即俯身跪拜。女萨满抬手回礼，让随从递来一个满满当当的软柳筐。我瞥了一眼，筐里有各种物资，还有几捆药材，都是极其珍贵的物品。

“长生天保佑你！”女子将手指按在我的额头，舒适的冰凉瞬间浸透我全身。

但这种惬意转瞬即逝，她很快收回手臂。萨满接过我们的海货，随后他们转身离开。很快他们会走下黑堤，登上高高的天梯回到海崖。

我吩咐小田立刻将药品送回村子，随后返回灯塔，却突然看见了惊人的一幕。

灯塔脚下有一座栈桥，用以连接远处的雪珊瑚，平时用作测量水位所用，如无特殊原因，绝不允许闲杂人登桥。但此时，有人已经顺着栈桥爬上了珊瑚丛。

我意识到大事不妙，一个箭步冲了过去，但为时已晚，那个人影已经跨过雪珊瑚一跃而下，消失在迷雾中。我顾不得禁令，匆匆登上珊瑚丛，同时大声呼喊："快来救人！"

救援并没有到来，我的肩头和后背却感觉到一阵刺痛，同时严厉的斥责声响起："滚下去！"

是巡逻的蛮人，他们会惩戒一切胆敢挑战戒律的村民。我强忍疼痛，申辩道："那个人刚跳下去，应该可以救上来的。"

但换来的却是雨点般的鞭笞，我只得转身返回，看了一眼缭绕的烟雾，失落地走下栈道。

"爸爸！"一个年轻人大喊着冲上栈道，却同样遇到了蛮人的皮鞭。

在混乱的鞭打中，我看清了来人的面目，是达斡大哥。

达斡兄弟是岛上唯一一对双胞胎，是我儿时的好伙伴，也是岛上最好的两个建筑师。此刻他正对着外海捶胸顿足，表情极度痛苦。

"不要过去！"我拦住了他的去路，随即想到，这是老达斡自我献祭了。村民常有人会跳海自尽，或因被海罗刹蛊惑，或因需要生育指标，又或因失去劳动力而不想拖累家人。老达斡虽未到丧失劳动力的年龄，但最近一次海潮时摔断了一条腿，从此行动不便，经常抱怨自己成了废人，自杀倒也不足为奇。

达斡的呼号印证了我的猜测。“爸爸！你怎么丢下我们……都怪我啊！”

说话间，他又尝试冲上栈道。我看着面前凶神恶煞般的蛮人，立即抱住他，将之强行拖回栈桥：“别这样！”

外海是海罗刹的地盘，它们不可能让失足的村民回到岸上。

最初祖神来到龙尾岛时，曾尝试出海捕鱼，却遭遇了海罗刹。幸存者带回了最恐怖的描述：尖牙利爪的怪鱼隐匿在浑浊的海水中，它们会突然发动袭击，将渔船破坏凿沉，将船员拖入水底撕碎，又在被鲜血染红的海水中隐匿行踪。

幸运的是，长生天赐下了雪珊瑚。环绕半座龙尾岛的珊瑚礁布满尖刺，将海罗刹阻隔在了外海。过去无数年时间里，它是不可逾越的雷池，村民只能在它的保护范围之内活动，任何人都不得跨越。经过一代代的传承，规则变成了戒律，即便是登上珊瑚丛，也会受到严厉惩罚。

我和达斡跪在黑堤上，各自承受接下来的三十鞭训诫。此时对我来说，肉体的疼痛只是其次，最令我痛苦的，是心中的无力。我的父亲、祖父与祖母，都葬身在雾海。但我心知肚明，这片海域无比危险，即便它刚刚吞噬了我们的亲人，我们能做的也只有敬而远之。

蛮人丢下几句训斥后走了，在他们离去的方向，我看见了女萨满的身影。她并没有离开，而是远远地旁观了一切，久久地沉默着。

即将涨潮，村民们陆续离开了黑堤。夕阳西下，无数身影投射向远方，最终落在村子最北方的崖壁之上。长长的影子蠕动着，仿佛正在爬上高不可攀的海崖。

接下来是雾海的温和期，我们得尽可能加高黑堤。它每高出一分，在汹涌期的双日来临之时，落潮村就会安全一分。整个海岛都在搜集材料，不断加固着黑堤的身躯。我却成了全村最清闲的人，平和的天气，让我的值守变得轻松许多。

潮水中的魔音如约而至。我面向海崖方向祈祷，手中紧握着我唯一的伙伴，一把钢铁鱼叉。它在家族中世代相传，是岛上最锋利的武器。我默念经文，祈祷长生天与祖神保佑，让我能继续为之坚守。

我俯瞰着村子，思绪却飘向了海崖。

龙尾岛在地理上分为两个部分，低处的村子和高处的海崖，它们之间是陡峭的悬崖，把全岛变成了两个泾渭分明的世界。在此之间，只有一道狭窄的天梯相连。

祖神时代，一切都无比平和美好。直到某一天，世界发生了翻天覆地的变化，天空中出现了第二颗太阳，大洪水瞬间吞没了一切，直到第二颗月亮出现，气候才趋于平稳。

祖神在长生天的指引下，来到龙尾岛定居。

为了得到长生天的宽恕，岛民需要不断承受一轮又一轮的惩罚与考验。祭司们则因为能与长生天对话，获得了管理者的职位，居住在高高的海崖之上，因为那是离腾格里最近的位置。

大祭司是人间的掌控者，也是长生天的使者。他将海崖上的淡水等物资施予村民，而后者以忠诚回报之。落潮村处于黑堤和海崖之间，是一片巨大的洼地，低到海平面以下三十多尺。村子分成十多个更小的群落，不同阶层的人划地而居，但仅凭肉眼无法区分他们，因为空间太过逼仄，不同样式的建筑早已拥挤在一处，互相吞噬和融合着对方。

傍晚的村子飘荡着寥寥炊烟，村民们在一天的劳累过后终于得以享受晚餐。根据神谕，饱食终日是一大罪过，所以在清晨简单的进食过后，村民们需要完成一整天的劳作，才能获得一顿正餐。教会根据村民的工作量发放食品和物品，人们必须不断工作，才能养活全家人。

在龙尾岛，懒惰的人根本不配活着。

村子里的灯光忽明忽暗，有人还未结束工作。但他们仍是幸运的，至少无须直面海罗刹的魔音蛊惑。我念诵着经文，驱散了心头的阴霾，目光却不由自主地看向了海崖。黑堤与灯塔是岛上最高的建筑，但即便我攀上塔尖，也只能勉强企及海崖的高度。

我全力眺望北方，目力所及处只有一片果园，其他一切都隐没在茂密的林后。天光已经暗下，树叶间隙中闪现着朦胧的灯火。据说那里处处是神迹，有取之不尽的甘甜饮水，以及最可口的食物和最美丽的衣裳，那里就是村民们心目中的天堂。

海风又起了，一个冷战让我彻底清醒，心中的妄想烟消云散。

弦月出现在天边，合着星光照耀着冥雾海，显出扑朔迷离的美。潮水拍打着黑堤，仿佛在演奏哀歌。我久久地遥望着远方，看着弦月在头顶一点点移动。

直至午夜，我正要从塔尖离开。却突然看见，月光中的外海有着不寻常的动静。海面上飘忽的雾气突然改变方向，似乎有活物正在游动。也许是撞上珊瑚丛的鲨鱼，但也可能是海罗刹出没。

我立即从塔尖跳下，取了鱼叉跑出灯塔，登上栈桥。我曾无数次审视夜幕下的雾海，期望有一天能手刃罗刹，替亲人们报仇。虽然我从未正面遭遇过它们，只在风暴潮中隐约见过它们的身影，只听老人们讲述过它们的丑陋和凶残，但我有信心，可以依靠手中的武器报仇雪恨。

我站在栈桥末端等待着，准备给即将出现的海罗刹致命一击。

透过珊瑚丛，隐约能看见雾霭仍在流动。水面上确实有个活物，大小和形状像是人类，十有八九是海罗刹了。我满怀激动与愤怒，蹲在雪珊瑚的内缘，钢叉高高举起，我要在它露头的瞬间发出致命一击。

水里的白影在踩水，因为它的动作，周围的浓雾略有消散。突然间，熟悉的声音传入我的耳朵。

“拉我上去！”竟然是那个女萨满的声音。

“啊！”我大惊失色，手中的钢叉险些脱手，“怎么是你？”

“别废话了，拉我一把！”她喝道，声音中带着一股喘息声。

气温很低，海水冰凉，她似乎已经在筋疲力竭的边缘。我不再犹豫，立即登上珊瑚丛，朝外海探出身子，手臂却远不及海面，于是将钢叉手柄一头伸出。在我们的共同努力下，她费力地攀上了珊瑚丛。

此时的她没有戴面具，弦月的微光下，我看不清她的面目，却看见了她白皙的皮肤，犹如镀着银光的凝脂般诱人。一套紧致的白色长衣，将婀娜的身段勾勒得愈发诱人。近距离观察下，她显得更为瘦弱，冰凉的海风正吹得她微微发抖，恍若海浪中不断摇曳的稻苗。发梢间不断有海水滴落，潮湿的紧身衣使她的身材更显曼妙，正在散发混合着体香的海腥味。

我有些不知所措，愣了片刻后才意识到了自己的失态，于是低头下跪，口中不断告罪。

“不要多礼。”她伸手扶住我的胳膊，“刚才谢谢你了。”

“这是……应该的。”面对她的亲和，我十分惶恐。

“我叫乌麦，你呢？”

我慌忙自我介绍，平日里口齿伶俐的我此刻竟忘了如何组织语言。

乌麦点点头，伸手撩动散乱的湿发，犹豫片刻后说：“今天的事，你不要告诉任何人。”

“我一定！我发誓。”我应承道。

“我得走了。”乌麦说着，转身离开，顺着栈桥走上黑堤，很快消失在黑暗中。

目送着她的背影，我开始思索。她为何半夜出现在外海？这严重违反戒律，何况外海中充斥着种种危险，她从海里回来，却仿佛没事人一般。这一切都太过诡异，让我百思不得其解。

怀着如此心情，我度过了一个不眠的夜晚。清晨照例为村民们敲响悠扬的钟声，进入又一天的守望。一切都很平静，似乎除我之外，并无他人知道昨晚之事。越是如此，我心中的疑惑愈发浓重，甚至无法专心监控气象，心中只有一个念头，盼望再次见到乌麦，好向她问个清楚。

在心烦意乱中又过去数日，又是弦月下的夜晚，我靠在灯塔室的窗边，默默注视着海崖的方向发呆。

长生天似乎听到了我的祈求。

一个身影出现在远处，一袭白衣沿着黑堤行来。我怀着激动的心情走下灯塔，很快看清了对方，果然是她。海风轻曳着她的秀发和裙摆，把一阵诱人的清香送入我的鼻腔。一瞬间，我感觉自己无法呼吸，我甚至宁愿立即窒息在她的体香之中。

虽然在此之前，我一再告诫自己要万分谨慎，但此刻仍然失态了。眼前之人不可方物的美，让我无法自持。我咬了咬自己的舌头，掐灭念头，随后向她行礼。

“你回去值守吧！”乌麦微微一笑，双目在夜色下闪烁着异样的华彩。

我虽然内心充满困惑，想要一一问清，却又不敢违抗她的指令，只能快步返回灯塔，然后透过窗户继续观察着她。那一袭白衣在夜风中舞动，视戒律与禁地如无物，顺着栈桥踏上了珊瑚丛，她的脚步轻盈无比，敏捷地避过荆棘般的尖刺，在雪珊瑚上不断游走着。

我伸长脖子紧盯着她，生怕她会突然跳进外海。所幸她并没有那样做，而是不断在各处停留，时间有长有短，似乎在寻找着什么。时间一分一秒地过去，她依旧在重复着那些动作，直到弦月消失在天边，她才离开珊瑚丛。

我犹豫片刻，走出了灯塔，在她走上黑堤的瞬间拦住去路。我已经看见她的脸色，似乎写满失望，我壮着胆子说道：“有什么我可以效劳的，请您吩咐！”

乌麦没有立即回答，只是静静站着，似乎在思考。我怀着忐忑的心情，保持着跪姿等待着，直到她开口：“你先起来吧！”

我站起身，却见她转身登上灯塔。我紧随其后。诱人的气味再次钻进我的鼻腔，瞬间浸透我的骨髓。我不断告诫自己保持理智，同时用言语提醒她注意脚下的石阶。

乌麦走进灯塔室，走到窗前，静静地看着雾海的夜幕，沉吟半晌才开口：“上次的事你没有告诉别人吧？”

“没有！绝对没有！”我后退一步，几乎贴上了墙壁。

乌麦沉思片刻，随后长嘘一口气，仿佛借此鼓足勇气："我需要你帮个忙。"

"你说！"

乌麦变戏法般从衣袖中抽出一个物件，随后开始演示。那是一个小小的金属盒，上有旋钮，在她的动作下，盒子的指示灯闪烁起来，发出"沙沙"的声响。

"这是什么？"我惊异地问。

"这叫收报机。"

"收报机？"我端详着那个物件，心中大惑不解。

"它可以接收特定频率的电磁波。"乌麦解释，"所以能够用来通信。"

"和谁通信？长生天吗？"我有些激动，感觉似乎窥伺到了祭司的秘密。

"很复杂，有时间我再给你解释。"乌麦没有直接回答，"你照这样做……"

她凑近我，开始手把手教导我如何使用，同时语气急促地说："以后你每天晚上都打开，收到什么就记下来。"

此刻我们只有一指之距，她身上散发着异样的温暖。不等我慢慢体会，一支铅笔和一个纸本出现在她手中。她用纸笔演示，教我如何记录，同时叮嘱我一定要用心记下可能收到的信息。随后她把纸笔递给我，便匆匆离去。

村子里的建造师平时只能用木炭在地上画图，纸笔是他们梦寐以求的珍贵物品，此刻却轻描淡写地交到了我的手里。我手握纸笔，愣愣地看着她渐行渐远，最终消失在黑堤尽头。随着潮水退散，无数雪白的泡沫被抛弃在堤坝脚下，有如乌麦摇曳的裙摆，拨弄着我悸动的内心，但很快它们又都碎裂，消失得无影无踪。

望着窗外渐渐笼罩的夜色，我再次打开收报机。在乌麦走后，我遵照她的旨意，每天用机器搜寻着可能出现的信息。但一连几天，这个怪异的魔盒只传出过“沙沙”的噪声，并无其他内容。

我所知的一切告诉我，属于人的世界只有龙尾岛，岛外广阔的领地归于死神和罗刹。而乌麦需要接收的信息，又来自哪里呢？难道她要和罗刹通信？那绝不可能！罗刹不是人，不可能有理智与人通信。那么她到底在试图联系谁？

还有她这个人本身，也带着许多怪异之处。她看起来那般瘦弱，以及有些病态的苍白皮肤，都显得那么与众不同。

无数困惑搅得我心神不宁，我甚至一度以为，我并没有在夜间见过乌麦，那只是海罗刹幻化而来，为了迷惑我的心智。但罗刹蛊惑人心，总是将人诱入外海，成为它们的美餐，却从未听说过它们会化作美女，来折磨我这样一个凡人。

又涨潮了，外海传来熟悉的魔音。我稳住心神，告诫自己不可松懈。如果被其蛊惑，等待我的将是惨烈的火刑。村子里常有意志不坚定者，被魔音勾引着走上黑堤，跨过雪珊瑚，一头扎进外海。或者被魔音控制攻击他人，被攻击者也会成为它们的一分子，进而将魔鬼四处散播。所以每当有人中邪，村民必须立即报告教会，蛮人的首领甘农会带人赶来，将之捉拿并用烈火驱散魔鬼。

我的脑海里浮现出曾经见过的火刑现场，以及甘农的狰狞面孔，不由得心生恐惧。无论如何，我不想成为下一个牺牲者，那不仅会失去性命，还会让家族蒙羞。但此时我根本琢磨不透，我所见到的乌麦，究竟是萨满还是罗刹。

魔盒突然改变声调，传出有节奏的“滴答”声，瞬间将我从思绪中拉回现实。我看着手中的铁盒子，这一切都很真实，并非虚幻。我相信乌麦一定有难言之隐，她绝不可能是罗刹。

我拿出纸笔，快速记录着。一直到声音消失，机器恢复噪声状态，我记下了满满两页内容。随后继续搜索其他频道，却再未找到任何有用的声音。

密密麻麻的符号，仿佛是一纸天书。我不知道它们代表着什么，但我知道它们一定非常重要。现在要做的，就是等待乌麦出现，把这些交给她。我暗自打定主意，下次一定要问清缘由，解开心中的疑惑。

数日过去，乌麦却没再出现，就像突然消失一般。仿佛是在故意挑逗我的内心，我的等待越是急切，她越是遮遮掩掩，不与我见面。

我的耐心渐渐被消磨殆尽，却又无能为力，我不可能主动去找乌麦，不等踏上海崖半步，我就会被蛮人击毙在天梯上。

怀揣着两页天书，我默默等待着，却在乌麦到来前，等到了另一个人。多云的午后，我正在灯塔里休息，却听见栈桥上有动静。我立即冲下灯塔，看见达斡跪在栈桥的尽头，朝着外海磕头。

他在祭奠亡父，没有任何祭品，只有无言的一跪。看着他布满伤痕的后背，我想起了我葬身海水的亲人。这一刻我甚至觉得，我收到的那些信息，是亲人的亡魂发来的思念。

我也突然想起，也许达斡兄弟能替我解答疑惑。他们家族是岛上最好的建筑师，掌握着绝无仅有的知识，如果村子里有谁能看懂那些符号，那只可能是他们。

我在他即将离去时拦住他的去路，却一时不知该如何开口，只是呆呆地保持着阻挡的手势。

“有事快说。我还有工作。”达斡的表情很复杂，“我得多攒点粮食，我快当爸爸了……”

我当即明白了老达斡跳海的原因，同时也想起了我的祖母。

龙尾岛资源有限，人口被严格控制。每一个家庭都有相应的生育指标，新人出生会消耗指标，年轻女孩被选中成为海崖的奴仆，或者犯人被处决，都会消耗指标。而获得新指标的方法只有一个，那就是家中有人死去。

我的父母结合后，一直小心翼翼，却没能阻止生命的孕育。当时家里并没有指标，一旦被裁判所发现，母亲必定会被逮捕并强制流产。在缺医少药的龙尾岛，那等同于死刑。

面对风险，我的祖母，母亲口中那个从来只会虔诚祈祷，从不敢直视海潮的老人，在一个暴雨的夜晚爬上黑堤，完成了她的自我献祭，为我取得了生的权利。

达斡兄弟出生时，老达斡没料到会是双胞胎，超出了本有的指标，闻讯赶来的裁判所要他必须做出选择，牺牲其中一个。最终为了自己的骨肉能够存活，刚刚临盆的母亲选择了自杀。

我们有着同样的经历，我对达斡的痛苦感同身受。但同时，这也促使我向他寻求帮助。而且出于对裁判所的痛恨，他不可能向海崖出卖我。

我将他引到灯塔内，随后抽出天书："你能不能看懂？"

"这是什么？"达斡接过查看，"我见过萨满用这种纸，很稀有。"

"我记得你父亲曾经画过类似的图案。"我支吾道。在落潮村，所有的知识和记忆都来自家族传承，绝不允许外人窥探，所以我有些犹豫。

"我见过这种符号。"达斡若有所思地用手指扣着墙壁，"这是长的，这是短的。"

他口中模仿着声音。我大喜："对，就是这样的。你能翻译出来吗？”

“有点复杂，可惜我父亲不在了。”达斡摇摇头，“要不我拿回去研究一下看看。”

“好。”我抽出本子，将符号抄了一份递过去。

“到时候我找你。”达斡将之收起，丢下一句话后离去。

我站在瞭望台上，默念着父亲教给我的口诀。今晚有双月，海潮会更大。而天边的乌云正在不断积累，加之此时的风向，显而易见，很快龙尾岛将迎来一场风暴。温和期的风暴潮威力并不大，但仍需谨慎对待。于是我立即返回室内，敲响了警钟。

急促的钟声响起，瞬间传遍全岛。村民们带着各种物料登上黑堤，很快垒起防洪带。我回到瞭望台，除却观察气象，我不时低头看向人群，反复搜索却没发现达斡的身影。

也许他最近过于繁忙，还没有时间翻译。我安慰着自己，定下心神开始指挥人群。很快风暴潮如约而至，巨大的海浪跃过雪珊瑚，扑上了黑堤。幸亏我们准备充分，有惊无险地度过了这一夜。直到清晨海潮退去时，打扫战场的人群中依然没有达斡的身影。我做贼心虚，不敢对他人声张，只能默默等待着。

一阵急促的钟声响起，它来自村子的中央广场。一旦有重要事情宣布，祭司就会走下天梯，在广场前召唤村民。

听着沉闷的钟声，我忽然有种不祥的预感，立即将收报机和纸笔藏在床下，随后走下灯塔，离开黑堤匆匆赶往广场。

村民们正跪伏在地，聆听祭司的训诫。我远远看见，达斡正试图挣脱绳索："我没有被附身……"

当头淋下的火油让他的话语变得含混，他疯狂挣扎起来，却被蛮人的枪托击倒在地。

一旁的蛮人视若无睹，继续诵读判词："……让罗刹鬼随烈火远去吧！"

"住手！"我冲进人群，然而迎接我的同样是枪托的狠狠一击。我在剧痛中摔倒，被鲜血模糊了视线。

火焰伴随着黑烟升腾而起，昏厥的达斡被烈火唤醒，但很快他的挣扎与哀号变得软弱无力，最终化作一团焦炭。

"你打算与罗刹鬼为伍吗？"严厉的声音在耳边响起。我拭去脸上的鲜血，一个瘦削的面庞出现在我面前，正用阴鸷的目光死死盯着我，仿佛要将我的内心看穿。是甘农萨满，全岛最令人闻风丧胆的屠夫，主持过无数次残酷的刑罚。我不敢忤逆他的权威，只能默默地摇头。

"最近你见过他吗？"他继续逼问。

"没有！"我斩钉截铁地回答，同时盯着他的双眼。他的问题满含杀机，我内心任何一丝波动都会被他察觉，进而引来杀身之祸。他眯起双眼看着我，片刻后他似乎有了答案，收起武器带着随从离开。

看着他们的背影，我感觉事情已经超出我的预料。达斡的死似乎与天书有着莫大干系。我立即起身赶往达斡家，却远远听见哭泣和吵闹。我攀在巷口的墙头偷眼观察，见几个蛮人正在达斡家中翻箱倒柜。门口的空地上，一个孕妇正不断告饶，凶神恶煞的蛮人正在逼问着，但没有得到想要的答案，气急败坏地飞出一脚，将孕妇踢倒在地。

“住手！”小达斡飞奔而来。扶起面色痛苦的女子，不等他出言，蛮人们陆续从他的家中冲出，将之围在中央，教长恶狠狠地继续逼问。我听不清他在说什么，但可以肯定，他在寻找某样东西。

小达斡没有行礼，也没有回话，他扶起女子转身欲走。那女子正捂着肚子发出痛苦的哀号，鲜血已经染红小腿。然而蛮人们却不依不饶，在他们眼中，伤者的死活并不重要，他们的职责是搜查与审讯。

最终小达斡选择了屈服，他跪下祈求着，解释着。从他的手势和姿态可以看出，他希望能先送嫂子去看医生。

蛮人却拒绝了，任凭他跪伏在地不断磕头，任凭女子的鲜血染红地面，甚至开始动手殴打小达斡。眼见这一幕，我终于忍无可忍，我决定去面对他们，将事情揽过来，至少可以先救下孕妇。

“铛！铛！铛！”教堂的钟声再次传来，是缓慢的节奏。蛮人们闻听后，相互使个眼色，朝教堂方向走去。我快步上前，和小达斡合力抬起孕妇，朝着大夫家的方向赶。

“怎么回事？”我试探着询问，心中仍旧抱有侥幸，希冀这一切并非由我而起。

“我也不清楚。”小达斡眨着眼，眼角上满是血迹和灰尘，他愤怒道，“他们说哥哥手里有一个魔鬼的器物，逼问我藏在哪里了，我怎么会知道！”

我沉默了。几乎可以肯定，那两页天书就是一切的罪魁祸首，而我此刻成了害死朋友的罪人。

我们手忙脚乱地来到医馆，撞见了匆匆出门的李大夫。眼见有急症病人，他只得停下脚步，将我们迎入室内。

钟声仍在回荡，居民们匆忙赶往教堂。在钟声结束时，未到场的人会被扣除多日劳动所得。小达斡对我说道：“这里有我就行，你快去吧！”

我立即出门，和人群一起，聚集到广场前。面前是高大的台阶，上面按照地位高低站立着海崖的诸多重要人物。祭司和萨满齐聚一堂，这种场面前所未见，我预感到将会有大事发生。

教堂的大门缓缓开启，苍老的大祭司被几名女萨满搀扶着走出，身后随从众多，包括甘农和老莫。他们都戴着各自的面具，但我仍然一眼认出了其中就有乌麦。

人群纷纷下跪，山呼万岁。我心不在焉地附和着，同时抬眼打量乌麦。不知是不是我的错觉，她面具后的双目似乎也在看向我。在她的身侧，有一个身材矮小的男人，戴着龙头面具，正朝着乌麦伸出畸形的双手。

乌麦厌恶地躲开。怪人却得寸进尺，放肆地伸出了双手。此刻他仿佛一头野兽，而面前的人就是他唾手可得的猎物。

“孩子们！”大祭司从紫色长袍中取出经卷，宣示他话语的神性，同时拉起袍袖，露出畸形的手臂，“长生天告诉我，大祭司以肉身之痛为子民谋取福祉，用更多的痛换得更多的福！”

他的声音颤巍，显得中气不足，几十年的统治生涯，似乎耗尽了他的生命力。在他的咳嗽声中，那个怪人被推到众人面前。怪人面色得意，他收束起红袍脱下面具，露出斑驳的秃头和畸形的双臂。

“瞻仰吧！”大祭司提高声调，“他将是你们的下一任领袖，将会代替我，继续为你们祈祷！带领你们早日解脱！”

人群沸腾了，纷纷伏地行礼。但我却如遭五雷轰顶，因为在大祭司接任时，就会迎娶一名女萨满，那毫无疑问将会是乌麦。我斗胆抬起头，想看看乌麦的举动，而她却已经转过身去，跟随在大祭司身后，很快消失在天梯之上。

在浑浑噩噩中，我度过了接下来的一天。我不能接受她嫁给一个丑陋的男人，即便对方是大祭司，但他仍旧是个畸形的怪物，和美丽的乌麦绝对不般配。何况我亲眼看见了乌麦的举止，她对那个怪人只有厌恶和憎恨。

黑堤外的海潮声不断传来，夹杂着海罗刹的呜咽。此刻我已无心念诵祷词，放任魔音刺破我的耳膜。如果可以让乌麦离开那个怪人，我宁愿出卖灵魂，宁愿自己被罗刹拖入地狱。

我烦躁地在灯塔里来回踱步，此时突然明白过来，乌麦所做的一切似乎都可以解释了。她不想嫁给丑陋的新任大祭司，所以她在谋划着什么。我用手紧紧攥着她给我的纸笔，快速思索着，如何能把我收到的信息转交给她。

一个身影出现在门口，不等我做反应，小达斡钻了进来。按照惯例，如无紧急情况，村民在夜间不能擅自登上黑堤。但此时我无心问责，处于愧疚，我甚至不敢直视他的目光。

“到底怎么回事？”小达斡双目通红，死死盯着我。

我没有回答，而是在心中权衡着，要不要把我知道的信息告诉他。似乎看出了我的犹豫，他继续说道：“她们都死了……”

“她们？”我顿感不祥。

“李大夫也救不了她们。”小达斡的泪水夺眶而出，“原本我们家会有一个女孩儿诞生，现在，一切都没了！”

我的大脑顿时一片空白，此刻我恨透了我自己，因为我的愚蠢行为，害死了三个无辜的性命。但我仍打算守口如瓶，因为如果让小达斡得知那些信息，只可能害死他，更可能害了乌麦。

“我不知道，我什么都不知道。”我摇着头。

小达斡还打算说什么，却突然侧耳倾听：“有人来了，晚点我再来找你。”

他转身走出灯塔，很快消失在黑暗中。片刻后，我闻到了熟悉的味道，乌麦款步走进灯塔。四目相对中，我没有跪地行礼，心中有无数的疑问和话语，却突然不知该从何说起。

“对不起。”乌麦的表情沉痛，“我不该把你扯进来的，但我真的没有别的办法了。”

“这一切，到底是怎么回事？”我问出了最想问的问题。

“说来话长。”乌麦长叹一口气，讲述了前因后果。

在上一个汹涌期，她得到了那个收报机，好奇之下把玩，结果收到一个神秘信号。由于时断时续，她拿不准具体内容，所以不断尝试在不同地点接收。那夜在海崖上，她想寻找更好的位置，却不慎落入水中。她没法爬上海崖，只好游过半个龙尾岛，从雪珊瑚前上来。

后来她发现岛屿南侧的信号更强，于是想尝试在灯塔附近接收完整信息，由于她不能经常出来，就把此事托付给了我。

“我已经收到了。”我拿出了记满符号的两页纸递过去，“你告诉我，这是什么意思。”

乌麦接过纸笔，开始翻译上面的符号，同时对我说道：“我想告诉你的是，这一切都是骗局。”

“什么骗局？”

“关于龙尾岛。”乌麦在纸上快速书写着，同时说出了她掌握的所有信息。

祖神时期，天空中突然多出的日月，彻底改变了整个星球的环境，把世界变成了一片泽国。大洪水中幸存的人们最终在龙尾岛定居下来。随着时间推移，岛上渐渐形成了森严的等级制度，大部分人的后代沦为下等村民，而掌握权力的人盘踞在海崖上，用宗教统治岛民。

所谓的海罗刹并不存在，中邪的村民只是感染了一种海洋伤寒，过热的体温会促使他们寻找水源，并非被蛊惑跳海。一切危险都是虚构的，只是统治阶级为了将人们禁锢在岛上而设下的谎言。

“这怎么可能？”我听着她的讲述，感觉自己的认知被彻底颠覆。如果她说的都是真话，那我的信仰就将变得一文不值，我挣扎着：“那大祭司为什么非得让我们留在岛上？”

“如果我们获得了足够的资源，还有人会对他言听计从吗？”乌麦轻蔑道。

“但是……”我的话音开始颤抖，“海罗刹确实杀死了很多人。”

“是你亲手把我从外海拉上来的。如果真的有罗刹，我还能安全回来吗？”

“这……”我呢喃着，感觉她说得似乎有些道理。

“你自己看吧！”乌麦把翻译好的文字递到我面前，“世界并非只有龙尾岛，还有其他幸存者。如果不是知道他们的存在，我根本不会告诉你这些。我不想嫁给那个近亲繁殖的怪物，我要离开这个鬼地方，我需要你的帮助！”

我接过译文查看，上面写着复杂的文字，依靠父亲曾经的教导，我勉强看懂了内容。

“……向所有流落海外的人类后代发出信息，请你们回应。这里有最富足的生活，这里……人们生而平等……期待你的到来……”我默念着面前的信息，这几乎已是铁证如山，但我仍然不愿相信，我不能接受家族几代人付出生命，竟然只是在守护一个谎言。

“根本就没有神，也没有魔法，更没有海罗刹。”乌麦喝道，似乎对我的执迷不悟有些失望，“你跟我来，我证明给你看。”

说着她拉起我的胳膊，快速走出灯塔，走过栈桥走上珊瑚丛。我心如乱麻，默默跟着她朝前走去。突然感觉脚下一空，周围升起浓烈的迷雾，此时我才反应过来，我已经跳出了雪珊瑚的保护。

身下传来冰冷的触感，我们落入了冥雾海，一瞬间我清醒了，即便没有罗刹，鲨鱼却是我曾亲身目睹存在的。我拼命踩着水，对乌麦说道：“我相信你，我们回去吧！”

乌麦没有回答，而是突然靠近我。我们相拥在一起，感受着对方的温暖。我的身躯一震，内心一股热流涌向了脑袋，情不自禁地抱紧了她。娇小的身躯被我揽在怀中，我的双手摸到了她肋下凸凹不平的肋骨，她是那么瘦弱。这一瞬间，她被我捧在怀中，这一刻，我发誓要保护她，直到永远。

“抱紧我……”耳边传来喘息般的低语，我彻底沦陷了，此时我忘记了一切，只希望时间在此刻定格，让我们永远不再分开。

“屏住呼吸……”低语再次传来。随后我感觉怀中人突然变得沉重，接着一阵急促的下坠感传来，将我由爱的大洋快速拉入冰冷的深海。

不多时，我肺中的氧气渐渐耗尽。就在我即将窒息之时，乌麦的双唇堵住了我的嘴，一股温热的空气流入我的口鼻。不等我反应过来，下坠的趋势也陡然停止，我们朝着侧面游去。又游了片刻，我们上浮出水面。

我环顾四周，有微弱的灯光，宽阔的墙壁和黑色的穹顶，让我感觉十分熟悉，而墙壁间的物体让我备感震惊。一排排无比巨大的机械排布在水中，机械表面密布着无数细小的齿轮与活页。在海潮的拍打下，活页纷纷做着往复运动，仿佛巨龙正在抖动浑身的鳞片。所有的运动被传导聚集，最终传递至一根巨大无比的轮轴上，带动着远处的机器不断运动着。

此时的我仿佛巨人脚下的蚂蚁。机器发出的噪声让我顿时恍然大悟，曾经无数次带来梦魇的，所谓罗刹的魔音，其实是涨落潮时这些齿轮运动的声音。我也明白过来，这里是黑堤内部，它的高大不仅仅是为了抵挡海潮，更是为了安放这台机械巨龙。我的内心无比震撼，不仅因为面前恢宏而精密的机器，更因为我的家族世代值守黑堤，却从不清楚其中还有如此奥妙。

“这是海崖的能源命脉，潮汐发电机。”乌麦说道，“它从一开始就被先祖们安放在这里。”

我呆呆地看向周围，短时间经历了太多颠覆观念的信息，我一时间不知该如何是好。“现在你该相信我了吧？”乌麦道。

此时已由不得我不信。我点点头，想到她婚期将至，于是询问：“那下一步该怎么办？”

“你不要轻举妄动。我们没有船，而且现在只能收听却没法发出信息。所以我得回海崖去，找到能发出信号的机器，召唤他们来解救我们，解救所有人。”

脚下的水位开始升高，早潮开始了，这也意味着，黎明即将到来。

乌麦拉着我的胳膊，纵身跳入水中。她依旧紧紧抱着我，在水下快速游动。她仿佛是一尾游鱼，在水中有着得天独厚的优势，很快带着我浮出水面。

此时是黎明前最黑暗的时刻，乌麦却给了我无比的光明。我们依偎在雾气中，伴随着不断涨高的潮水，渐渐接近珊瑚丛的顶端。海水依旧冰冷，瘦弱的乌麦成了我唯一的温暖。我紧紧拥抱着她，令我惊讶的是，她没有任何抗拒，反而把脑袋凑近我的脖子。我的鼻腔里充斥着她的体味，温润的声音传进我的耳朵：“你喜欢我吗？”

“喜欢！”我心脏狂跳起来。

“真的吗？你愿意……”

“我愿意……”

不等我说完，乌麦的双唇再次堵住我的口，四肢同时将我环抱。我们的身体交织在一起，于寒冷中吞噬对方的温度，渴求对方的安抚和慰藉。

此刻的我重温了最初被海蛞蝓缠住脚踝时的感觉，湿润的黏液包裹着我冰冷的肌肤，仿佛要将我的肉体吞噬。此刻的我如同海浪中的一朵稻花，只想耗尽生命力去换取荼蘼。此刻的我们，两个截然不同的生命，疯狂地纠缠着对方，彻底融为了一体……

时间一天天过去。我用贝壳在石墙上记录，刻画最煎熬的时间。

那晚的温存过后，我再也没见过乌麦，她仿佛彻底消失了。我抑制不住内心的担忧，经常在噩梦中惊醒，而梦中全是她被畸形人侮辱的画面。

当我又一次在午夜惊醒，又一次走到窗前朝着海崖凝望，却突然察觉到了异常。一瞬间整个龙尾岛变得无比喧嚣，海崖上亮起刺目的灯光，照亮了整个村子。蛮人们冲下天梯，很快包围了落潮村，随后进入村子，似乎在进行着搜捕行动。

我立即想到，可能我的秘密已经暴露，他们正赶来取我性命。

亵渎女萨满的罪过，只会换来最严厉的惩罚。我几乎感觉到了火油淋在头顶的冰凉，于是抓起鱼叉，打算殊死一搏。

村子里响起叫骂声和哭声，接着闪起了火光，看来他们要抓的并不是我。正当我要走下黑堤，去村子里一看究竟时，却被突然出现的两个蛮人堵住去路。

“祭司有令，你待在原地。”说话的蛮人很年轻，看着我手里的鱼叉，他抬起了火枪，“这是什么？放下！”

我把鱼叉丢在一边：“发生了什么事？”

“不关你的事，守好你的灯塔就行！”另一名年长蛮人喝道。

面对他们的权威，我万般无奈，只能继续透过窗口观察。但眼前的一幕却让我惊呆了，村子里爆发了极其惨烈的冲突，原本温顺如绵羊的村民们，此刻成了凶狠的豺狼，利用地形优势疯狂反击。蛮人们渐渐不敌，最终陷入溃败。

面前的蛮人目睹这一切，年长者说道：“我们快走！”

“可是命令……”

“去他的命令吧！”年长蛮人丢下一句话，快速隐没在黑暗中。

战斗进入尾声，蛮人们丢盔弃甲，退回了天梯。村民们追击过去，却被海崖上的坚固防御打退，无奈他们放弃进攻，同时发现了正在堤坝上奔逃的年长蛮人，人们朝他拥去，很快人群便将他吞噬。

年轻蛮人此时意识到了危险，但他已经无路可逃。看着黑堤上的人群，他用枪挟持住我，对着窗外吼道：“都别过来！”

愤怒的村民冲过来，许多人带着伤，鲜血染红了破衣烂衫。他们嘶吼着，狰狞的面孔上带着憎恨与狠毒的表情，似乎恨不得将蛮人撕成碎片。

“谁过来我就打死他！”蛮人的声音开始颤抖，枪口顶住了我的脑袋。

我没有慌张，而是轻声安慰道：“别激动，我让他们放你走。”

我朝着人群摆手。出于尊敬，人群停下了脚步。很快他们让出一条路，小达斡从远处匆匆走来。他满身血迹，左臂被染红的布条吊在脖子上，似乎伤得不轻。

“你放开他，我们谈谈。”小达斡喊道。

“你让我走！”蛮人挥挥手枪示威。

“你放下枪，自己走就行。”小达斡回道。

“我……我不相信你。”蛮人的态度开始松动。

“那我做你的人质，送你上天梯。”小达斡说，“我受伤了，更好控制。”

蛮人沉默片刻，似乎接受了这个提议。随后他押着我走下灯塔。海崖将探照灯转向这边，监控着我们的行动。

“你转过身去！”蛮人指指小达斡。

“行。”小达斡侧过身，面向海崖的方向。

蛮人将我一把推开，伸手去抓小达斡的后背。就在这一瞬间，小达斡突然回过身，受伤的手中竟然多了一把小巧的手弩。伴随他的动作，蛮人丢掉手枪，双手捂着脖子朝后倒下。

“你干什么！”我立即俯身查看。蛮人的脖子上插着一枚珊瑚棘，我想替他捂住伤口，鲜血却从指缝里涌出，他正在快速死去。

“你说放他走的！”我怒吼。

“我放过他？谁来放过我们？”小达斡吼道，“林裁缝全家被打死了，李大夫被烧死了，小田的父母都死了。还有其他人，那些被折磨死的人，谁来放过他们？”

我沉默了，一个年轻的生命在我手里逝去，但在此之前，已经有无数生命消亡。海崖对村民的压迫由来已久，村民们终于到了爆发的时刻，这是无法消弭的仇恨，也许只能用鲜血才能洗刷。只是我不明白，这一切来得如此突然，是如何发生的。

“放弃幻想，准备战斗吧！”小达斡拍拍我的后背。

“你到底做了什么？”我疑惑地问，看着面前凶神恶煞的村民，我不知道他们为何会变成这样。

小达斡的脸上露出得意的笑，一个小盒子出现在他手中：“那天夜里我又去找过你，你人不在，我拿走了这个东西。后来我每天夜里都会上来，你却只在灯塔里发呆，从来没有觉察到我。现在我们已经知道一切真相，接下来，我们要拿回属于自己的东西！”

我瞬间明白了，那天我从外海回来后，发现收报机不见踪影，本以为是乌麦带走了，没想到却落到了小达斡手里。而他同样能翻译那些信息，此时村民们早就知晓了一切。

村子里传来呼喊声，竟是蛮人们又发动了攻击，不过很快就被打退，之后海崖上建起工事，进入了防守态势。小达斡轻蔑地看着这一切，对着面前的人群喊道：“拿起武器，战斗吧！”

村民们高声呼喊，随后在小达斡的带领下冲上天梯。但海崖着实易守难攻，几番对抗后，村民付出惨重代价，却没有任何战果，小达斡只能下令休战。

在村民们进行休整时，一轮红日在天际升起。这是本季度最后一次孤日，明天的冥雾海将进入双日下的汹涌期。同时今天也是大祭司的婚期，我不知道以现在的状况，婚礼还能否举行，我更希望婚礼延期，给我足够的时间，等我们攻上海崖，就可以救出乌麦。

潮水退去，村民们开始了忙碌的工作。小达斡负责指挥协调一切，他已经是落潮村的领袖。他安排人手收割海水稻，随后将稻米运回村子做饭。这一次，无须再向海崖进贡。

孩童们光着身子冲进稻田，踢倒光秃秃的稻茬，惊得鱼虾乱窜。小田指挥着跟班们，把鱼虾平均分给每一个人。

“快来人！”

稚嫩的呼喊声吸引了我的注意力。循声望去，坡底的珊瑚丛脚下，一个孩童正在朝这边招手。我登上栈桥，村民们已经围拢在珊瑚丛上。我分开人群，看见雾霭中有个白色影子正游过来，引得村民议论纷纷。

我纵身跳进海水，快速朝前游去，我有预感，那就是乌麦。随着距离接近，我看清了人影的面容，果然是她。她显得非常疲惫，我托住她的身体，将她拉回珊瑚丛，在村民的帮助下，我们很快脱离海面。

人们认出了乌麦，气氛立即紧张起来，小达斡问我："她怎么会在这里？"

"她不想嫁给大祭司。"我回答，"她一直想逃走，收报机就是她给我的。"

小达斡点点头，似乎他对此事已经有所了解，并没有说什么，而是招呼村民们继续忙碌。我抱着虚脱的乌麦回到灯塔中。我不知道她经历了什么，但现在，她已经脱离危险。此刻她最需要的是休息，我要守在她身边，不会让她再受到任何伤害。

此时小田在黑堤上朝我呼喊，告知海崖上派了人来谈判。

我匆匆回到村子，看见小达斡站在广场台阶上，居高临下地对着老莫说话："我有个更好的建议，你们投降，但我不保证你们都能活下来。"

"难道没有商量的余地了吗？"老莫表情严肃，"明天是怯日节，往后每天都有两个太阳，没有海崖的帮助，你们是挡不住海潮的。”

他说得没错，再过一天，冥雾海最暴虐的季节就开始了。

“我们不需要挡住海潮。”小达斡轻蔑地笑起来，“我们拥有大海。”

“不可以！”老莫大喊，“外海真的有罗刹，你们会送命的。”

“他们不会再相信你们了。”乌麦的声音传来，不知何时，她出现在了我的背后。

老莫猛然朝后退去，用颤抖的手指指向她：“魔鬼！罗刹！她在蛊惑你们。”

“我说过了，没有人会再相信你们了。”乌麦缓缓摇头。

老莫大吼着，仿佛真的见了鬼，在随从的拥护下落荒而逃，很快消失在天梯尽头。

小达斡走到我面前询问：“最近会有风暴吗？”

“我得回去仔细看看。”我转过身，拉着乌麦回到灯塔。我一边观察着天空，一边倾诉衷肠，询问她最近的遭遇。

“那都已经不重要了。”乌麦回答，“以后我们都自由了，可以在这里建立一个属于我们自己的国度。”

我点头赞同，此时任何话语都已多余。

天边的雾气被海风吹散，孤日正在徐徐落下。天空的另一边出现了云层，接下来两天内很可能会有暴雨。一旦风暴产生，在双日和双月的加持下，汹涌期的潮水也会无比猛烈，它会漫过黑堤，将落潮村变成一片泽国。

天色暗下来，海崖上的探照灯照得天梯亮如白昼，那是为了预防偷袭。村民们在灯光下继续忙碌，他们没有攻打海崖，而是在村子里不断拆毁房屋。无数木质材料被清理出来，重新修整改造。

看着忙碌的场面，我立即明白小达斡的用意。强攻海崖毫无胜算，只能改换思路，在风暴潮来临时放弃抵挡，将海水引入村子，然后乘着水面登上海崖。也许这是唯一可行的战术，但如果失败，村民们将会失去一切。

“我们会成功的。”乌麦依偎在我身侧，“我们会有属于自己的世界。”

我将她揽入怀中，我曾发誓要保护她。面对即将到来的战争，我会全力以赴，我不会让任何人从我手里将她夺走。

双日如约而至，两颗火红的太阳接连升起，渐渐爬上头顶。即便没有风暴，午潮仍会比温和期更大，至于是否大到能将我们送上海崖，目前还未可知。

村子里密布木筏，村民们严阵以待。小达斡看着晴朗的天空，露出了失望的表情。

我站在瞭望台上，却发现本应更加浓厚的云朵突然消失了，这太过反常。我回忆着父亲曾经教我的知识，试图解释这一现象，我抬头观察，突然想到了一个可能。

双日本应按照不同的轨迹划过天空，但今天，它们的距离渐渐接近。我想到了一种可能，一种极其罕见的天象，整个家族的口口传承中，只有某个曾祖碰到过一次。而它带来的破坏力，将极其可怖！

我飞快回到室内，快速敲响头顶的警钟，随后透过窗户朝外喊："合日！是合日！巨潮要来了！"

小达斡从我焦急的状态中读出意味，他大吼："所有人准备！"

我记得父亲曾经说过，合日的时候，天地都会变色，一切将变得极其危险。我回头对乌麦喊道："天要黑了，你待在这里别动！"

"天黑？为什么？"她困惑了。

"我没有见过合日，但我父亲说过，合日的时候世界会如地狱般黑暗……"话音未落，天空的变化说明了一切。双日合二为一的同时，圆圆的形状突然出现了一个缺口，似乎有什么东西正在遮挡它们。

"是日食！会产生大潮！"乌麦喊道，"这是个好机会！我去破坏潮汐发电机。"

说着她就离开灯塔，快速冲进外海。我虽不愿让她冒险，但已无法阻拦。天空迅速暗下，天边突现浓密的乌云，狂风裹挟着暴雨猛然袭来。浑浊汹涌的海水，此时已经不能称为海潮，而是海啸！

我抓起鱼叉冲下黑堤，加入村民的队伍。光明消失了，周围一片黑暗，龙尾岛仿佛堕入地狱。海水瞬间漫过黑堤，淹没了整个村子，木筏和小船在风雨中摇摆，朝着海崖漂去。

不断有人落入水中，有人大吼："抓稳了！"

声音被海潮吞没。我把鱼叉钉在木筏上，死死抱住以固定身体。刺目的光线亮起，是海崖上的探照灯。水位还在增加，我们渐渐接近海崖，但迎接我们的，却是蛮人手中的武器。

枪声接连响起，不断击中村民，尸体落入水中，很快消失无踪。小达斡大喊着："他们人员武器都有限，我们冲上去！"

"冲啊！"我身侧的小田大吼一声，高举鱼叉朝海崖跳去。却在一声枪响后，软绵绵地跌进水中。

"避开灯光！"我大吼着，但为时已晚。探照灯的光线所到之处，不断有人中弹倒下。

突然光线闪烁几下，随后周围彻底陷入黑暗。是乌麦得手了！我不由得心头一震。而此时，水位已经接近最高点，村民们嘶吼着跳下载具朝前游去。雨势越来越大，根本无法分清方向，所有人低着头，朝同一个方向冲去。

高潮的时间很短暂，我们得分秒必争。如果海平面下降，那将永远失去这次机会。我端起鱼叉攀上海崖，周围有火光，战斗已经演变成了肉搏，我努力分辨着敌我，却冷不防迎面出现一个黑洞洞的枪口。我下意识躲闪，虽然没有被击中，但另一记棍棒的重击却直接打在我的头顶。我无力地倒下，堕入了冰冷的海水。

迎接我的是下沉和窒息，在我即将失去意识时，有人托住了我的身体，带着我朝前游去。当我再次睁开双眼，我正躺在灯塔室的床上，钢叉被丢在我身边。乌麦站在我的面前，是她救了我。我顾不得头顶传来的剧痛，努力站起身。

“你受伤了，不要再去了。”乌麦伸手抚摸我的额头，虽然她的手掌冰凉，却给了我无尽的温暖。

“不行，我要去战斗。”我抓起钢叉喊道，“如果这次攻不上去，可能就永远没机会了。”

“我们已经胜利了。”乌麦突然笑了。

我走到窗前眺望，天空正在恢复正常，能见度在增加。远处的海崖上，战斗已经进入尾声。我却看见了令人惊异的一幕，人群中有许多光着身子的人——如果是人的话——他们的皮肤异常苍白，像鱼儿一样光滑，全身没有任何毛发，腋下肋骨的位置不断开合着，仿佛是鱼鳃正在呼吸。他们手中没有武器，却异常勇武，所到之处，敌人无不被利爪撕碎。

“还记得被烧死的人吗？”乌麦突然说道。

“你说的是伤寒病人？”我惊呼。

“是的，病人会不断变异，直至变成一种可以在海水中生活的新人类。那些失踪在海水里的人，也都成了他们的一员。”乌麦语气平淡地说着，“海崖为了维护统治，把他们污名化然后处死。然而这些所谓的‘魔鬼’，才是我们真正的未来。”

我瞬间明白过来，罗刹是真实存在的，只不过它们是变异后的人类。此时我突然想到，按照乌麦的说法，很快所有人都会成为这种新人类。我远远望向海崖，鱼人们正在打扫战场。

“这……怎么会这样……”我一时无法接受，“它们是人吗！”

“我们都是真正的人类，我们可以共同孕育后代。”乌麦解释，“也许我们是一个野蛮的种族，但我们，更适合生存。”

我听出她话中隐含的意思，脑袋顿时一阵眩晕，不由自主地举起了手中的钢叉：“你一直在骗我！”

“对不起！”乌麦点着头，“但是我真的需要你的帮助。”

说话间她扯开了自己的衣服，曾经象征地位的白色长袍被丢在地上，瘦弱的裸体呈现在我面前。在她两肋的位置，她的鳃正在张合着，而她的小腹微微隆起，显然已经怀有身孕。

“我确实利用了你。”乌麦抚摸着自己的肚子，“一切都是谎言。但我的感情是真实的！我爱着人类，爱着龙尾岛，一切都是真实的。我会生下这个孩子，他将是两种人类共同的结晶。”

灯塔外传来嘶吼声，我的目光转向窗外，双日已经恢复正常，雨势彻底停止，海上再次升起浓浓的迷雾。海崖上，结束战斗的鱼人们正朝着大海狂吼，仿佛是在庆祝胜利。同为胜利方的村民们却被吓住了，纷纷躲向远处。

几个鱼人出现在灯塔室门口，其中一人身形佝偻，显得十分苍老，胸口干瘪的乳房说明她是一个女性。她的面目与人类相似，只是五官已经变得模糊，她看着我，竟然露出了微笑，是一种欣慰的笑。

我不自觉地将鱼叉对准他们，但很快又垂下双手。他们的面目与我何其相似，他们就是我日夜思念的至亲骨肉啊！

“爸爸！爷爷，奶奶！”我的双手不住颤抖，终于手里的钢叉掉在地上，发出尖锐的声响。乌麦笑了，转身从灯塔的窗口跃出，乘着烟波钻进大海。亲人们也都笑起来，冲我招招手，随后都跳进雾海。

此刻的我早已热泪盈眶，我已经不想在意人鱼的区别，我只想和家人们团聚。突然我感觉肋下奇痒难忍，一瞬间我忘记了所有，内心只对大海充满着渴望。我毅然决然地冲出灯塔，一纵身跃出窗外。

此时此刻，我的知觉在发生着巨变，在飘忽的雾霭中，在海面下，我可以感知黑暗中的一切。海水是如此温暖，如同爱人的怀抱，我体察着亲人身上的味道，朝他们所在的方向游去。

前方是大海，是家园，是我们的国度。

逐日

式流迹／作品

他本可以忍受黑暗——如果他不曾见过光明。

科幻
硬阅读
DEEP READ
不求完美 追逐极致

◆1◆

夸父躺在黄泉柔软的河床上，静静地感受着这支庞大的地下水系从自己身旁涌过。

准确地说，这只是黄泉的一处浅滩，水深堪堪能没过夸父的耳廓。这里的水质倒是跟黄泉的主流一样清澈，清得一眼就能望到底。不远处的岩壁上附着一片光藻，发着莹莹绿光，轻柔地抚摸着夸父的面庞；被挤开的黑暗嫉妒似的笼罩着他的躯体，将他的隐匿。

就像他的每一位族人一样，他生于黑暗，他相信黑暗会给予他保护；他敬畏光亮，他认为光亮会带给他灾祸。

至少，从未有人意识到这有什么不对。

虽然这里有光亮，但还是静谧的、属于他一个人的黄泉更难得些。

已经退化得很小的耳廓内，夸父收集振动的器官微微颤动着，忠实地将水流的振动传给大脑。这里的水流不像主流那样湍急，也不像村口那样杂乱无章，是一种夸父几乎从未感受过的、规律而悦耳的旋律。

在他看来，这是在演奏一首乐曲。

那些规律而玄奥的，是主流的涡旋；那些微弱而渐次加重的，是生物的音律；那些低沉而肃穆的，是苦修者在河水中踏出的足迹；那些灵动而欢快的，是孩童于激动中尽情的嬉戏……

不过突然，这乐曲被空气中一阵尖锐、复杂的震颤打断了。夸父坐了起来，他知道那是他的父亲信在叫他。这并不是单独叫他，信是族长，他在召集族人集会。

真是难听的振动。在踏出黄泉前，夸父这样想到。

◆2◆

在无边无际的黑暗中，视觉早就失去了它应有的意义。于是夸父的族人们学会了感知“振动”，并利用“振动”进行交流。每个人都有一个特殊的频率，只要记住了频率，也就记住了他们。

在无边的黑暗与无尽的岁月中，他们不知道也不在意第一个能感知振动的人是如何出现的，他们只是模糊地认识到，那些无用的，早已消失在消化液里，或是葬身在黑暗带来的疯狂的毁灭中。

漫长的历史中，夸父的族人流传着十几条祖训，其中大部分都能帮助族人更好地生活，只有一条令人不明所以。

“光亮是不可窥探的。任何人都不得接触光藻以外的光源。”信对着聚集起来的族人们一字一句地说，“而如果你胆敢逾越高度的界限去窥探，那将被视为不可饶恕的亵渎，金乌的火焰会将你烧成灰烬。还好，芊冰，你并没有走到那一步。”

夸父站在父亲身侧，看守着那个逾越了祖训的族人。

柔和的振动响了起来：“光亮确实值得敬畏，但我们不该恐惧。”

“不，你应当恐惧。恐惧你应当恐惧的，这是勇气的表现之一。”

夸父感到，父亲手中的剑挥舞了起来，在芊冰的耳廓上留下了不深不浅的切痕。

“这是惩罚。再有下次，我便不得不主持‘断耳’了。”

窥探光亮者要被夺去听力——也就是摧毁其感受振动的器官，称为“断耳”。这并非祖训中的一条，但与祖训有着几乎同等的地位。夸父很清楚，被剥夺听力者无法在族群中生存，留给他们的只有两条路，或是被金乌之火烧成灰烬，或是在长久的疯狂后自行了断。

夸父偶然听记述者讲过，这是在一次触怒金乌后自保的手段。自那以后，无人在乎光亮。

信离开了，族人们也相继散去了，只有芊冰还站在原地。夸父

“听到”她正捂着伤口，血液顺着指缝滑落。

“为什么不走？”她的频率远没有之前听上去那么平静、冷淡。

“你为何不怀恐惧？”夸父反问道。

“追求真理之人不会恐惧未知。”不顾他的疑惑，芊冰继续说，“……可耻而可悲的远行者被流放于光亮之地。他们信仰毁灭，试图蛊惑善良的族人们追逐光亮——也即灾厄……”

“远行者最终将殁于光亮。”夸父接道。

“你不觉得奇怪吗？”

“我不会质疑祖训。”夸父答道，“违反祖训者要么死于疯狂，要么死于疯狂带来的毁灭。”

“违反祖训本身并不会招致某种可怕的灾厄，尤其是关于光亮的祖训——没人知道远行者究竟经历了什么。”

“你想说什么？”

“探索才可能带来真实，”她的振动带着几分意味深长，“我寻找到了来自流放地的光亮。”

◆3◆

苔藓与藻类让本就不易行走的路途变得更加“泥泞”。脚踏在上面发出的响声让夸父从鼓膜到耳蜗都感到极度不适。但他同时也感到一股莫名的动力在驱动着自己。村落中的生活是一成不变的，一代代人不停地重复，一眼望不到尽头。随着计时者翻动沙漏，逝者如斯，这里就如琥珀中的飞蝇，凝固于时间轴上。

而现在，晶莹的琥珀终于松动了一些。

“还要走吗？”

“马上就到了。”

夸父微微张着嘴，发出自己的振动，再以他物的回馈来观察他物。他们已经远离了村子，甚至远离了黄泉，走在一条更为干燥的甬道里。随着两人在甬道中前进，光藻和苔藓正变得越来越少。

“你并不是个逾越之人，为何想要知道光亮的秘密？”

“好奇。”

“好奇吗……”她有些意味深长地念叨。

“你难道不是吗？”

芊冰没有回答，只是沉默地向前走。不知过了多久，她突然站定：“我们到了。”

夸父立即提升了振动的强度，试图从这空无一物的甬道中发现什么，但他显然没有成功。

“把眼睛睁开。”

“眼……什么？”

夸父感到两只柔软的肢体在自己的脸上摸索，撑开了什么。

“我们并不是一直生活在黑暗中的。”

起初还只有一团朦胧的光，像是最温柔的水流所发出的振动；随后一股夸父从未清楚感受过的信号涌入脑海，奇谲而震撼。他认为自己所感受过的振动不能形容其万一，自己所体验的最奇特的感受不及其分毫。

他看到了光。

“眼是我们的感光器官，只不过长期生活在无光的环境中，让我们记不得如何使用它了而已。”

芊冰的手放下了，夸父调动起自己几乎从没有用过的肌肉支撑着眼皮。

“这就说明，我们曾一直生活在光亮之中。”

夸父沉默着，用沉默表达自己的震惊。良久，当他眼前所见终于不再是一片混沌的光团后，他第一次看清了自己生活的地方——

岩壁封闭了所有方向，其上攀爬着灰黑或蓝紫的苔藓，还有无穷无尽的黑暗填充着光亮之外的地方，只有顶上的岩层裂开了一道缝，明亮而温暖的光从中钻出，将附近的区域化为祂的领域……

“你似乎并不惧怕光亮？”

“我难道应该惧怕吗？”

半明半暗中，芊冰好像笑了一下。

“不应该，当然不应该。”

“这里离地面很近，”芊冰向那道光幕走去，指了指岩缝道，“地质活动在岩层上开了条口子，直通地表。”

“地什么的……你又开始说听不懂的话了。”

“或许吧！但我相信有一天总有人会听懂的。”芊冰抬起了手，似乎想抱住那道光亮，“当我们回到地表，拥抱光亮而非永处黑暗，探索未知而非故步自封的时候，该是怎样一幅景象啊……”

夸父没再说什么。他能说什么呢？

◆4◆

夸父第一次觉得，处于黑暗中竟能如此的煎熬。

他记得芊冰对他讲过，作为外部的一部分，地表充斥着更加明亮耀眼的光，而非光藻散发出的可怜的荧光。他没由来地觉得，自己的族群不应只能生活在黑暗里，即便地表未必就是合适的新地。

他躺进那个浅滩，却发觉溪水的乐曲再也无法使他平静。偶然的光亮给夸父十几万个小时浑浑噩噩的生命带来了清明。他现在感觉自己一个小时也过不下去以前的日子了。他本可以忍受黑暗——如果他不曾见过光明。

他去问了信。

“黑暗是我们唯一的归宿。”信这样回答道。

“任何逾越和好奇都是危险的，你不该再这样下去。”信还这样补充道。

他知道父亲只是遵照祖训，但祖训只会叫人缩回阴影之中。这显然是不可忍受的。

于是，夸父做出了决定——他要到地表去。

“听着，这可不比之前的逾越之举，”芊冰的振动听起来很焦急，“‘地表因光亮过盛而无法居住’并非耸人听闻。况且，要是被发现的话，你会被处死的。即便你是族长的孩子，他也一定会下手的。”

“没关系。相比在黑暗中死去，我宁愿拥抱金乌的火焰。”

“我对地表的理解还很肤浅，对外部更是如此。我无法保证你会见到什么，有可能是遍布桃林的理想乡，但也有可能是光铸的炼狱……”

她的振动越来越弱，直至沉默。良久，她叹了口气：“……好吧，我带你去。”

她肃穆地走着，就像在送一位赴死的壮士。

“远行者长居于外部，如果你真遇到死局，不要勉强。”芊冰最后嘱咐道。即便她也知道以外部的广大，遇到远行者有多难。

“我知道了。”

夸父拄着手杖，站定在通往“上面”的甬道口。

他将踏出黑暗，挑战光亮所统御的外部。

他带着足够消耗三天的食物和水，做好了再也回不来的准备。甬道中是寂静的。大地沉默着，黑暗凝聚为祂的眼，全方位地注视着这个敢于拥抱光明的逾越者，一点一点地抽走他的气力。夸父脚下的地面逐渐变得干燥，空气含着迎面而来的粗砺，隐隐的热风吹拂在他脸上。他睁开眼，却发觉周遭仍一片漆黑，仿佛大地正蛊惑着他重归黑暗。

在冗长的行走中，被消磨的不仅是气力，还有耐心与野心。夸父不止一次想要扔下手杖，退回潮湿冰冷的村庄，但他忍住了。

终于，在他几乎耗尽补给时，他找到了出口。

那像是一面普通的石墙，但缝隙里却透着炙热的光。热风从中穿出，几乎要点着夸父从未接触过阳光的皮肤。他收起一路上的疲惫，肃穆地走上前去，放下手杖，用尽全身力气去推它。有奇怪的振动响了起来，像是钢铁的交鸣。在这股振动中，他推开了“石墙”。

倾泄进来的是无尽的光亮。

即便在洞口都能感到它的炙热，夸父还是坚定地走了上去。然后，在他拥抱光亮的一刹那，所有迟疑和犹豫都烟消云散。他用尽全力睁开眼睛，第一次“观察”着世界。

这是怎样震撼的景象啊！一切都笼罩在光亮之下。蔚蓝与淡紫向目光的尽头延伸，沙砾同黄尘在辉光中分毫毕现。虽然并不是每处都像先祖之书描述得那样美好，这里只有戈壁与荒原，但那耀眼的光亮是真实的。

对夸父来说，这就足够了。

他着了魔般向外面走去，任由炙热的光芒深深地刺痛了每一寸暴露在外的肌肤，焦灼的空气灼烧着他正忘我呼吸的气管和肺。

他见到了祂。

祂是这里最耀眼的物体，高悬于天顶之上；祂也是这里所有光亮的来源，所有美丽与丑恶都不会被遮掩分毫。

夸父闭上了开始流泪酸痛的眼睛。即便祂的光芒耀眼到无法直视，夸父却将那一眼所看到的深深地印在了脑海里。他不停地观察、痛苦地闭眼、再观察、再痛苦地闭眼……突然，他发现祂似乎没有原来那么高了：祂要落下去了。

为了不失去光亮，夸父产生了一股无法控制的欲望——追逐祂。

他抬起了因为疼痛几乎无法动弹的双腿，越走越快，最后挥舞起同样疼痛的双臂，奔跑了起来。

在尽情的奔跑中，他忘记了四肢的伤痛，只是竭尽所能地挥舞四肢。他高叫着、狂吼着，向着光亮倾诉着他的激情与追求，向着太阳的方向不停地奔跑，就像神话中的巨人一样，散发出生命的光亮。

但他毕竟不是神话中的巨人。他的双腿挥动得越来越慢、幅度越来越小，脚底的伤口血已流干；他的双臂经过了长久的炙烤，几乎失去了与躯干的联系；他的喉咙在高温与振动中被摧毁，再也发不出一点声响；他的眼只能看见一片白芒，最后从他那又夺走了光亮。

他感到炙热的感觉正在减弱，便焦急地强行驱动着双腿，双腿却再也使不出一丝力气。残破的躯体扬起一阵尘土，夸父无力地倒下了。

他用尽最后一丝气力转过身来，在夕阳中发出断断续续的怒吼，留下自己的不甘、愤怒与遗憾。他感到生机正在从身体中散去，一切都结束了。

在他昏迷的时候，他露出了满足与释然的微笑。

◆5◆

……

无边无际的朦胧的光笼罩着他，眼皮上的血管让淡黄的光变得有些红。夸父感觉自己的意识被当作麻线拧成了一股粗绳，紧绷而疼痛。就这样过了似乎无限长也无限短的一段时间，他挣扎着睁开眼睛，便立即被无比明亮的光刺激得立马闭上。他以为太阳又回来了，便下意识地迈步跑了起来。随即便传来腰部的疼痛与大小不一的物体落地的震动。他伸出右臂，撑住了干燥得不寻常的墙壁，强撑着张开的眼睛泪流不止。

良久，他的眼睛慢慢适应了这光亮，便再次感到了与芊冰一起看到那处洞穴时的震撼。

地面与洞穴内壁都被某种材料包裹，光滑而整洁，似乎与信的那柄流传下来的“剑”相一致；同样材质的桌椅除了那个被他撞翻的，井然有序地列在一起，上面有许多瓶瓶罐罐和一些他看不出来有什么作用的仪器；顶部的光源可与太阳媲美，却不似太阳光的粗粝，祂的光既不冰冷也不温暖，仅仅只是照着，令人除光亮外毫无感觉。

他慢慢走了进去。“剑”的材质虽然冰冷，却比沙砾更加柔和。夸父将被他撞翻的桌子扶正，将掉在地上的物体一一捡起、观察。这都是些分了许多层却在一端连在一起的奇怪物品，里面画着的奇怪图案密密麻麻，他看了很久才发觉这并不是某种奇怪的藻类或苔藓。

夸父尽量放轻脚步，向里走去，没由来地怕惊动了什么。这里的陈设虽然整洁，却感觉已经荒废很久，夸父感觉自己像在一只死去的巨兽的食道中前进。但不出意外地，什么也没有发生。“食道”的尽头是一间没有任何特点的房间，一张没有任何特点的桌子，上面放着一个本身就可以称为特点的、能被夸父一手握住的物体。

所以，夸父遵循着自己的好奇，握了上去。

起初，什么感觉也没有，夸父只是感觉这东西的手感极为奇怪，不似“剑”，不似苔藓，不似他所接触过的任何东西。突然，他感到食指传来一阵刺痛，便条件反射地松开了那东西，似乎有根针带着血迹缩了回去。

正当他如临大敌地盯着这个奇怪的东西时，一阵熟悉的振动传了出来。

“你好，我的族人。”

夸父惊疑不定地寻找声源。

“我没有恶意，不用太过紧张，这个小东西只是采集了一些你的血液样本，对你来说不算什么。”

他这才发现是这个“小东西”在讲话。不知是“他乡遇故知”的惊喜，还是对于“这个声音就是远行者”的猜想，他用一连串的问题回应这股振动。“你是谁？”“你是不是远行者？”“这是哪儿？”“你是怎么与我通话的？”……

这些问题“小东西”都没有回答，而是自顾自地说着话。夸父这才明白跟自己说话的并不是远行者，而是眼前这个机器。

“你能来到这儿，说明你拥有着令人赞叹的好奇与勇气。哦，对了，忘记自我介绍了，名字嘛……你就叫我‘烛阴’吧！按照族人们的说法，我是一名‘远行者’——说得难听些，就是流放者。不过，我们更愿意自称为‘逐日者’，因为，顾名思义，我们永远在追逐太阳。

“抱歉我没有时间来仔细讲述我们的故事，但还是请你听一听吧！

“我原来也和我们的族人一样，身处不见天日的洞穴，过着一眼望得到头的人生——即便到了现在，大多数族人应该也还是这样吧？但不一样的是，我的时代还没有‘不准接触光亮’的禁令。浑浑噩噩的日子一直持续到了其他‘逐日者’的到来，他们向我们展示了光亮的存在，并说，想要追寻光亮的存在，就去‘地表’找他们吧，然后便很快离开了。当时的族长在将信将疑中让我和另外两人前去探查。这趟旅途终止于发现阳光的存在——另外两人惊慌失措地跑了回去，摔出的伤口让他们死于感染。”

夸父想到了信对族人们的训诫，这个“案例”他几乎能倒背如流，但现在听到的却不大一样。

“既然你到了这里，想必也知道了：根本没有什么会将人烧成灰烬的‘金乌’，那只不过是族人的恐惧所构筑的虚幻物而已。

“我找到了逐日者，并加入了他们。我也从他们那里得知了历史的真相——我们的祖先来自一个非常遥远的地方，他们的移民船坠毁在了这里。一部分人因强烈的紫外线辐射逃入不见天日的地下，剩下的人留在了移民船的废墟里坚守文明的成果。随着设备的老化，这些人不得不分散开来去寻找能够生存的地方。

“于是，他们以太阳为向导，在合适的地方建立哨站、种下植被，以期有一日再次建立繁荣的文明。这就是初代逐日者们的事业，也是我们的事业。

“族人对于光亮的恐惧是非理性的，他们之中甚至很多人一生都未曾见过光亮……

“现在，拿着通话器，走出去看看吧！要知道，光亮，可不是太阳独有。”

夸父还沉浸在烛阴刚才的话里，愣了许久才按照烛阴说的拿起通信器，向着外面走去。

他现在并不惧怕太阳——追逐光亮者怎会害怕最为光亮的事物呢？

但踏出这整洁的洞穴的一刻，夸父知道，自己想错了。

有那么一瞬间，夸父以为自己又回到了族群的洞穴里，广阔的漆黑再次笼罩了他。不过他很快发现，这“漆黑”并不纯粹。于是他抬起头，第一次仰望星空。

这是多么璀璨而美丽的光亮啊，远比太阳粗粝的光更加“明亮”；星光柔和地将自身洒向大地，令其上的一切都黯然失色；群星的排列是最天才的音乐家都作不出的奏鸣曲，星云的身姿是最疯狂的画家都画不出的写意画。

“美吧？这就是逐日者们能看到的光亮。”

小东西发出悦耳的振动，说道。

◆6◆

太阳回到了天空，重新遮蔽了星空。洞穴里的照明灯已自动熄灭，一道金黄的日光向内缓缓移动。

“啊，时间快到了，我们要出发了。如果你想加入我们的话，就踏上逐日的旅途吧！”

昨天逐日者的话语犹在耳旁，在思考了整整一夜后，夸父决定追寻逐日者们的脚步。

“在整备室的隔间里有足够数量的制式防护服——一件贴身

内衬与一件白袍。防护服可保护你免受阳光的折磨并在一定程度上保障你不会死于脱水。记住，虽然太阳光不会直接杀死你，但长期的照射也会让你变得半死不活甚至死亡。不用担心尺寸，你穿上后防护服会自动调节。”

夸父稍有惊讶地体会着防护服的体感，他知道，他接下来的人生的大部分时间都要穿着它。

“最后一个柜子里有专用背包，走之前去储藏室拿些补给品吧，不要拿多也不要拿少了。就是那些一管一管的营养液，虽然味道不怎么样，但它能为你的身体提供庞大的能量与水分。”

这些被称作“营养液”的东西夸父昨天就尝过，说实话，并不比食用藻类难吃到哪去。

“记得带上建筑模块，就是那些正方体，能带多少带多少，只要一个就可以建起一座哨站。”

这些黑色的、带有奇怪纹理的正方体很沉，夸父最多能背三个。

“最后，去挑一根手杖。里面装有一些耐旱植物的繁殖体以及其生长所需的营养液，如果你在旅途中找到了合适的地方就种下它们吧！”

夸父站在洞穴的门口，将手伸进阳光中。强烈的照射仍让他的皮肤感到疼痛。握拳，收手，他回头看了看这个只待了一晚的哨站，莫名有些伤感。他知道，他可能回不到这里了。

“你确定你想好了吗？你走进了光亮，再想回到阴影里可就难喽！很多逐日者都是死在他们的旅途中的。”

他又想到了他的族人，信、芊冰以及每一个他记住的频率。

“请牢记我们的初衷，我们并不是要抛弃那些蜷缩在地底的同伴。我们只不过认为，继续蜷缩地底是自取灭亡罢了。逐日者在旅途与探索中所依仗的不仅是我们的好奇心和探索欲，更是重建文明的责任。但你也知道，光用语言说服我们的族人是很难的。所以我们选择用行动向他们证明。当无数的哨站汇聚成雄伟都城之日，当逐日者们的牺牲和坚持终于再次建成文明时，你或你的后代便可回到族群，向他们展示我们所创造的新世界了。

“当然，或许在你离开不久后就会出现新的逐日者，想为他留下些什么吗？”

我已准备好为我们伟大的事业牺牲一切。

“为了族人……不，为了所有人。”

夸父将这张他画了一夜的纸条放在了那张他拿到通信器的桌子上。他又向着那个房间回望了一眼，掂了掂沉重的背包，挥了挥轻盈的手杖，便头也不回地向光亮中走去。

和神撞了技能点

朱莉／作品

这个星球只有我，或许，我可以做点

创世主该做的，偶尔充当一下神的角色也不错，

比如，搞出一个小生命。

科 幻
硬阅读
DEEP READ
不求完美 追逐极致

◆1◆

六月二日凌晨五点三十分，五号床患者表现出明显的出血倾向，并在数十分钟内不可逆地进展到休克衰竭期。在七点半交班之前，五号床出现顽固性室颤[①]，经紧急抢救无效，宣布临床死亡。

安琴心情差到了极点。她把染着患者体液的无菌服扔到医疗垃圾袋里，默不作声地补着病历和死亡报告。在写到“死亡原因”时，她忽然意识到，这已经是这个月的第三个了。起病急骤，恶化迅速，预后不良，都暗示着它可能不是换季流感那么简单。

她把患者症状传到内部交流网站上，居然发现上面已经有了数十个由各个医疗中心同僚上传的相似病例。

病例多表现为急性起病，高热伴有寒战，存在意识障碍及血凝异常，但因为患者普遍病程极短，所有已知病例都于十二小时内死

① 恶性心律失常。

亡，目前没有看出有典型的特征性体征。

安琴把交流区往上翻了几页，第一个求助帖是三十小时之前发出的，那时交流区里还没有其他人见过类似病例。也就不到一天半的时间，仅仅是交流区里的感染人数就已经从零涨到超过三位数。安琴瞬间紧张起来，她是这个大区里第一个接触到这种疾病的，但摆明了这是一种暂时未知的烈性传染病，并且在以一种恐怖的速度蔓延。

目前病原体及传播方式未知，但她没有犹豫太久，还是将情况上报给了院感科[①]。

◆2◆

“东八区时间二九九六年十一月九日，问天二号计划圆满收官。该项计划旨在对距离地球 32.9 光年的恒星域展开科研探查，这是人类历史上足迹最远的地方。阿尔法号光荣完成使命，后续考虑回收，届时将于国家科教中心公开展览。”

尹杰将新闻调成静音。他放下碗筷，正色对妻子说道：“我有一件事情需要告诉你，很重要。”

妻子愣了愣，也说道：“我也有一件很重要的事，想和你说。”

① 医院里控制管理院内感染的职能科室。

尹杰略一沉默，之后将手一让："你先。"

"我怀孕了。"妻子低着头，看不出是高兴，又或是其他什么情绪，"以后几个月，你……"

"我想，我只能说抱歉。"一阵沉默后，尹杰说道，"这次我没有办法给你一个确切的时间，你要做好我这次再也回不来的准备。"

妻子了然地点了点头。她甚至没有问这次是去哪里，又是什么任务。地外空间站属于保密单位，她不能问，尹杰也不会说。她苦笑了一声，看着投影上的画面，将话题引到不那么严肃的方向："32.9 光年 —— 再往前几百年，我们还没有出太阳系呢，现在这么远，已经是在探测范围的边缘了吧？"

尹杰走到她身旁，在她眉心落下轻轻一吻。"生下这个孩子吧！对不起，我休假结束了。"

◆3◆

如果不是检测到大量 119 号元素存在的痕迹，那里也许只是阿尔法号航程的过客。一颗极其荒凉的小行星而已，它甚至不能被归在恒星系里，就像太阳系被踢出去的第九行星，冰冷又孤寂。

可就在几天前，据在科塔尔星近轨的飞行器报告，它“看”到了质子数大于Og[①]的元素——它捕捉到一种高能粒子的衰变，是衰变的中间产物之一。也许这不是来自119号元素，但理论上，原子序数越大的元素，往往越不稳定，也更容易衰变产生强放射性。

无论从哪个角度来说，它都是比铀和钚更适合成为核能的载体。

阿尔法号原本的目标是总星系以外，但现在它被命令采集数份岩石样本，然后回到太阳系内的基地。

对样本进行初步分析的工作交给尹杰负责的南门二同步基地。在准备与阿尔法号对接的前一天，尹杰提前回到实验室，偌大的实验室里只剩下他一人。舷窗外是茫茫的黑色，深不见底。

他遣散了这座空间站里所有的研究员，他很清楚这次要面对的是什么。119号元素是在地面上存在不会超过千分之一秒的元素，至少目前为止，它只在实验室里以原子态出现过，尚不存在宏观意义上的“实体”。没人敢说它会有怎样的理化性质，甚至不敢保证它一定遵循现行的相对论效应，万一实验中出现任何意外，能给他和空间站留具全尸都算上帝最后的仁慈。

雷达屏幕的边缘，东偏南二十一度十九分的位置多出一点信号。对方多次规律地传出特定信号波，说明自己的身份，请求与南门二基地对接。

① 118号元素。

◆4◆

送进急诊的病人呈几何倍数增长，在送检结果出来之前，急诊只能给予常规治疗，靠着机器吊生命体征。

那些病人都没有来得及等到检验报告。样本被送去了不同的检测单位，其中也包括中心基地的最高生物实验室，但没有人能找到病原体。

短短十二天，不到两周的时间，局势隐隐有了失控的趋势。从十天前起，类似病例全部交由传染科，全部留守医务人员全面配备最高等级生物防护服，二号楼其他科室全部撤出；七天前，各科室开始抽派人手支援远程参与传染科会诊；三天前，医院的太平间开始强制要求其他死因的死者转出，专门接收传染科死者并统一无害化处理，绝不允许家属自行安葬。

传染科的人大约知道一些内情。因为找不出传染源，传播途径始终未知，基地用的是最笨的办法：强制要求所有人不得与其他人接触，实现所有传播途径的完全隔断，每户配发戊二醛，居住环境必须全面消杀。但与此同时，百分之百的死亡率、极强的传播能力、迟迟无法给出的定论，一切也给了基地莫大的压力，让他们不敢轻易给公众一个“烈性传染病”的结论。

现在的结果就是，基地卫生部门什么都没说，任由外界舆论发酵。只是很默契地，虽然质疑声音遍地都是，但在行动上，公众普遍选择配合基地，谁都不想把自己送进某个医疗中心的传染科。

各个医疗中心的传染科都独占了一栋楼，甚至是一个独立的院区。比起医院，那里更像是一座坟。在进去之前，他们就已经和外面的世界见了最后一面，而进去之后，里面的空气里弥漫着酒精和苯扎溴铵的味道，和紧张的并不具体的硝烟气息。

“去甲 400 毫克静推，西地兰还有吗？”

“二床上激素，一支不行上十二支，别管行不行冲上去稳住再说别的。”

“不行，血压根本吊不住……还有血浆吗？Rh 阴 O 型缺 400！”

“呼末[①]不行……重症的体外循环能不能给六号床上？”

“行，有指征就上……”科主任叶行一把捞住经过的安琴，咳了一声，“你过来。”

安琴一脸疑惑。“怎么？”她看了眼监护室的方向，问道，“出结果了？”

叶行并没有给出她期待中的回答，只是说道：“一号床现在指

① 呼吸末二氧化碳含量，与动脉二氧化碳分压存在显著相关性，是呼吸功能的重要检测指标。

标还好，可以考虑上冬眠疗法。”

“好。”

“深低温。”叶行又说道，“短时不一定会有脑损伤，我的建议是试试。”

他说的是建议，安琴听到的是命令。

安琴想了想，说：“好。”

“还有，”他叫住了打算回去的安琴，补充道，“先上替用浆，缺口太大考虑四氯化碳灌流，辅助机械通气。”

这并不符合任何一版的指南[①]，但安琴还是说道：“明白。”

叶行略一点头，说：“我可以做你的第一个试验品。”

“但是……”安琴心里并没有底，人的血液不只是血红蛋白在携氧，还有参与酸碱平衡、免疫、营养等一系列的生理活动，四氯化碳只能运氧。但不等她问，叶行就被其他同事喊去抢救危重病人了。

“呼吸机！气管镜在谁那儿？”

“来了！”安琴随手抄起器械盘，奔向走廊另一边的监护室。

---

① 医生治疗时用作参考的操作规范。

◆5◆

叶行是第一个把自己折腾进去的。医疗中心为其增派了不少医疗机器人，但已经不允许其他医护前往支援，传染楼里只剩下几个同为“易感群体”的医护苦苦支撑。

汹涌而来的褐红色遍布视野，被生命监控和机械运转的声音催着换药抢救，他们没了产生情绪的时间，甚至已经无力到麻木。

留守的医护中很大一部分不是原本传染科的医生，而是从急诊或是呼内[①]过来，或是曾无防护接触过病例的当值医护。所有人都清楚，只要这东西无解，他们就不可能从二号楼里出来。

送进来的病人越来越多，也陆续表现出明显的止凝血机制障碍的症状。这些病人大多存在血管内溶血，红细胞破坏严重，自体血回输都不可能。各个传染科的用血缺口都很大，但所有血库却十分一致地表示献血人少，血供紧张，仅剩的备血需要优先供其他科和手术室。

谁都没有明说，但言外之意很明显：传染科的人都是很快要死的，别那么浪费。

挂上最后一袋浓缩红细胞后，同事换下连续当值近三十五小时

① 呼吸内科。

的安琴。回到休息室，她犹豫再三，按照叶行的意思请示科室："我们打算从明天开始对患者进行四氯化碳灌流，用来替代血液供氧，希望你们基地给予物资支持。"

视频连线的对面是她曾经的同学，老同学被她惊得直接拍了桌子。"四氯化碳？！你疯了？不知道有监控啊？！到时候家属一告……"

"你也知道有监控？"想起刚才病房里的一片混乱，安琴冷冰冰地堵了回去，"就说，不灌就死，问他们签不签同意书。"

对面沉默几秒，明显是把什么话咽了回去。安琴以为他会同意时，对方说："就像签了同意书能活一样，左右都是死，明显不合规的操作，别给自己惹一身骚。"

安琴指着自己，说："现在我过来是要求物资，所有的医疗行为都是我们独立完成，追责也是找的我们，"她有意无意地看向身后，说道，"很大概率我们也会被传上，交待在这里。到时候医疗中心会全面接手这里的机器人医生，它们的诊疗行为才是和医疗中心扯不开的，不是吗？"

"说吧，"对面使劲抹了把为数不多的头发，问道，"需要多少？"

"两百个病人，按每人 4 000cc 算，留出十个人的备用量。"

"……一期临床都没做过。"对方小声嘀咕了一句，之后又和安琴确认道，"你确定出事与中心无关？生理盐水还需要吗？"

"我去问……"安琴下意识想说"我去问问叶老大"，却在话出口前猛然想起，现在要靠她自己拿主意了，“常规量吧！”她忽然有些无助。像是在北大西洋里浮着，永远碰不到底，水漫过胸口，压抑得喘不过气。她挂断通话，之后自嘲地一笑。叶行怎么敢的？四氯化碳灌流连大规模动物实验都没批，说是动物保护协会认为属于虐杀，打算上门闹事。

现在好吗，等于把活体身上没做过的实验直接应用在人体上了。

她不确定这样能不能救回一个两个，但她很确定，四氯化碳具有肝肾多脏器毒性，导致肝硬化、肾衰竭、神经功能退行性改变都是正常情况，差不多救回来也等于废了。

更何况，电解质难溶于有机物，低钾低氯低钙一样会要人命。

值班室的通信器开始疯狂地响，安琴接起来，小年轻在通信耳麦那边急得语无伦次，甚至带了哭腔：“安姐怎么回事，上面说没说是什么病，为什么一个都拉不回来？”

“没呢！”

“不是 RNA 裸病毒吗，为什么广谱抗病毒完全没用啊？！它不是抵抗能力差吗？！为什么……十分钟，再按十分钟回不来再说……该死的！”

安琴沉默着挂断了通信，小年轻后面的半句话显然不是对她说的。

又有一个人没救回来。

◆6◆

“你好，先生。”

对接舱门缓缓打开，里面走出一名气质温雅的男子。他半长及肩的头发微微卷着，穿着一身稍显宽松的衬衫，干净笔挺，看起来不像是基地执行任务的宇航员，反倒像花钱星际旅游的富家公子。

尹杰锁了锁眉，还是出于礼貌伸出了手：“南门二基地，尹杰。”

“这就自报家门了啊！”对面轻笑了一声，忽视伸过来的手，优哉游哉地右手抚胸，行了中古世纪的骑士礼，“称我为科塔尔吧，科塔尔——”他曼声吟着那三个字，又悠悠说道，“这样就好。”

尹杰不无尴尬地收回手。科塔尔站在他面前，微笑着将右手摊开，冷白色的手心里趴着一团软塌塌的黑褐色。

在尹杰不明所以的注视下，那团东西动了动，自顾自地沿着纤细修长的手指向前挪去，直到越过科塔尔的指尖，“啪”地一声掉在地上。

“这是什么？”

“唔，不知道，不过我叫它黑团子。”科塔尔歪头笑笑，从地上揪起那团反着光的黑褐色物体，十分慈爱地摸了摸，把尹杰看得一阵皱眉。

他落在黑团子身上的目光全是警惕。“它是外星生命吗？”他同样警惕地看向科塔尔，又问道，“有没有检查过，存不存在生物威胁？”

“我也不知道，不过如果有的话——”科塔尔挑起眼皮，露出一个恶趣味的笑，“猜猜看，我是什么？”

尹杰强压住自己试图拔枪的冲动。眼前的科塔尔和小黑团都没有显示出攻击倾向，而它划过的地板还是完好的，舱内辐射监测也没有提示报警，说明黑团子本身不具备腐蚀性或放射性。至少目前，他没有理由先行对一个没表现出威胁的生命体动手。

他深吸一口气，冷声说道：“实验室里都是精密仪器，如果你一定要带着它，最好拿个什么东西把它装起来。”

“哦，好——”科塔尔从容地笑笑，自己从实验台上拿了棉签和试管，熟练地带上丁腈手套，从黑团身上轻轻刮取着生物样本，不急不缓地说道，“基地的规矩我懂，不过我倒是好奇，他们真的还敢派人来南门二吗？”

“所欲有甚于生，自然有人会来。”

“哦……这个是液氮冰箱吗？”科塔尔指着门边的小型立柜问。在得到肯定的答案后，他将试管放进冰箱，这才将黑团放进口袋，转而从手提文件包里拿出红标加密的铅盒，缓慢轻放在实验台上，手指慢慢叩着机关，“你应该知道这里面有什么。怎么样，要现在打开吗？”

“岩石样本，主要是 119 号元素。”不知怎么，尹杰忽然有种很不好的预感，他一把扣住科塔尔的手，另一只手已经摸上了腰间的配枪。他看向科塔尔缓慢蠕动的口袋，“难道都是你那个东西？”

“我还不至于开那么大的玩笑。”像是听到了什么笑话，科塔尔噗地一乐，轻咳一声，很快恢复正色道，“不过，里面究竟是 119 号元素，还是其他什么未知，或者根本就是已知元素，我可不敢保证，谁能确定它会不会衰变呢？”

“阿尔法号检测到的半衰期是九百三十七天。”尹杰将配枪下了保险，淡淡说道，“这次航程只有六百天，剩余量应该不至于太低。”

“是吗？”科塔尔斜靠在实验台上，一副半笑不笑的模样。他抚着那只黑团子，像是随口一问，“那千分之一秒的数据呢，谁给的？”

他玩世不恭的态度让尹杰有些不适，尹杰皱了皱眉，说道：“地面。”

科塔尔不假掩饰地嗤笑一声。“他们果然还是那样。”他拍拍尹杰的肩，摆出与年龄极其不符的老前辈的模样，“我以前不是这个专业，也不懂那么多，东西给你带过来了，你慢慢做，我先下班了。”

尹杰看着他和自己擦身而过，竟没来由地愣了两秒。本着没有下班就没有加班的宗旨，在南门二的几年里，他都快忘了“下班”这个词是什么意思了。

◆7◆

距离标本起运还有一段时间，科塔尔就在南门二基地住了下来。随着和他接触的加深，尹杰反而越来越摸不清他的底。他凭直觉嗅到了危险的气味，而在理性思考之后，他将这种危险归因于那只不知所谓的软体动物。虽然科塔尔给他的感觉也绝非一个正常的基地工作人员，但作为独自执行长时间深空作业的宇航员，性格古怪点倒也算正常。

尹杰有意无意地观察着科塔尔的举动，不经意间就和科塔尔对上了视线。

“半衰期和核素的能量有关，如果怕保存不当，你可以试试给它加点条件。”科塔尔穿着实验服，逗弄着从衣兜里探出半截的软体宠物，笑眯眯地，有一句没一句地说着，“比如场力。”

尹杰应了一声，错眼看见那只黑团子顺着科塔尔的手，不紧不缓地往实验桌上爬。“你把那东西拿走。”尹杰瞪着他，“不然我拿硫酸给你烧了。”

科塔尔对他好脾气地笑笑。“它又没有恶意，倒是你，也太暴躁了。”他挑了挑尾音，反而把油光瓦亮的小东西往尹杰旁边凑，

“你要不要摸摸，手感还不错。”

尹杰没理他，自顾自地在瓶子里倒入盐酸，又拧开了浓硝酸的盖子，冷冷问道：“没完了？”

科塔尔收起小东西，一手搭上了尹杰的肩，一脸的云淡风轻：“你想配王水吗？放心，它死不了。”

尹杰看向他：“不，泼你。”

科塔尔像是没听见，自言自语般说道：“它可比水熊虫顽强多了，这点信心还是要有的。”

“有多顽强？”尹杰随口问道，“能抗住五百个大气压？”

科塔尔拎着黑团子往尹杰面前晃，回道：“至少五百G的压力吧！”

尹杰挡开他的手，问他：“你知不知道五百G是什么概念？”

“不知道，都说了我又不是学这个的。”科塔尔说得理直气壮，还不忘补上一句，“我只知道，熵越小越趋近于增大，等地球方来拿的时候，”他指着标本箱笑笑，说，“恐怕就真的只剩下岩石了。”

“岩石就够了。地球方不会带119号元素回去，那对于他们来说太危险了。”

“危险？”科塔尔歪头笑笑，像是在思考他的话，之后眉眼弯弯地看向尹杰，有些轻佻的意味，“他们喜欢有把握的危险，尤其是让别人危险。”他说道，“这不就是武器存在的价值吗？”

尹杰没来由得一阵窘迫。“武器？”他尽量让自己的语气像是反问，冷冷说道，“地球只需要武器吗，那核电站呢？”

科塔尔很轻地笑了一声，语气平淡道：“能量系数太高的物质不适合被控制，它就该张扬，把一切朽败挫骨扬灰。”

“我冒昧问一句，你专业是什么？”尹杰看他假文艺的样子就觉得好笑，边加着试剂，一边问道，“哲学还是文学？”

“编程，也会修修电子——停！”

他的语气骤然紧张。尹杰手上动作一顿，回头颇为奇怪地看向科塔尔，奇怪道：“怎么了？”

“它不能接触有机溶剂，会反应。”科塔尔在离他一步之遥的地方，一把夺过试管，冰冷的瞳孔让尹杰有一瞬的胆寒，他冷声说道，“它已经衰变产生铯了，金属性反应能让你换个脑袋。”

“谢谢。”尹杰略一点头，随口问道，“你觉得这里面还有多少的 119 号元素？”

“没了。它现在就是块没有用的岩石，”科塔尔带着丁腈手套，摸过被采样的岩石，随手抛起，又稳稳地接回了掌心，“让地球方带走吧！”他把玩着那块红褐色的石头，悠悠说道：“反正他们永远把忠诚和透明奉为圭臬，就算你说没用了，他们也总要放在自己面前看着。”

尹杰“呵呵”一乐：“你对基地敌意很大？”

“也说不上敌意，下个月十号起运，就是说……”像是想到了什么好玩的事，科塔尔笑得让尹杰莫名其妙。

“什……唔！”

像是有什么东西在近距离爆炸，伴着掀来的气流，实验室里只剩刺眼的白光。手里的试管早就被人夺走，天翻地覆间，他和未固定的仪器被一同掴起，又狠狠砸向地面，温凉的柔软覆盖住他的身体，除了试剂的浓烈气味，他还闻到了一阵甜腥。

白光一闪而逝，所幸实验室规范要求极严，还不至于一地狼藉。科塔尔随手推开尹杰，尹杰缓了缓，摸向自己的后颈，摸到一手的滑腻，但那里并没有伤口。科塔尔的视线里多出一条连成线的红色，他随手摸了一把，是从额角滴下来的血。肩胛处似乎也有被撕扯的伤口，伴随动作而来的疼痛无比真实。

“你右肩……”

科塔尔随手抹了血，冷笑着，一脸的嘲讽：“我说，尹主任是第一天管实验室吗？”

◆8◆

四氯化碳打入体内，替代破碎的红细胞执行运氧功能，因为患者的白细胞缺失，病房按照无菌仓标准消杀，同时依靠长链有机酸碱盐维持平衡。

灌流从重症开始，患者的反应普遍很大。这种外来的化学物质对机体是强刺激，所有的组织器官都拒绝和它相融。

安琴给机械医生下着指令："四号床胸穿，发生喉头水肿时气切，氧流速往下调到二，注意二氧化碳潴留。"

看着有机液体进入人体，置换出鲜红色的血，病床上的叶行面色灰白，全身插着各类导管，连着床旁监护，皮肤上随处是半凝的血痂，在机械的帮助下费力地呼吸，一点没有以前天塌下来叶主任顶的影子。

小师弟犹豫着几次想中断灌洗。"真的要换吗，"他问，"不会肝衰肾衰？"

安琴抿着唇，说："肯定会，但管不了那么多，透析机先上着吧，怎么都能顶几……顶一阵。"她想说"顶几年"，但那是要活过这几天之后的事了。

“都几……师姐！快！”

发绀和抽搐都是突然的。病人的血压一下子降到40/60，间停呼吸，心跳直接测不出。

“穿心包！”安琴以标准速度按压着叶行的胸骨中下，血性液体从气管插管中喷出，她的半个视野都变成了褐红的颜色。

她想得没错，心包大量积液填塞，心脏被液体压着动弹不得。小师弟将针头刺入胸壁和心包膜，抽出50毫升的淡粉色液体。

心电图抖了抖，抬出一小段的杂乱波形。安琴心中骂了自己一声，看来非游离态的钾钙不能快速被利用，心脏在短时间内发生纤颤，然后停搏。

“静推！”

“洋地黄还……”

“氯化钾！”

小师弟愣在那儿没动。

“氯化钾心包静推①！”她下意识地说了以前叶行的口头禅，“出事算我的！”

小师弟吸了一针氯化钾，用他能控制的最慢的速度往里推。心

① 这在目前是违规操作！氯化钾只能静脉滴注，静滴要缓慢！

电图立刻有了反应，只是没有 P 波[1]，全是耸起的 T 波。

心脏还有反应！

他赶紧拔针，试图通过电击除颤把正常节律找回来。叶行的前胸随着电击大幅度地弹起又摔下。几次之后，心室夺获的势头终于被压了下去。但不等他们松一口气，心电图的波形又开始有了失控的趋势。

又颤。顽固性的。

安琴拿过除颤，小师弟在她电击之后立刻继续按压，但其实已经没用了。T 波落下后，曲线抬回基线，然后无论怎么按压，心电图上毫无起伏的线都没有给他们一丝机会。

“不可以，您听得见吗，不可以，不可以！”

叶行没有半点回应，心电图上甚至不愿意给一个无意义的 Q 波。

小师弟咬着牙，从喉口迸出一声怒喝，像极了几近崩溃的悲鸣。

安琴扯开了小师弟。“就这样吧！”二十分钟了，安琴知道，一切都过去了。

小师弟被扯得一个趔趄，在原地呆站了几秒。

安琴说：“都……”

“你在做什么！”他一把把安琴搡得踉跄几步，一拳砸在她耳边的墙上，“你这是杀人！杀人知道吗？叶主任不是你的试验体！”

① 心房除极，是一个心动周期里的第一个波。

透过护目镜的雾气，她直视着和自己正对的方向，然后推开了师弟，问道："还有别的办法吗？"

小师弟一怔。

"既然没有其他办法，试不试验又怎么样呢？"安琴说，"你不会认为我们现在还有一期二期的时间吧？"

她数着一百五以上的心跳，尽量装出一副理智淡漠的样子，默不作声地收好器械，用命令的语气说道："继续灌流。总有人能活下来，这是唯一可能的办法。"

◆9◆

"南门二运回的标本里发现不明生物，现在高致死出血热病毒的裸RNA链和不明生物体分泌出的代谢物高度相似，但我们控制不住，我们根本无法让它失活，它可能就不是地球上……"

"好了。"对面直接打断了他，"尽快确定，然后解决问题。在此之前不要引起不必要的恐慌。"

这听上去很正确，但到了这个时候，也仅仅是让一部分人恐慌，还是所有人一起恐慌的问题。基地最高病原微生物实验中心及总部医疗中心病理科联合给出了一份内部报告，白纸黑字写着：该病毒符合无组织嗜性特点。

没有组织嗜性，意味着它可以感染几乎所有有核细胞，除了成熟红细胞及成熟角质层上皮细胞，连同血脑屏障、血睾屏障、血胎盘屏障在内，没有什么不在它的攻击范围之内。

这已经不是一盆冷水了，而是一座冰山当头砸了下来。

所有人都沉默了。人的代偿其实很可怕。无论是作为有机体的人体本身，还是用尸骸堆出来的医学与科技，都做好了只要不被一招致命，就能让人后发制胜的准备。更何况三年一个小流行，十年一个大流行，基地中心见过的病毒多了，无论是哪个科、哪个属的病毒，他们都能在最短的时间内给出相对正确的指南，最短几个月后就可以将相应疫苗投入批产。

只要有了疫苗，大趋势就算止住了。

但这次，代表着最高检测能力、最高行业权威的机构直接给了准话：无解。

医疗中心的传染科提前交给被远程操控的机器医生，幸存的医护暂时休息。上面给的话是：反正都一样，再拼命也一样，还不如休息。

休息室里开着视频通话，上面答应里面所有医护，可以带他们再去看看想见的地方和人，隔着虚拟与现实的距离，好好和外面道个别。

没有什么好道别的，安琴想，她已经忘了这是在二号楼里的第几天，也忘了最开始这里有多少人。

只是走廊里没人喊她拿药插管抢救，只剩下有条不紊的机械运作声，病房里病人无意识的呻吟在某个时刻中断。她还是会有恍然。

每一个持续按压，但再也抬不起来的P波都像一层薄茧，磨得多了，下方的皮肤还是有感觉，但再在同一个地方摩擦，也没有多明显的疼痛了。

“获得性全缺陷。”安琴重复着他们给出的论断，这个词让她有些耳熟，她问道，“那不是……”

对面的老同学甚至没敢看她，佯装找资料，说道：“艾滋只感染CD4，可以在淋巴滤泡繁殖。但全缺陷不是！它感染所有的白细胞、淋巴细胞，甚至髓系干细胞。体液和细胞免疫都没了。”

“体液传播……”安琴苦笑着摇头，“不可能，体液不可能那么快，这里面肯定有问题。”

“是有问题，这玩意儿它就没有特异组织嗜性。”对面暗暗咬牙，冷笑几声，然后逐渐变得暴躁，“老子以前以为冠状病毒够狠了，上走呼吸道下走消化道，飞沫粪口占全了，这玩意儿算是给我开了眼了，怎么满身乱窜，从胶质细胞到小胶质细胞[①]，从视乳头到乳头肌一个不放过是吧？”

---

① 小胶质细胞属于单核－巨噬细胞，起源中胚层胶质细胞神经组织中除神经元以外的另一大类细胞，主要有支持、营养等作用，属于神经细胞，起源外胚层。

“等等……”安琴想说，大哥您冷静点。

对面一挥手：“说是不能干细胞移植，没办法了。”

安琴把后面的话咽了回去。

两边都安静了几分钟，对方使劲抹了把脸，沉声说道：“如果其他组织都在破坏，免疫应答越强，人死得越快。”他出神地看着天花板，苦笑着说道，“炎症风暴。自体免疫比病毒还厉害——”他粗重地透了口气，又说道，“红细胞没有细胞核，但它们逃不过疯掉的免疫系统啊？”

“那怎么办？”安琴问道，“无解吗？”

“没事的。”对方苦笑一声，说道，“大家都一样，恐怕谁也跑不了。”

安琴冷冷看他，“你管这叫‘没事的’。”她说，“不患寡患不均是用在这种地方的吗？”

“现在我宁愿不均。”对方“啧”了一声，冷笑着说道，“现在隔离保护很完备。如果能找出最原始的自然宿主，现在的病人死亡之后，这事儿也就消了。”

“但是找不到。”安琴深吸一口气，似乎知道了他想说什么。

“对。现在地面九十多亿人口，时间还长着呢！实在不行等全地面人都死光了，让他们火星、南门那些基地的人回来呗！”他说着，往椅背里一仰，“妈的。”

◆10◆

把样本交回地面后，尹杰有了短暂的休假，但这其实没什么必要，因为与此同时，上面同样给了尹杰暂时留守的命令。至于科塔尔，尹杰不觉得这人当值和休假有什么区别。

科塔尔手里拿着平板，在值班室里小口小口地品着尹杰之前从地面带的速溶饮料。

尹杰看着乐不可支的家伙，从他手里拿过吸管:“你不怕呛死？”

“他们可真是太逗了。”科塔尔拿着平板在尹杰面前晃了晃，顺便把自己的杯子拿了回来，“是你朋友吗，怎么这么好玩呢？”

尹杰看到简讯上加了三个红色签，这意味着它是一封加急信，而送往基地的加急信通常不会有什么小事。不过简讯是发到平板上的，没走基地系统，应该不会是样本……他一个激灵，突然想起自己身怀有孕的妻子。

尹杰从他手里抽过平板，仔细看时，上面却是那团黑色不明生物的高清特写照片，下面是一行字：

“它是什么！！！死不了吗！！！”

“科塔尔。”尹杰把平板放回桌面，“你的黑团子跑了。”

科塔尔点头，扬了扬自己的手腕，露出有一个黑色的小桃花的记号：“没关系的，下次回地球，我再把它喊回来就好。”

尹杰坐到他对面，再一次拿走他的饮料。“你不是说它很友好吗？”他皮笑肉不笑地问道，“解释一下，为什么地面这么急于把它弄死？”

科塔尔眨眨眼，忽然看似无辜地一笑。“这个吗……一个怎么都弄不死的生命体是对他们的挑衅，毕竟人吗，随便弄弄就死了。”科塔尔往后一仰，换了个更为放松的姿势，“不平衡嘛，这很正常的。”

“科塔尔？”

科塔尔歪着头轻笑。“你和它接触那么久，要有危险你不早没了？”

第二封简讯在这时传了过来，科塔尔灵巧地一探身，抢在尹杰之前拿走了平板，但只是扫了一眼，便悠悠地跷起二郎腿，吐出一句：“语句不顺，还有错别字，语音转换的吧？”

他并没有要还回去的意思，而是嗤笑一声，不紧不慢，字正腔圆地读道：“这个东西基因里有病毒，不到半年死了几千万人，马上就要过亿，再这么下去没完没了了——了了？”他往后退开半米距离，继续道，“——哦，‘liao，le’——一直找不出天然宿主，昨天发现，你这个东西里有一样的病毒，它每时每刻都在生产病毒，它是个移动的病毒库，飞沫传得到处都是，什么容器都关不住，没办法杀了它吗？高温、高压、绞碎、强酸、强碱都不行，这是个什么玩意儿啊？你知不知道它生活在什么环境，它在什么地方没有分布？快点，快点，快点。”

儿化音和口语化音被他一字一句地读着，怎么听怎么别扭。读完简讯，他还不忘点评道：“不过很可惜，恐怕他们真的不能拿它怎样。”他抬起头，正对上尹杰冷冰冰的眼神。

“科塔尔。”尹杰冷冷说道，“很显然，你的团子闯祸了。我不管你和基地有什么矛盾，不该由百姓承受后果的。”

“我知道啊！”科塔尔眨了眨眼，明明温文尔雅，却格外令人火大，“可它是自己跑出去的，又关我什么事呢？”

“它是你带过来……”

“所以我应该保护它。”尹杰话未说完，科塔尔便无缝衔接道，“不过现在看来，它似乎不需要我的保护哦！”

“你要为它闯的祸负责！”不知道为什么，那句“你应该杀了它”已经到了嘴边，尹杰却怎么都说不出口。

“你希望我怎么做呢？”科塔尔狡黠地笑笑，很直接地问道，“杀了它吗？”

“……”尹杰想说是，但他说不出口。小黑团没什么攻击性，至少在空间站，它只是一个让人随便摸的黑团子。

科塔尔又问："它又做错了什么？它是吃人了，还是搞破坏了？更何况一旦在种族的层面上，好像也无分对错。"

他站起身走到尹杰旁边，一手轻搭在尹杰的肩上，说道："地面，或者说，整个人类不也是一样？为了自己生活，其他的生命体也都不重要了，不是吗？"他轻轻摇头，示意尹杰不要急于反驳，继续道，"你想想是不是——在族群的层面上，其实无分对错？自然就是这样的，捕食者活，就会有被捕食者死。人类站在生物链的最高端，万物为人所用也是对的。但如果还有种族能威胁人类的生命，人类与它抗衡，鱼死网破也不能说谁错。"

"对。"尹杰狠狠透了口气，"但我是人类，你也是。"

科塔尔不置可否地点了点头，问他："那能说明什么呢，说明人类有'必须存在'的必要？"

"你！"

"我？"科塔尔疑惑地看着他，慢慢地品着那些字词，"人，人类。当你说出人类的时候，你就已经把他们等同于猿猴，或者蝼蚁了。只有界门纲目之下的分法，才会出一个'类'，不是吗？"

尹杰被他一噎，半晌，他说："那我们回地球，把它带回来养着行不行？！"

"急什么。"科塔尔轻轻一笑，"你觉得你还回得去吗？我们都是黑团子的密切接触者，你猜猜他们会不会让潜在携带者回去？"他歪歪头，又似笑非笑道，"那可是行走的播种机哦！"

尹杰一把扳过他的肩："那你就看着那么多人去死？几亿几千万不只是一个数字而已，那都是活生生的人命，活生生的有说有笑的人，就没了？"

科塔尔一个踉跄，他双手举起，看似狼狈，却笑得绅士——皮笑肉不笑的表情像是一个专门用来嘲讽什么的面具。粉红色的渗液从裂开的伤口中漫出，尹杰松开手，使劲吞了口唾沫，强行让自己平静下来。他从桌子下面拿出医药包，沉着脸替科塔尔重新包扎。

科塔尔全程盯着他，突然说："我还挺羡慕你的。"

尹杰冷哼一声，没什么好气地问道："羡慕什么？"

"人是社会关系的总和。"科塔尔望着舷窗外的黑色，喃喃说道，"对我而言，你是唯一的、完全的人。如果条件放宽一点，团子也算半个，其他的只能叫人类，都不是我认为的人。或许他们眼中的我也是这样，我是另外一个独立的物种，和已知人类都不一样。不像你，你在地球，还有很多朋友和家人吧？"

"所以呢？"尹杰明显是刻意压抑后的平稳，显得干巴巴的，"我有父母，有妻子，还有没出生的孩子。但我注定是要看着他们永远离开，在那个时候，恐怕就轮到我羡慕你了。"

科塔尔掰下他的手。尹杰和他错身站着，谁都没有说话，也没有动作，休息室里只剩下不算均匀的呼吸声，在一点一点被静谧的空间放大。

"所以你想杀了它。"科塔尔说，"哪怕放眼宇宙维度，也只有人类的命才是命，对吗？”

尹杰苦笑一声：“我从没想过杀害什么。它是无辜的，几十亿的人类也一样无辜，他们是有血有肉的生命，会疼痛，会流血，会绝望。黑团子对我们是个灾难，我只想阻止灾难的。”

科塔尔略一怔，他侧身看向尹杰，忽然就笑了。“别说什么‘我们’吧，”科塔尔要笑不笑地说着，语气却格外冰冷，“你是人，却不能代表人类。你只是你，一个个体而已。如果可以放弃南门二来换取地球地面的安全，如果他们有的选，你猜，他们会怎么做？”

“会牺牲我。”尹杰毫不犹豫地答道。

科塔尔说道：“无论是不是自愿的。”

他话音落下的瞬间，尹杰说：“一定是。”

“那是你。”

“无论是谁。”尹杰也看向科塔尔，视线对撞着，他很平淡地说道，“无论是谁，文明总要比个体来得重要。南门二有应急艇，如果真到那一步，我可以保证你是安全的。”

“地球至少还有五十亿人。”科塔尔望着身后的深空，声音幽幽的，像从另一颗星球飘来，“我帮你，仅此一次。给我点时间。”

◆11◆

科塔尔回到阿尔法号，之后将连接舱手动锁死，里面发生的一切都与尹杰无关。

尹杰其实也顾不上科塔尔的动作，他的私人账号里永远有读不完的信件，内容大抵都和那个黑团子有关，或谩骂或恳请，甚至还有妻子发来的求救——妻子算得上他的软肋，他父母早亡，妻子和孩子就是他最后的亲人。

只是如今隔着几光年的距离，恐怕就真的是“天人两隔”。

连接舱的增压门从外部开启，科塔尔从阿尔法号中回来，还持着中世纪贵族般的矜贵，对尹杰说道：“我需要接通和地面的视频，我必须监督整个过程。”

尹杰照做了。由于南门二距离过远，远程视频有几分钟的信号延迟。三个摄像头对着小小的黑色软体生物，全方位地展现出它的实时状态。在画面里，黑团子不停地舞动着，身体柔软地伸长缩短，翻来拧去，表现出异乎寻常的活泼。

尹杰暗暗看向科塔尔。他知道，那或许不是活泼，只是将死的、痛苦而无力的挣扎。

科塔尔没什么多余的表示，只是忽然说了一句："很像。"

"什么？"

科塔尔却没再应声。几分钟后，它终于安静下来，趴在地上，身体似乎融化为液体。慢慢地，那摊黑色的非牛顿流体样物居然汇成一个桃花的形状。再之后，它的身体开始破碎，最后在镜头的记录下消失不见。

它在几分钟前已经死了，只是信号的延迟仿佛为它延续了几分钟的生命。科塔尔笑了笑，用湿巾擦去了自己手腕的标记，关上了视频通话。尹杰这才看见，科塔尔的手腕处也有一个类似的桃花印记。

科塔尔问："事情结束了吗？"

他依旧是温和微笑的表情，此时却让尹杰不敢直面，也无法回答。尹杰按着科塔尔的肩，低着头，半晌沉声说了一句："谢谢。"

"没什么。"科塔尔说着，从桌子上抄起自己的私人平板。平板里有他的个人日记，他本以为尹杰应该看过的。"没看过？"不同于工作日志，日记本应该是很私密的东西，但科塔尔就把它明晃晃地放在平板的桌面页上，甚至连平板密码都没有设置。他笑了笑，问道："你有没有什么想知道的？"

尹杰抿了抿唇，问道："你刚才说——'很像'？什么很像？"

"它和人类很像，我和你很像。我眼里的人类就像你看到的它。他们的挣扎求生都与我无关。恐惧和绝望都是他们的，我只觉得热闹。”科塔尔说得云淡风轻，“但是文明不该这么灭亡的，仅此而已。还有别的问题吗？”

尹杰默默点头，又摇了摇头。这位没有职称的同事——或许还能称为“同事”的中年男子是他永远无法理解的。

科塔尔的东西很少，带过来的除了那个黑团子，就只有一本台历和私人平板。他很不见外地把平板扔在公共区域，告诉尹杰：“都是些以前专业的东西，随便看。”

尹杰没有窥看他人个人物品的习惯，但科塔尔的表现过于反常。无论是那个不知来历的黑团子、看似随性而不严谨的性格、和体格并不相称的身体素质，还是无意透露出的专业素质，都指向他并不简单。他们年龄应当是相近的，但尹杰从没听说过他，这种所有能力图谱近似六边形的年轻人也不应该执行这种相当于被流放、可能终其一生无法被回收的任务。

“结束了。”科塔尔将日记放在桌面上，笑了笑，“随便看吧，反正一切都结束了，我也不需要了。”

南门二基地的任务只剩下单纯的“原地待命”。出于好奇和无聊，尹杰在完成检修后随手拿起了那本日记。错愕之中，他终于明白为什么自己永远无法看透科塔尔。那个人拥有一个他自己的世界，那里的混沌不是任何人能够染指的。

◆12◆

“黑洞的反义词是白洞，是因为黑的对立是白。但黑洞原本指的是足够强的引力场，连光都无法逃逸，那么白洞呢，它是哪个意义上的‘黑的对立’？是能放出被黑洞吞噬的东西，还是说，它是由反物质构成的黑洞呢？如果是进入白洞，我们是会湮灭，还是会到达另一个反世界呢？我不知道，也没人知道，所有的推理公式落不到实践，它永远不会是一个逻辑闭环。打破它的办法只有一个，我去找到它。

“我疯了。对，成本太高，但那又怎样？如果最后得利的期望值大于目前给出的成本，有疯子敢试，就有呆子敢拍板。我的档案应该在今天被销毁，我再也不是郝骐，从此之后，‘郝骐’查无此人。那么问题来了，之后的我是谁呢，探索者吗，那不是一千年前的火星探测飞船吗？

“离地球越来越远了，那些太阳系基地早就看不见了。人真是厉害啊，从天圆地方，到现在敢去试宇宙的锋芒。这就对了，我们可是熵减到极限的文明体，我们不该把矛头指向同类的。这片星河太过静寂纯粹，它才应该是被利刃撕开的帷幕啊！

“这里不会再有来自地球的信号了，这说明我终于走得够远了，远到与世隔绝，没有任何人可以给我一个定位，也没有任何方向可言。雷达嘛，倒是可以告诉我周围有没有搞偷袭的小彗星。我会很孤独吧？但也无所谓，如果我什么都发现不了，碌碌一生比什么都可怕，如果我真的能触碰到白洞的奥秘，我会留下痕迹指引后来人，一切都是有意义的。

“如果不是航速表的度数，谁能知道它是不是停下来了？这里只有黑暗。大前天，前天和昨天，永远一样。但今天不一样，我发现了一颗很好看的星球，我希望那是一个恒星系，如果它有行星，也许我会在那里停留一段时间，我想看看浅蓝色的日出，那一定很美。

“我的天！上帝！ 119 号元素的半衰期长达三分钟！三分钟！三分钟！仪器没坏！一切都是正常的！三分钟！信号是稳定的！三分钟！几千倍！这里是白洞吗！是吧！至少是边缘！干得漂亮！！！

“我关上了动力系统，被引力拉扯着靠近一颗行星。在没有靠得足够近之前，谁能看出来那是个有实体的东西啊？这是传说中的暗物质？幸亏反推启动快，变成脸刹可不好。不过这里浅蓝的日出的确很美。我靠着嶙峋山石，看着清澈汪洋从地平线漫过，所及之处是足以告慰黑暗的安宁温柔。有个这样的太阳，也算不错。

“我竟然出不去了？引力很强嘛！不过在我能探测到的地方，119 号元素的半衰期变成了九百天。这里还不是核心，核心是什么样的呢？我一定要去看看。不是说我是永无止境的好奇嘛，那就永无止境。

“没想到，我没有时间了——我的时钟坏了，我彻底没有了计时的工具。好像就是这个时候，我才猛然觉得也许我需要用什么来记录一下时间。我只剩下一本到八月十九的日历，但我感觉从地球离开肯定不止几个月。但无所谓，就这样吧！从今天起，我不碰它，它自己掉一页就算一天……我不会真疯了吧？这儿只有我，我是和一本日历在自己的日记本里约定什么呢？我一定是疯了。

“这里是白洞，我还活着。这至少能说明白洞不是反物质，它是相对安全的。我离它的秘密很近了吧？不过我要怎么把这里的情况传回地球，我不知道，但我有的是时间慢慢想。

“人到底是群居动物。群居，动物。这个星球只有我，或许，我可以做点创世主该做的——偶尔充当一下神的角色也不错——比如，搞出一个小生命。看来专业还是不能忘，虽然一个学生都没招收过，但毕竟是‘我的’——我开的专业。

“素材还是没带全，只能就地取材了。一定是这里的原材料有问题，我可不想承认是我自己手生了。三维生物的基因编码还是和虚拟软件有点出入。我弄出来的这是个什么玩意儿，怎么那么丑，还是个软不拉几的，好像一坨黑黢黢的大鼻涕。它是有智能……的吧？明明是我编辑出来的东西，我居然对它的特性不确定了。

“看着这个总喜欢往我身上粘的家伙，我有点怕啊！我不会也变成这样吧？毕竟改造我自己也需要用到和它一样的材料。我承认是我不擅长创新，至少我现在更不希望是这里的东西有问题。

“其实它还……挺可爱的。嗯，它能听懂人话，这就很好。我和它一起看了日出，再看着那汪浅蓝沉入永夜——真的，永夜。这里的昼夜差得很长，我甚至怀疑是不是夜晚是常态，日出只是偶然。它趴在我的手心，软软的，毫无防备。很神奇，一摊鼻涕虫而已，没有语言，没有表情，也谈不上什么肢体，可我能感受到它对我的依赖和信任。

“我用岩石在手腕上画了一朵桃花，它对那里的岩石有特殊的感应能力，这是我编在它基因里的特性。我对它说，这是我们的暗号，以后无论你去哪儿，我都带你回家。它顺着我的小臂挪下来，摊在那朵桃花上，变成了立体的黑色花朵。

“九月十一。日历上是这么写的——这是我的时间。在这颗只有我的星球上，我有自己定义的时间，自己创造的生命，自己的文明和规则，这是我自己的世界。我现在越来越懒得思考，和黑团子一起数星星也是挺惬意的事，我给这颗星球取了个名字，叫科塔尔吧！也许它会是埋葬我灵魂的地方。

“十月中旬了。飞船的各个系统都有点年久失修的意思了。我一个搞生物编程的，终究还是要做电子设备的维修。不过话说回来，我为什么要让他们知道白洞呢？这里很安静，它不应该被人打扰的。人类的进步不能以其他族群的牺牲为代价，生命都是平等的，哪怕是鼻涕虫，也在爱着这个世界——是被这个世界爱着，虽然这个世界只有我。它怎么那么不长记性呢？幸亏不是天然体，我给它的基因程序里参考了水熊虫和炭疽杆菌，否则它早没了。也或许这颗星球对它的附属者格外宽容。我不确定，我现在依旧有点后怕。我在想，我以前想着横刀立马向外开疆拓土，是不是太自私了？也不对，现在的我还是自私的，或许只是立场不同了？

“我该阻止他们的。我必须要阻止他们。扩张很有可能意味着灭亡。我忽然在想，或许没有谁可以在触碰规则制定者的情况下存活吧！既然我可以创造出意识生命体，人类……也未必不是被创造出来的。可怕的是，我们永远不知道是谁制定了我们的规则，界限在哪里更不好说。谜题太多了，就像我现在可能在白洞的中心，但我找不到任何我以前以为能走得通的路。到了北极，就哪里都是南了。

“它好像很喜欢趴在那朵桃花上，要不然……起名就叫桃花？算了，还是黑团子吧，贱名好养活。飞船提示有什么东西正在靠近，如果它不是又出了故障，对面应该是基地的飞行器。他们还是找过来了，不容易。我告诉它别进来，进来就出不去了。不过我也不太清楚，为什么现在我的小破飞船能出去。难道是因为我们身上都融进了这个星球的元素，它融在基因里，永远抹不开了吗？

“很好！很好！好得很！他们要求我采集岩石样本，我懂基地的意思，或者是稳定存在的核燃料，或者是触碰白洞的界限，就和……最开始那个我一样。这里的时间流速不同，天知道他们的科技进步到哪里了。说实在的，我期待着他们挑开那层幕布，后面是瘟疫天灾我都喜闻乐见。朝闻道而夕死可矣，这是我，但也许也只是我。

“他们需要 119 号元素做研究，听说基地只留了一个三十多岁的年轻人。我看了他实验室的内网，果然，他们想搞出替代铀的核武。但是 119 号元素的半衰期只有千分之一秒，他们能得到一盒铯就算不错。

“地面开始有大规模的传染病，无法控制，死亡率百分之百，听说和黑团子有关？我不该笑，但我很开心，因为这意味着我们碰到了规则，而规则，和科塔尔星有关。地面和这里是有时间差的，所谓传染病和黑团子没关系，我对我自己作品的安全性还是有把握的，对，安全性。我很对不起它，为了防止可能出现的失控情况，我在它的基因里编入了完全崩裂的 BUG。我看见了他们的邮件，全缺陷，高传染性，无组织嗜性，那不是所谓裸病毒能做到的。或许唯一的可能就是规则，我们碰到了什么，所以也被启动了人类基因里的 BUG，就像我答应了那个年轻人，要杀死黑团子一样，人类也被规则启动了基因里的 BUG，那是无解的。

“当我知道黑团子的脱落物具有和‘全缺陷病毒’一样的序列时，我大约能猜到人类的 BUG 是什么。因为参考了多物种的编写方式，所有 DNA 内切酶①都容易在复制时自身成环。实在没办法，我打算弃用常规的蛋白质酶改用核酶，对，是和‘全缺陷病毒’一样的序列，特异性切割非编码序列，产生原序列片段的同时导致 snRNA、lnRNA 等非编码 RNA 活性异常，无法进行或错误进行多肽链的识别及修饰，导致细胞产物异常表达，所以自然没有组织嗜性。我只是一直在想，它是通过怎样的方式启动的这个 BUG？直到从‘你’

① 在核酸水解酶中，为可水解分子链内部磷酸二酯键生成寡核苷酸的酶。

身上拿到了现在人类的生物检材，我似乎明白了一些。这段包含三百九十个碱基的短链 RNA 里只要错一个碱基，就不具备对人类的生物毒性。我真的无法前推到第一个碱基发生突变的时间，或许是第一次大规模核排放，或许是别的什么。可千里之堤溃于蚁穴，一旦溃了，看到的就是一泻千里，没有人会看到蚁穴。所谓‘全缺陷病毒’应当有一个慢性的演进过程，只是当它变成他们电镜下看到的样子时，接下来就只有多米诺骨牌式的崩塌了，那的确很快。”

最后一篇日记的口吻似乎与之前都不相同，突兀地出现了一个“你”字，似乎是故意写给谁看的。日记的最新修改日期是两小时前，说明科塔尔应当在不久前来过这里。

放下日记，尹杰忽然想到，自己似乎已经几天没有见过他了。

◆13◆

桌子上台历的页码摇摇欲坠，科塔尔看着都累，索性将它一把拽了下来。台历的下一页是光秃秃的硬板，写着已经掉色的艺术字：“2951 年快乐！”

2950 年已经过去了啊！他打了个哈欠，想着明天去找尹杰要一本新的台历，然后把自己塞进睡袋里，顺手关上了灯。

等换上新的台历，也是时候和乱成一团麻的 2950 年做个告别了，就是不知道，都这个年代了，还有没有人和他一样有这么老旧的东西。

……

2950 年的春天，环境越来越不适合自然植物生存，办公楼门口苟延残喘了几年的桃树终于没再开花。

郝骐有些感慨。往常这树开得零落，他看着都替它累，可今年它不开了，他反而在等着它吐出明显营养不良的花苞。

“头儿，你知道 119 号元素不可能长时间稳定，为什么……”

“我要的也不是 119 号元素。”高等研究所里，他拍拍叶行的肩，说道，“你想过吗，什么情况下，我们能看到相对稳定的 119 号元素？”

他没有玩笑的意味，叶行很认真地想着，不太确定地给出自己的答案：“时间流速不同？”

他赞许地点头，问道：“考虑过其他情况吗？”

“极端情况。”叶行自己都觉得自己的想法离谱，“比如引力坍缩，外部压力足够大的话，也有可能？”

“不错。你很敢想。”他将计划书还给叶行，说道，“这就是目的。黑洞会伴随白洞，我们现在认为它可能是由反物质堆积的黑洞。假说一旦成立，白洞可能就不在我们的直观观测范围内。不过是相对于我们更快的流速。如果能探测到已知宇宙里存在相对稳定的 119 号元素，就说明探测器有可能处于白洞边缘。我从来不赞成研发威力更大的核武，震慑其他国家没什么意思，虽然上面那些家伙只会盯着国际局势看。我们要向外探索，内向竞争的极限只是从同类手里抢夺资源，容易，但没意义。”

叶行问：“所以您想接触那个和我们相反的世界？”

他微微点头，说道：“它和我们拥有一样的能量——那意味着什么，我想你也清楚。”

“那是不是意味着，反世界里也会有和我们一样的文明体……”

“初始态相同的能量和元素而已，”他打断了叶行的话，“这不意味着会诞育出相同的文明。况且，如果他们也到了这一步，甚至更高，我们现在不会有机会在这里谈论什么。”他拍拍叶行的肩，示意他听自己把话说完，“如果他们的文明低于我们，我们在暗，他们在明，没什么好怕的。”

“郝主任。”叶行往后退开一步，正色说道，“地球物种已经到这一步了，我们没有权力再去侵害地外物种。”

“侵害？”他看叶行的眼神像极了在看幼稚园的小孩。他忽地一乐，又不置可否地笑了笑。“个体也好，族群也好，生命体本来就是相互侵害的关系。”他说，“人类和牛羊是单方向压迫，国家与国家是双向竞争，我们核研所也是为了军备而生。或者你可以看看周围其他职业，服务业、生产业，不都在一门心思提高竞争力，抢别人的资源吗？”

见年轻人不说话，他又在年轻人面前踱了半圈，问道：“都在军队了，你怎么还那么天真。你以为军队是干什么的？”

“保家卫国。”

郝骐一下子乐了。“可不只是被动的保护而已。”他重重地一拍叶行的肩，“所有行业都藏着獠牙，所有。”

“不是的。书上说人是社会关系的总和，分工合作的目的是我为人人……”

郝骐点点头。他什么都没说，只是盯着叶行的眸子，单手取下叶行的胸章放进他的前胸口袋。叶行和他对视着，把后面半句话咽了回去，却也没有服软。

“你太单纯了，更适合戴个十字架，真的。”郝骐擦过叶行的肩，大踏步地离开办公室。他在门口停了一步，说：“有缘再见。”

◆14◆

一杯甜茶递了过来，有人问道：“你什么时候回家？”

“啊？”他显然没睡醒，随口说，“我今晚不……”他猛地意识到自己在哪儿，轻咳两声掩盖过去，反问道，“回什么？”

“回家。”尹杰轻轻重复了一句，“总要有人活着，一个也好。”

“唔……”

尹杰笑了笑，很平静地说道：“唯一一个做生物基因编程技术的，郝主任，对吧？如果生命的雏形真的是被某个主神创造，你至少是改造版。人类的基因里也存在着致命BUG，”他锁眉想了想，问道，“必要时用来一击毙命，对吧？”

科塔尔饮了口甜茶，轻轻点头。

“我要回去了。如果那注定是结局，我至少应该牵着爱人的手，吻她到最后。”尹杰又问道，“我还有什么可以帮你的吗？我希望你可以活到最后，带着人类的文明，就像之前的几百、甚至几千年一样。”

“一个带生物实验室的自用动力空间站完全够用。我去收集七色日出。”他和尹杰一样平静。他忽然想起了什么，又说道：“给我本日历吧，要2051年的。顺便，过来，”他对尹杰招招手，露出一个狡黠的笑，“头发再让我拔一根。”

飞向前方

王登博／作品

事情终将发生，只是迟早而已。

——阿瑟·克拉克

科 幻
硬阅读
DEEP READ
不求完美 追逐极致

◆1◆

清晨，悄然来临。

清澈的光线透过一扇小窗，如柔水般洒落到一张美丽而又憔悴的脸上。胸部的呼吸平稳均匀，她进入了一个安静的梦乡。

连续几个月的忙碌，还有焦急的等待，让徐敏身心疲惫，如今终于再也撑不住，歪在一把椅子上沉沉睡去。在睡梦里，她漂浮在无尽的空间中，仿佛又回到了初到这个世界上的那一刻，到处一片温暖，无数熟悉的脸庞在上方旋转，他们开心地笑着，奇怪的是这笑声却很遥远，然后由远而近，越来越大，越来越响，就像辽阔的水面上突然荡起了波浪，不断扩散开来……

“咔嚓！”

一声刺耳的爆裂从远方传来，伴随着巨响之后强烈的颤动，好像整个世界瞬间都沸腾了起来。她猛然惊醒，看着房间中飘散着一缕缕的灰尘，仿佛是梦境之中的余味还在徘徊。等头脑迅速清醒之后，震动和响声早已消失，一切恢复如初，刚才的一切如梦境一样消散得无影无踪。

她推开窗户，看见外面那道熟悉的巨大缝隙已经完全撕裂开，镶嵌在天空之上，如同一个巨兽的嘴巴，随时准备把这个世界毁灭掉。

徐敏早就预料到会有今天这样的结果出现，只是她没有想到这比预想中的时间要提前了很多。

“不能再等了，今天必须出发！”她转过身朝着房门走去。

“咚咚咚……”

就在这时，门外响起了一阵急切的敲门声。她打开房门，一个声音冲了进来：“指挥官，他回来了！”

◆2◆

当巡逻进入第十四天时，徐敏从指挥室摇晃着走了出来，然后按开了休眠舱的门。

这些天她一直没怎么合眼。作为这里的最高指挥官，首当其冲地站在最前线是她的责任。她知道，巡逻对于庇护所来说意义重大，可是这项高强度的工作，让人每次完成后都会像脱了一层皮，疲惫不堪。

三年一次的例巡，一般要耗时半个多月，在这段时间里，所有的工作人员把睡眠都压缩到了最少。她几乎是无眠的，指挥室成了工作和休息的唯一场所。庆幸的是，这次巡逻的进程非常顺利，到现在为止工作已经快要接近尾声，没有出现什么异常的情况，心里紧绷的那根弦渐渐松了下来。她把工作交给了副手，决定暂时休息一下。

徐敏的背部沉入柔软舒适的休眠舱液体中，肌肉终于松弛了下来，她舒展了一下酸疼僵硬的身体。在进入睡眠前，她又扫了一眼休眠舱舷窗外那幅忙碌的景象：十几艘小型工程飞船正不断地穿梭在无数银白色的网状结构中，每艘的头部都安装着一盏大功率的探照灯，灯光闪烁，驱赶黑暗，把漆黑的太空变成了一片白昼。它们地毯式地扫描着网状体的每一个角落，寻找着可能存在危机的蛛丝马迹，而在这片网状结构包裹之下，是一颗缓慢地旋转着的椭圆形天体，那就是他们的家——庇护所。

这段时间，徐敏时时刻刻都在盯着它，就算是恋人，也不过是如此吧？想到这里，她不禁莞尔一笑，顺手把旁边的控制器设置成两个小时的深度睡眠。她慢慢闭上眼，准备享受进入梦乡之前的一段轻柔音乐。

就在这时，手腕上的通信环不应景地传来了一丝轻微振动，提醒着她有一条新消息传来。她打了一个激灵，几乎跳起来，刚刚袭来的浓浓睡意立刻被甩进了窗外黑不见底的深空之中。

紧急报告，庇护所 6 号网格异常！

庇护所其实是一颗直径只有 900 公里的小行星，徐敏每次都要带领巡逻船从唯一的港口出发，逆着它的自转轴，对外围网格区域进行“体检”。如果没有这些金属网的保护，高速旋转为人类提供重力的小行星很快会破碎解体，成为四散的陨石碎块，所以定期巡逻检查是这里最高级别的任务，他们要确保这些金属网足够坚固。

这些看似简陋普通的网格，其实是用一种特殊的钛金属焊接而成的，在强光的照射下反射着一层银白色的光晕。它们具有超高的强度，保持了庇护所整体结构的稳固。在那些网格之下，是一层纳米纤维膜，看似薄如纸张，质地却柔韧细密，它承担着阻挡太空中各种高危辐射的重任，成为庇护所最后的一道防护层，为他们撑起了一个安稳的家。

作为幸存的最后一批人类，他们在这里已经延续了二百余年。一场蔓延太阳系的战争摧毁了所有人类的栖息地，还好这颗幸运的小行星和他们一样幸存了下来。

在紧急会议室内，气氛异常沉闷，负责这次巡逻工作的八个高层指挥员全部都汇聚到了这里。

自始至终，徐敏的眉头一直紧锁着。和大家认真比对了工程飞船传输回来的图像后，她抬手示意工程师陈小鲁把具体情况给大家分析一下。

陈小鲁点开面前一面大屏，上面是庇护所的画面，他指着标记得密密麻麻的一堆数据，神情严肃地说："我想不用我说，通过图像大家可以清晰地看到 6 号网格的钛丝上发现了大量的裂纹。根据数据初步推测，第一个可能的原因是材料老化，这些材料已经有二百多年的历史；而另外一个原因可能是大量星际尘埃的撞击所致。庇护所四周的陨石尘埃会周期性出现，虽然没有大碍，但是长期频繁的轰击，会加速材料的老化和破损的速度。"

"通过计算机的模拟系统显示，用不了多久，这个区域的网格就会发生大面积的断裂，引发一系列的连锁反应，之后很快就会造成整个金属网的脱落。如果失去金属网的固定作用，在旋转重力持续的外向拉力下，银纤维膜也会很快断裂，再往后恐怕……"

画面上可以清晰地看到，巨大网格中一部分金属钛网格的表面，已经像一根大麻花一样开始扭曲，断裂的痕迹清晰可见。会场上每一个人的脸上都蒙上一层凝重的冷霜，大家心里都十分清楚失去网格后的结果是什么。

"对我们来说这是相当被动的！"副指挥王勇扭过头望向陈小鲁，"如果重新焊接，需要多长时间？"

"如果能焊接，那这事情就简单得多了！现在关键的问题是，我们已经没有足够的钛金属材料可以用——这次断裂涉及的面积太大。自从上次的事件后，我们回收资源的范围越来越小，数量也越来越少，在有限的时间内，我们根本无法获取足量的钛金属！”陈小鲁无奈地摇着头继续说，“目前也找不到其他有这种强度的超级材料……我们无能为力！”

“谁还有其他的补救方案？”徐敏扫过指挥室的每个人，眼神中充满了期待，在场的所有人不是沉默不语，就是不停地摇着头。

最后徐敏叹了一口气，沉吟着说：“看来，留给我们的，只有撤离这一条路可以选了？”

“恐怕是这样！”陈小鲁的脸上写满了悲伤和无奈。

“留给我们的时间还有多少？”

“八个月左右！”

◆3◆

徐敏终于在一块麦田里找到了他。

现在正是收获的季节，一个皮肤黝黑、身体健壮的男人正在挥舞着镰刀，赤裸着上身，面朝着黑褐色的土地，还有土地上那一片泛着金黄色的麦田。麦浪翻滚，生机勃勃，丰收在望。

“嗨！好久不见！”听到脚步声，他停下手，扭过身对着她笑出两排洁白的牙齿。

“于飞，好久不见！”看着他身后正在风中起舞的麦浪，徐敏突然开始羡慕起这种无忧无虑的田园式生活。

“日子过得不赖嘛！”

虽然嘴上调侃着，但是她知道，很快这一切美好的东西就会灰飞烟灭，消失在冰冷的太空中。想到这里，她的心中不由闪过一丝隐隐的痛。

“看来大家的传言是真的？”于飞盯着她的眼睛。

她点了一下头算是默认了。“今天我就是为了这事来找你的。”徐敏也没有打算有任何的隐瞒，直接说明了来意。

“哦，找我？”于飞抬起头一脸的惊讶，“你们都做不了的事，我又能做得了什么呢？我现在可是个只会种粮食的庄稼汉了！”

说完，他冲着她笑了起来，爽朗的声音传了出去，很快融进了身后随风摆动的麦穗发出的“哗哗”声中。

徐敏并不在意他语气中的讥讽，微笑着说：“你说话还真像你的父亲啊，永远那么乐观！这种天赋，可不是每个人都具备的！”

“我的父亲？”他的笑容慢慢凝固了，从与她对视的眼神中抽离出来，转身望向麦田的远方，喃喃地说，“谁会在乎？谁会记得？谁会再像他那样去白白送死呢？”

看着于飞怅然若失的样子，徐敏有点于心不忍，她走过去想安慰他几句。

于飞却淡淡地说："我知道你来的目的。上一次我没去，这次我也不会去的！"

他低下头，继续挥舞着那把闪着亮光的大镰刀。一片摇着沉甸甸穗子的麦秆，应声而倒，他再也没有回头和她说一句话。

徐敏站在那里很久。她想到农民这种远古时代的工作早已经消失，现在他们吃的都是合成食物，于飞究竟想从这个角色里寻找些什么呢？希望，还是命运？她转身离开的时候，又看了一眼面前那个流淌着汗珠的背，轻轻地说了一句话：

"干完活，到我那里去，给你看一样东西！"

◆4◆

"希望就在这里！"

当于飞出现的时候，徐敏拿出一个精致的盒子，然后从里面取出一颗银白色的球体，晶莹透亮，上面布满了各种纹路，如同用水晶雕饰而成的地图。明亮光滑的球面上，他甚至可以把自己的倒影看得清清楚楚。

"这叫智能球，别看只是一颗不起眼的球体，却是人类全部智慧的结晶。它的表面是用一种特殊的石墨烯打造的，结实轻便，内里镶嵌了一块核电池，核心区域则储存着人类最辉煌的时代所有重要的信息。但是，现在只有少数几个人还知道它的存在，这里面的很多东西在那次毁灭性战争之后就再也没有用到过。”

徐敏停顿了一下，用细长的手指轻轻敲击了一下球体上方的一个菱形按钮：“幸运的是，我曾经在使用它的时候，发现了一条重要信息。你知道，现在庇护所的结局已经尘埃落定，而智能球给我们指明了最后一条文明延续的路。”

一道强烈的光线从球心闪烁而出，在空中交织，形成一个逼真的立体图像。

“三维全息影像技术！”于飞不禁叫了出来，直到此刻他才确定这是曾经的人类文明遗留下来的东西无疑，现在这项技术在他们这里早已失传。

一幅宏大的太阳系地图生动地呈现出来，那是一片浩瀚的广阔，无尽的空间。于飞站在原地，感觉自己就像一粒漂浮的尘埃那样渺小，在星罗棋布的星图上，最显眼的是八颗大小不一的行星围绕着太阳缓缓地旋转，就像八个孩子依偎着母亲温暖的怀抱，层次有序，美丽动人……

“现在这一切都已不复存在了！”徐敏的手向前挥了挥，全息图立刻换成了另外一幅景象，八个行星瞬间像玻璃一样破碎，然后仿佛烟花幻化成无数破碎的星尘，最后汇聚成一道巨大致密的尘壳，包裹在太阳的外面，太阳系变成了一个混沌体，“太阳被破碎的尘埃遮挡——唯有庇护所是如此的特别，成为万千尘埃中的幸运体。我想这里的大部分人都认为这就是人类最后的归宿。外星系太遥远，以我们现在的能力不可能到达，而太阳系也没有可以容纳我们的另外一颗行星了！我和其他人一样，也曾坠入过失望、迷茫。”

她指向了柯伊伯带那块暗灰色的区域，那里显示着一大片星星点点的小天体，就像一片迷雾一样，朦胧在空间与时间之外。随后她又敲击了一下一个闪烁的光点，一道特别的路线划过一条又扁又长的轨迹，出现在这片区域，旁边多了一些密密麻麻的坐标和备注。

“可是，我在这里又重新找回了希望！”

他迅速地看完了所有的内容，摇着脑袋，脸上浮现出一副不可置信的表情：“这，这是不可能的！怎么会呢？在那么遥远的地方，真是不可思议！它真的存在吗？我不敢相信。”

“是的，正是因为它的遥远，才避过一劫，不是吗？万事皆有可能，我相信！我相信科学的数据是不会骗人的！如今，我们已没有选择的余地！”

于飞仰起头，看着太阳系的边缘，那是一片渐渐暗去的遥远黑暗。他想，人类最终能够越过那里吗？

“是啊，需要一些勇气……”

“根据数据我又让计算机进行了新一轮的推算。如果不出意外，如果它真的存在的话，现在这段时间它应该出现在这片区域！”徐敏用手在全息图像上的一个位置用力地画了一个圈，“我们没有观测设备，没有无人飞船，更没有太多的时间去等待，现在我们需要的，就是有人亲眼去验证它！”

于飞的心瞬间沉了下去。他知道那里有多远，他也知道要想到达那里要穿过什么地方，那是他最不想回忆的地方。

徐敏把手放在他的肩膀上，轻轻拍了拍。

“留给这里的时间不多了，我想了很久，到尘云带外面的世界去，这个任务恐怕只有你能胜任！”

“没有人能成功，我父亲做不到！我，当然……也不可能做到。”于飞低下头，沮丧地说。

“不！你父亲差点就成功了。”她轻声说，“只是，运气不好而已！”

徐敏没有继续说下去。她把智能球放回盒子里，然后抓起于飞的手把它轻轻地放了上去。

“拿上它吧。如果我们注定无法走出去，我也希望看到它被埋在通往希望的尘埃之中。”

◆5◆

最终，于飞还是去了。

他后来怎么也记不清楚，到底是什么改变了自己，是爱？是感动？是希望？不管怎样，最后他还是做出了自己的选择。

窗外，已经是一个迷离的世界，那条通往回家的路早已被掩埋在布满尘云的废墟中。在前面的路途上，透出的是无尽的曲折、幽远，迷雾重重。

此刻，他感觉自己就像在惊涛骇浪的大海上驾驶着一叶扁舟，孤独地行走在迷茫之中。可这里比大海又何止危险了千万倍？大海尚有一席生还之地，这里毫无希望。但是在孤独的黑暗深处，已经有人为他点燃了一丝希望的火焰，虽然渺小，却很炙热。

飞船如卑微的蚂蚁，缓慢地行进在无尽的空间中。在这片绵延了五个天文单位的尘云区域，他徘徊已有些时日了，可是毫无进展。最近他开始越来越讨厌这种没有结果的跋涉，这就像是一场没有希望的流浪，只会让人越来越迷失方向。

于飞狠狠地咬了一口硬邦邦的压缩食品，拼命地想往下咽，可是那块东西就像磁铁一样牢牢地吸附在他的喉咙上。这种日子过了多久了，在脑海中早已记不太清楚，只有飞船上的电子日历显示着已经过了三十个标准地球日。虽然他知道地球早已不复存在，但是现在的人类依然习惯用这种古老而传统的计时单位，缅怀着那段曾经遥远而又无比辉煌的历史。

他想起了自己的家，那里的人们看不清太阳和星星的光辉，只能从残存的影视资料中窥视，曾经的美丽无瑕，曾经的绚烂光辉。他记得和父亲在大尘云带里收集物资的时候，在厚厚的尘云之下，看到一个被笼罩在尘云之中泛着橘黄色的圆形光盘，吝啬地洒出一丝朦胧的光晕。父亲告诉他，那就是太阳！它藏在无尽尘埃的深处。于飞无法想象，这颗恒星曾经孕育过人类的诞生！

从踏上飞船开始，他就总是摆脱不了梦魇。父亲的面容，炸裂的飞船，还有疼痛的记忆，让他大部分时间竟然分不清虚幻与现实。

父亲死在了他最喜欢的尘云带里。对于别人来说，那就是一头无情的巨兽，不知道什么时刻，就会把你粉身碎骨，可是父亲却把它们看成是一个有终极目的的迷宫，你需要的只是去解读它。

“总有一个答案，在迷宫的尽头，那就是人类的希望，也是人类的未来。”他总是这么说。

可惜，最后这头巨兽还是吞噬了最爱它的人。在一次尝试穿越尘云带密集区，他就要接近成功时，一颗逆流的小陨石突然出现，击穿飞船侧翼。最终父亲驾驶的飞船一头扎进星尘的废墟中，再也没有了消息。

自从父亲出事以后，庇护所就再也没人有勇气穿越那片密集的尘云带了，那里也被大家称为死亡地带。虽然外面有更广阔的天地，但是人们宁愿固守着这片幸运的旧土，等待着末日的逼近，没有人愿意再去尝试冒险，去追逐未知的命运。

他叹了一口气：“人总得接受命运，不是死的命运，而是希望的命运。”最后一次，他又认真地检查了一遍飞船上的各项参数是否正常。

稳了稳情绪，他看着屏幕上在这段时间不断勾勒出的尘云带迷宫立体图，这时就是穿越的最佳时机。

常年深入尘云带收集物资的父亲曾经告诉他，穿越尘云带的致密区不是没有可能，尘云就像一个巨大的迷宫，如果你不清楚哪条路通往终点，就会迷失其中。父亲根据多年的经验，绘制了一幅星图，现在就在他的手里。在最后一次出行的时候，父亲把它交给了于飞，就像已经预料到了最后的命运，他把最后的钥匙交给了儿子，还有他们最后的希望。

在父亲指示的这条迷宫通道上，通过这一个月的探查，于飞发现这里每隔二十分钟，会固定出现一条可以畅通的间隙通道。他计算过，在这个时间段里如果能够把握好速度和方向，完全可以通过。二十分钟后，速度不同的陨石会再次出现，打破这种间隙的平衡。如果飞船不能及时飞出，侧面飞来的高速陨石，会夹带比核弹还大的能量撞击上来，所以他必须要用最快的速度，在最短的时间内穿过这条长廊。机会只有一次，如果没有成功，他将永远埋葬在这里，就如同自己的父亲一样。

对着窗外无垠的太空，也是对着父亲曾经来过的地方，他说：“我来了！”

远处，尘云带缠绕成一团迷雾般的世界，正在注视着他和那艘轻如薄翼的飞船。

◆6◆

在等待的日子里，庇护所的秩序被打乱！

于飞走后的一个月，这里的大地上开始出现裂痕，仿佛干旱已久的土地上布满的皲裂，在一点点地蔓延，很快大地就像一块被敲碎的玻璃壳，面目全非。

不安的情绪在人群中像波浪一样传递。夜深人静的时候，大家甚至可以听到地底深处，不断传来一阵阵撕裂的声音，仿佛那里有一只正在苏醒的巨兽，随时准备张开血盆大口吞噬掉这里所有的生命。这让生活在这里的人时刻都处在焦虑之中，最后再也忍受不了痛苦的折磨。

一大早，黑压压的人群，拥挤着来到庇护所的中央广场前，人们互相议论着，不知道接下来这里可能发生什么样的事情。

徐敏走上广场的高台，对着表情疲惫、情绪躁动的人群挥了挥手，人群顿时安静了下来。

“我知道，面对现在的情况，大家心里都很害怕。其实，我也一样！”

看着台下殷切注视的目光，她加大了音量说：“但是，大家没有必要惊慌！我们已经做好了相应的准备，之所以现在才告诉大家，就是害怕引起不必要的惊慌。从明天开始，这里所有的居民都要迁移进我们新建的避难营房，在那里每一个人的安全都有保障。”

人群中出现了小声的议论。于敏停顿了一会，继续说：“最重要的是，我们已经制订好一个撤离计划，一旦准备完毕，就会通知大家撤离！”

“什么！我们要离开这里！”一个胡子花白的老人突然大声叫了起来，“我哪儿也不去，我只想安安稳稳地在这里过一辈子！”

人群中顿时嘈杂起来，大家你一言我一句。

“出去谁能保证我们不会死？外面有什么，难道你们不知道吗？那么长的时间了，有谁能飞得出去那片尘云带？”一个中年男人愤愤地说。

“嗯？你们这些年轻人难道忘了吗？当初我们祖先找到这里的时候，听说在路上差点都死光了，死光了！我这把老骨头，经不起折腾了，就算死我也要死在这里！呜呜呜呜……”一个上了年纪的老妇人，说着说着竟然蹲到地上哭了起来。

“不能出去啊！”

“是啊，还有我的房子怎么办？”

“……”

人群中议论纷纷。

徐敏又挥挥手，示意大家冷静下来。

“我很理解你们的心情，也知道我们人类曾经经历的种种艰难。可是，如果不出去，我们只能在这里等死！好不容易燃烧起来的火种，就这样熄灭，你们甘心吗？也许，我们出去了会有一些牺牲，可是我们至少不会灭绝。从现在起，想想你们的孩子吧，想想他们的未来！”

徐敏铿锵有力地说着，以一种不可置疑的口气宣布：“从现在起，我们所有的人都要为出发做好准备！”

人群顿时炸了锅，几个人坐在地上哭了起来。

“我们就要完了！”

“我不想死……”

“请大家放心！”徐敏大声地继续说，“我们已经安排好了撤离计划，在庇护所崩溃之前会让大家全部安全撤离！”

“那还在等什么？现在就出发啊！我们有飞船，我们不能在这里等死！”一个女人站出来说。

“是的，没错！”徐敏大声地说，“可是我们的燃料有限，外面又包裹着厚达几万公里的尘云，没有目的地的坐标，即便我们现在出去，也会很快迷失在大尘云带的坟墓里！找不到方向的我们，你认为还能活多久？”

那个女人没有再说话，人群也开始安静了下来。

“不过请大家放心，我们已经派出领航者飞船，相信很快就会有消息，一旦确认了路线，我们立即出发。现在，我们的巡逻飞船也在外面全天候监控着庇护所金属网的状态！所以拜托各位尽快进入避难营，不要在这里添乱了！”

看着慢慢散去的人群，徐敏终于松了一口气，她抬起皱成一团的眉头望向了天空，那里只有一个正在慢慢暗淡下来的人造光源，闪烁着惨白的光芒照射着周围的一切，除此之外别无他物。

◆7◆

当于飞孤身一人驾驶着飞船向尘云带迷宫飞去的时候，他觉得，自己可能再也飞不出来了。

“嘀嘀嘀……”看着屏幕上密密麻麻的红色报警信息，于飞的汗一下子全冒了出来，豆大的汗珠顺着一张干瘦的脸往下淌。

飞船已经正式进入了尘云的内核密集区域。透过飞船上的观测屏幕，他可以看到一片正在反射着光点的物体，就像黑暗中亮起的一盏盏昏暗的灯光——他知道那是成千上万的陨石碎块正在附近的太空中漂浮。其实如果不考虑它们的危险因素，这将是一幅非常壮观美丽的景象，它们就像夜晚水面上泛起的一阵阵银白色的波光，镶嵌在漆黑的背景下，不断地交织在一起，形成了一片光怪陆离的银带。但是他知道这些看似距离遥远的光点，其实十几分钟之后就会以每秒四十二公里的速度呼啸而过，在高速中携带的巨量动能，会把飞船瞬间击碎。

身处其中，飞船就像被放置在一片沙漠之中的石子，随时都可能被掩埋在砂砾的海洋里。千百万吨陨石碎块，正滚滚不断地向着飞船的方向袭来，于飞觉得自己就像一只即将被压在土丘之下的虫子，瞬间就会粉身碎骨，根本无处可逃。

越步入尘云深处，越是黯淡无光。飞船穿梭在黑色的浓雾之下，那隐藏在黑暗中的一个个巨大残骸，就像一个个贪欲不满的怨灵，在吞噬着你的灵魂，不留下一丝痕迹。

虽然他已经做好了赴死的准备，可是当死亡真正逼近时，内心还是无法控制住生理反应。他的手在颤抖，可是他的理智还在。自动驾驶系统已经把他搅得一团乱麻，最后他索性关闭了它。有时候，在绝境上自己的感觉往往比高科技更靠谱一些，手柄早已经被汗水浸湿，他的眼睛一刻也没有放松。在这个迷宫般的尘封世界里，只有抓住每一个微小的逃命空隙，才能冲出重围。

陨石从黑暗深处呼啸而来。在这窒息的空间里，在生机的缝隙里，他不断调整着飞船的速度、角度参数，精神也早已依附在这艘飞船之上，其他就都交给了命运。他觉得，这条黑暗又危险的路途，比他走过的所有的路都要远，远得难以想象。渐渐地他感觉自己的腿已经麻木，手也在慢慢地僵硬，只有那颗活跃的大脑，在回望着他们的曾经和现在！也许很快他的一切就会和这里的一切相融合，不分彼此。

这条厚度达到一千公里的星际尘埃云带，是太阳系八大行星支离破碎后的主要残体废墟，是人类埋葬自己文明的坟墓。

在引力的作用下，大的尘云带分成三层，两层外壳包裹着一层致密的内核，在各种作用力的影响下，内核地带是最密集的地方，也是最危险的地方。星尘残骸就像移动迷宫里的棋子，由于速度不同不停地变换着位置。要想让飞船从这里通过不仅需要勇气，更需要一些运气。之前尝试从这里冲出去的人全部丧命，其中就包括他的父亲。

不知道过了多久，在漆黑的前方，一个光亮亮起，随后又出现了一点，一点，然后天上是无数的亮点，就像一堆闪亮的宝石。他贪婪地望着这些美丽的东西，努力地思索着那个词语：星星！对，他终于想起来了！

这证明他已经冲出那片尘云的阻碍，把人类最惨淡的历史抛弃在了身后。

◆8◆

随着时间的推移，庇护所上第一次出现了伤亡事件。

就在昨天，张震一家三口偷偷从避难营跑了出来。他们想回家把家里值钱的东西都拿上，上次走得匆忙，没有全带上。在回家的路上，脚下突然裂开了一条大缝隙，瞬间吞没了一家三口，当救援人员赶来时，三人已死。几百米深的地下裂缝内，是三具残破的尸骸。

裂痕随着时间的增加在成倍地增多，每天都会在脚下出现几道新的裂痕。它像一把刀子，割裂着人们在二百年间对庇护所建立起的感情，他们在心里默默承认了这个现实：是离开这里的时候了！

◆9◆

穿过尘云带，于飞并没有停留，而是朝着柯伊伯小行星带的方向奔去。

按计划，他必须在0.8个标准地球年的时间内返回去，他知道留给自己的时间不多了。

◆ 10 ◆

大地在做最后的垂死挣扎，中间地带已经出现的那条裂痕正在以每天一千米的速度蔓延。

徐敏知道庇护所大限将至，这里很快便会彻底毁灭。

“已经到约定的时间了，还没有消息吗？”徐敏问身边还在等待于飞飞船信号的工作人员时，眼睛却在看着远处。几道如狂暴巨兽大口般的裂痕在以肉眼可见的速度不断增加，她脸上的表情越发凝重。

“没有任何消息！”

“巡逻船那边情况如何？”

“情况不容乐观！这是刚刚呈上来的汇报，已经有 45% 的金属网面出现断裂，再增加 5% 就会达到临界值！”

“好，我知道了！”徐敏打断了他的话。

“那，我们还要继续等下去吗？”工作人员小心翼翼地问。

“是时候做决定了！”她的眼神中透出一种果决，“告诉大家，做好准备，明天出发！”

“是！”那名工作人员转身离开，去传达命令。

◆11◆

“人类真蠢！”于飞不禁自嘲地说。

二百年前，人类文明曾经达到了辉煌的顶峰。那时的人类，把扩张作为一种拓展文明的手段，八个系内行星相继成为人类的殖民地，人类征服整个太阳系的目标很快实现，下一步人类本来计划要继续扩大成果，向着最近的恒星进发。可是，在扩张过程中，贪婪和自私逐渐占了上风。太阳系八大行星的殖民地之间爆发了惨烈的战争，战火从海王星一直蔓延到水星，成吨的核弹不断被引爆，太阳系最终成为一个混沌的地狱，人类摧毁了自己生存的地方，也摧毁了人类本身。

无情的烈火下，人类从文明巅峰迅速走向了衰退。

幸存的人类躲进庇护所，外面是茫茫的尘云包裹，脚下是需要改造的贫瘠土地。

当时他们中的一批科学家就预料到，庇护所只不过是一个质量只有地球千分之一的小行星，它不可能为人类留下太多的时间，他们希望活下来的人类在短暂的休整后，能够重新再出发。可是，苟活下来的这些人，却已失去了开拓精神。

“滴滴滴……”警报声把于飞的思绪拉了回来。星图界面上显示已经到达了预定区域，他立刻在观察界面寻找目标，可是当他把飞船 360 度范围内大型物体的图像彻底搜索了一遍后，心里彻底凉了，如果按照智能球的预测，它此刻已经足够可以看得清清楚楚。

他苦笑着自言自语：“一切都是我们的一厢情愿罢了，怎么会有这样好的事情等着我们，怎么会呢？”

此刻他才感觉到这些天来所有的疲惫，像一座大山全部压在身上，他一下瘫软在驾驶室里，昏昏沉沉中睡了过去。

他又梦见了父亲。与此前梦中的父亲不同，这次，他竟然坐在父亲驾驶室的后面，看着父亲面对前方滚滚的尘埃带陨石，不是害怕得瑟瑟发抖，而是向着前方挥舞着胳膊疯癫似地大喊：“前进！前进！为了希望！为了希望！”然后父亲转过身来，那张熟悉的脸由于兴奋而愈加发红，他竟然唱起了歌：

我飞向前方

云层之上

长空万里任我翱翔

穿过繁星

越过人类的故乡

朝向银河

探访未来的方向

问一声离别的滋味

是否一样

问一声孤独的滋味

是否一样

唱完以后，父亲直视着他的眼睛，发出一阵朗笑：“它很调皮，记住！别让它跑了，别让它跑了啊！”说完，飞船一头栽进了陨石群，发出爆裂的巨响，燃烧的火焰笼罩了他的整个视野。

于飞一个激灵，醒了，睁开眼，面前是一幅空荡荡的太空画面，冷寂，清静，死气沉沉……冷静下来以后，他反而失望起来。现实有时候真的不如梦境更让人热血沸腾，即便是走向死亡，那也是壮丽的凄美，总胜过这样寂寂无名地消失在无垠的太空中，这让他觉得自己从来就没有在这个世界上真实地活过。

“别让它跑了！”他回味着父亲这句话，一道光从大脑中闪过，他拿出智能球调出一组数据，然后打开飞船电脑，又输入了另外一组数据，仔细比对结果以后，他脸上终于露出了开心的笑容：“这次，我不会让你跑掉的！”

他重新校正了飞船的坐标，向着新的方向出发了。七个地球日后，飞船视野中果然出现了一个橙色的点，他激动起来，错不了！他耐心地等待那个橙点变大，又过了五个地球日后，一个带着无数条纹的星体出现在他面前。这几天他一直在认真观察这个星体，它虽然是一个气态行星，但是对于人类来说，生存环境足够了！此刻，环绕在行星外的一道道橙黄色的云带清晰可见，虽然他知道距离那里还有一千多万公里。行星上色彩多变、光怪陆离的大气已经深深吸引了他，他预测着它的大小，在心中不断地提醒着自己，它比地球大三倍，庇护所与它相比，就像蚂蚁面对一头大象。

八大行星的陨灭对它的轨迹产生了严重干扰，没想竟然偏航了这么多！于飞眼中盈满泪水，他仿佛看到父亲在远处向他微笑着挥手："爸爸，我抓住它了！"

舱室里安静地可以听见自己的心跳，于飞遐想着那颗星球上的一景一物，幻想着自己的双脚踏上表面时的感受……

他在红色按钮上重重按了下去，飞船的尾部冒出蓝色的火焰，在核燃料的推动下，船体拐出了一个漂亮的弧线，向着那颗行星驶去。

◆12◆

"他回来了，你看这里！"

当徐敏赶到指挥室时，值班的监控员迅速把刚才存储的图像调了出来。

“十分钟前，我们在雷达系统上发现了返航的‘新领航者’号飞船，”他指着一个黑色的小点，“可是我们对着他呼叫，却没有任何回应！”

“能确认是于飞的那艘飞船吗？”徐敏苍白的脸上，没有任何表情。

“可以确认。我们的雷达能够辨别出己方的飞船，是‘新领航者’号飞船无疑，但是到目前为止它丝毫没有减速的迹象。如果以现在的速度，一分钟后，它就会从距离我们十公里的地方飞掠而过。”

“嗯？这是怎么回事？”徐敏略一沉吟，“继续保持呼叫！”

她转头向自己的副官下命令：“立刻派出一艘飞船追上去，查清楚到底发生了什么事情。”

“是，指挥官！”但是副官站在原地却一动不动。

“为什么不执行命令？”

“指挥官，我不建议这样做！根据回传的数据，‘新领航者’号飞船现在时速已经达到二十六万千米，我们已经很难赶上了，等派出的飞船加速时，它已经把我们远远地甩到后面，追上的希望几乎为零！就算于飞驾驶的飞船现在开始减速，追上它至少也要在十四天以后。那时候它早已跑到了四千多万公里之外！这，对于我们来说，付出的代价实在太大！请您慎重考虑，毕竟目前飞船和人员对于我们来说，都是非常珍贵的。”

因为激动副官的脸变得通红，可以看出他在努力控制着自己的情绪。稍微停顿了一会，他继续说："不管'新领航者'号飞船上发生了什么，我们现在只能面对一个事实，那就是他再也回不来了！现在，我们真的只能靠自己了！"

徐敏的脸慢慢变得惨白，但她没有再说一句话，她知道副官说的这些话是正确的，她也知道，此刻于飞在他们面前已经被抹杀掉了。

十分钟后，庇护所指挥室的房门打开。

徐敏迈着沉重的步伐缓缓走出来，她站在那里沉默了很久，最后才望向正在等待着的众人，声音嘶哑地说："从现在开始，我们要靠自己了。明天所有的人将离开这里，去寻找下一个庇护之地！"

人群中瞬间笼罩了一层阴云，大家低下了头，窃窃私语，后来人群中还传来断断续续的哭泣声，没有人再说什么。未来在何方，此刻没有人可以看得清楚，这里从此再也不是家了。

徐敏不知道的是，此刻于飞正注视着庇护所，他已经能够清晰地看到那颗旋转着的小行星，以现在的速度，几分钟后他就会飞掠过去。

"呼叫'新领航者'号，呼叫'新领航者'号，收到请回话，收到请回话！"通信系统里断断续续地传来庇护所指挥部的呼唤，可他无动于衷。

两个小时前，他就开始尝试联系总部，那时他才知道通信系统坏掉了，不过与这个相比，更糟糕的是飞船受到了严重的损伤。

损伤是由于返回途中，当他的飞船再次穿越尘云带的迷宫时，一颗从侧面飞来的指甲盖大小的陨石碎片，击穿了飞船尾部。而飞船二十六万公里的时速，则是因为他在返回时，借助了那颗新发现的行星的引力弹弓效应，让他的飞船获得了全五倍的加速度。

事故已经发生，一切再难挽回。透过飞船舷窗，他再次清晰地看到庇护所的全貌，看到了庇护所金属防护网已经断裂了三分之二，黑色的辐射防护膜也被撕裂了一个深色的口子，就像一颗快要裂开的心，垂死挣扎。

他无奈地叹了一口气：“我已经尽力了，剩下的就看你们了！”

他伸出手，在舷窗玻璃上，向着庇护所的方向挥了挥，算是最后的告别。

◆13◆

庇护所内，人群涌动。

徐敏指挥着工作人员把所有的逃亡飞船都集中在了发射基地。人们陆续进入飞船，站在舷窗口，看着这片死去的大地，默默地流着泪。

“出发！”徐敏下达撤离命令。

巨大的轰鸣声中，飞船腾空而起，在空中留下八束白色的光柱。徐敏最后望了一眼庇护了人类二百年的这颗小行星，它在慢慢变成一个渺小的黑点，最后消失在充满混沌尘云的太空里。

“指挥官，请求下一步指示！”各飞船的舰长向总指挥舱发来了征求路线的指令。

“全速前进，准备穿越尘云带！”徐敏想，也许我们会死，但是不会是全部！

八艘飞船的尾部燃烧起蓝色的火焰，这是加速的标志，每一个人心里都清楚，想要冲出去，尘云带这一关必须要过。

突然在黑暗的空间中，一个火球闪耀起来，照亮了半个星空，就像一颗初生的小太阳，然后这团光慢慢变弱，最后消失了。

“庇护所爆炸了！”飞船上的人在喊。

“不对，那应该是一颗太空信号雷！庇护所就算爆炸也不会产生那样的高光！”徐敏首先觉察出了不对劲。

她立刻派出搜索舰，对刚才出现强光的区域进行探查。很快有了结果。他们回来的时候，还带回来一样别致的东西。当徐敏看清它的时候，心里似乎什么都明白了。

“最终他还是用光明为我们送来了希望！”

接过那颗再熟悉不过的智能球，她轻轻地点开了它，于飞的全息图像立即跳了出来。

“当你看到它的时候，我已经走远，很抱歉不能当面辞别！其实，这也不算辞别，我们本来都是在奔向同样的目标，星辰和太阳本质上是没有什么区别的，希望蕴含在光明中，我们将要奔向的都是同样的路，那就是——希望！”

图像中，他指了指飞船前方的一个朦胧光晕，然后笑着解释他所驾驶的飞船所出现的问题：“抱歉，飞船通信系统坏了，飞船也受到了严重的损伤，制动失灵，因此我只能提前将智能球挂在太空信号雷上，将信息传递给你们……别替我难过，我从小就很想去看看太阳，我想这样的一次旅行对我来说是有意义的！对了，你们需要的一切都放在了智能球里……我相信总有一天，我们还会在遥远的星光中见面！祝你们好运，再见！”

半小时之后，徐敏向飞船上所有的人宣布：

“我们找到了希望坐标，那是太阳系最后一颗行星，也是目前我们唯一能到达的行星。那里有厚实的大气，有肆虐的狂风，还有很多未知的区域等着我们去探索。虽然那里的环境非常恶劣，但是我们有能力去改造它，就像我们的祖先去改造庇护所一样。我相信很快那里将会成为我们的新家园！是的，其实在很早以前人类就曾经预测过它的存在，而我们真正见证了它，它就是——行星 9！”

图书在版编目（CIP）数据

宇宙墓碑 /韩松等著 . —北京 :北京理工大学出版社，2024.3
（科幻硬阅读 . 牧星人）
ISBN 978-7-5763-3381-7

Ⅰ . ①宇… Ⅱ . ①韩… Ⅲ . ①幻想小说 - 小说集 - 中国 - 当代 Ⅳ . ① I247.7

中国国家版本馆 CIP 数据核字（2024）第 031795 号

责任编辑：高　坤　　文案编辑：高　坤
责任校对：刘亚男　　责任印制：施胜娟

出版发行 / 北京理工大学出版社有限责任公司
社　　址 / 北京市丰台区四合庄路 6 号
邮　　编 / 100070
电　　话 / （010）68944451（大众售后服务热线）
（010）68912824（大众售后服务热线）
网　　址 / http:// www.bitpress.com.cn

版 印 次 / 2024 年 3 月第 1 版第 1 次印刷
印　　刷 / 三河市华骏印务包装有限公司
开　　本 / 880 mm×1230 mm　1/32
印　　张 / 11.875
字　　数 / 203 千字
定　　价 / 46.80 元

图书出现印刷质量问题，请拨打售后服务热线，本社负责调换科幻不是目的，思考才是根本。
科幻小说是献给那些聪明的头脑和有趣的灵魂的一份礼物。
喜欢科幻的书友请加科幻 QQ 一群：26725844，QQ 二群：869132197。